西行阿里

2024 修订版

西行阿里

马丽华走过西藏系列

马丽华 著

中国藏学出版社

目　录

总序
山上宁静的积雪，多么令我神往[①]

李敬泽

一

在《尼赫鲁自传》其中一章“结婚和喜马拉雅山中的探险”中，尼赫鲁写道：

我定过许多计划，打算过许多次旅行，其中一想起来就使我高兴的就是准备去游历西藏的名湖玛纳沙天池和附近积雪的凯拉斯山。这是十八年前的事了。直到现在我始终没有去过这两个地方。我忙于政治和社会活动，走不开。我常常梦想有那么一天，我漫游喜马拉雅山，越过这大

① 本篇序言最初是为 2003 年台版“走过西藏”系列四本书所作。感谢李敬泽先生，同意将其沿用于中国藏学版 2007 和本次所修订的“走过西藏”四部作为总序。

山去看望我所向往的山和湖。然而年龄不断增加，青年变成中年，中年以后的时代更坏。有时我想到也许我将要衰老得不能去看凯拉斯山和玛纳沙天池了。这种旅行即使走不到目的地也是值得一试的。

这些高山出现在我的心头，

山虽然危险，染上了玫瑰色的晚霞，多么美丽。

山上宁静的积雪，多么令我神往！

在一个朋友的小说里读到了这段话，我从中感到了一种“中年”气味：到中年，我们终于知道某些事物远在我们自身的界限之外，比如凯拉斯山和玛纳沙天池。

凯拉斯山即冈底斯山脉的主峰冈仁波齐雪山，而玛纳沙天池是冈仁波齐附近的玛旁雍错圣湖。

二

二〇〇三年春天，我一直在读马丽华的书：《藏北游历》《西行阿里》《灵魂像风》和《藏东红山脉》。

那时我在南京，在俯瞰玄武湖的饭店里，每天晚上看着一场战争渐渐降临在一个名叫伊拉克的地方，我断定电视机前所有的人和我一样，被琐碎、冗长、注定无意义的延宕拖得疲惫、厌烦。深夜关上电视时，一股邪恶的怒气猝然涌来：如果它要来，那就快点来吧。

然后，我读《灵魂像风》，我听到马丽华说：

假如我是神，我会使他们如愿以偿。

回到北京时，战争打响，大众传媒的盛大狂欢终于正式开始，亿万双眼睛注视着荧屏，注视着杀戮、背叛、怯懦、愚蠢、傲慢和欺骗，摩西十诫，几乎每一诫都被公然践踏，一切愚行和不义都被“观赏”，亿万双眼睛是多么热切又是多么冷漠，“战争”填充着我们卑微的日常生活，当它迅速结束时，我们意犹未尽。

当然，还有SARS，还有发生在我们自己身上的怯懦、愚蠢、傲慢、欺骗和冷漠……

就这样，我读完了《藏北游历》《西行阿里》《灵魂像风》《藏东红山脉》，我穿越高山和草原、寺庙和村落，结识农夫、牧人、巫师、僧侣和神祇……

三

马丽华属于一个漫长的人物谱系，这位山东女子一九七六年二十三岁时进藏，直到二〇〇三年。她是行走者，是书写者，尽管她自己很可能不愿承认，她还是一个“发现者”。

“发现”，这个词辉煌而幽暗，其中包含着现代精神的某些根本疑难，“发现”是知识的增进，是理性和进步，是观察和讲述，但“发现”也是蛮横的权力——暴力。

对西藏的现代意义上的“发现”可以追溯到葡萄

牙在印度的传教士安德拉德神父，他和马奎斯修士于一六二四年起程，开始西方对西藏的首次探险，他们抵达了阿里，一路艰苦卓绝。此后三个多世纪，西藏抵御着纷至沓来的“发现者”，“发现”的一方和“被发现”的一方同样顽强；在这种对抗中，造物主站在西藏一边：那里的自然条件构成了坚固的屏障。

西藏的“发现”史是整个中国的“发现”史的一部分，这个过程伴随着西方的帝国主义和殖民主义规划，也伴随着以理性和科学对古老民族的灵魂世界和生活世界进行全面的“去魅”和“启蒙”，其中一个重要方面，是对山河大地的地理学探测和描述。

一九〇七年，瑞典探险家斯文·赫定来到冈仁波齐雪山和玛旁雍错圣湖，在佛教和印度教的世界观中，前者是须弥山，是世界的中心、众水之源，是众神居所，而后者是永恒的、洗净一切罪孽的湖；然而，在《亚洲腹地旅行记》中，那山和水被斯文·赫定还原为纯粹的自然地理现象，笼罩其上的神奇光环被驱散，山就是山，水就是水，在一个以人为中心重新组织起来的世界里，它们等待着被认识、被征服、被利用。

——这就是“发现”的真义。在中国，五四运动之后，所有知识分子都是“发现者”。斯文·赫定一九二七年后的历次考察是在中国知识精英的支持和参与下进行的，其中包括胡适、刘半农这样的新文化运动领袖。“发现”从一种必须防范和抵御的异己力量逐渐演化成为建设现代民族国家的内在冲动，“发现者”由早期的外国教士、商人、外交官、军人和冒险家，转变为本土的知识分子以至民众。

二〇〇〇年，我曾参加一次沿黄河行走考察，我的行囊中始终携带的一本书是《亚洲腹地旅行记》。在很多地方，我都在寻觅和印证斯文·赫定的足迹，有时甚至觉得自己所做的不过是对斯文·赫定的拙劣模仿。而在《西行阿里》中，马丽华写道：

> 斯文·赫定的旅行和事业总是充满了艰辛危险。在那曲地区旅行时，我就关注他的行踪，也处处与他所记述的相印证。为此，我在赞颂自己善良、温和的同胞的同时，也不得不钦敬那些为了事业甘愿吃苦冒险的西方人。我所看到的中国科学院青藏高原综合科考队的专著《西藏地貌》等大书中，还多处沿用了斯文·赫定当年的测量数据。

是啊，我们得承认，我们是“发现者”谱系中的枝叶。

四

但西藏是中国“发现史”上极为特殊的章节。对中国人来说，它在二十世纪经历了两次“发现”，这两次“发现”的标志性人物是两位女士，一位是马丽华，另一位是刘曼卿。

一九三〇年，时任南京国民政府行政院文官处书记官的刘曼卿女士受命只身赴藏，恢复中央政府与西藏地方的联系，虽“道路梗阻，积雪没胫，盗匪充斥，其间屡濒于危，而女士以不屈不挠之精神，排除万难，卒获达使命而返”，随后，著《康藏轺征》一书以志此行。

刘曼卿的父亲为世居拉萨的汉人，母亲为藏族，一九一一年举家迁往印度，一九一八年到北京，这年是五四运动的前一年，刘曼卿十九岁。我们在《康藏轺征》中看到的是一个典型的“五四青年”。她的眼光完全是现代的，着意之处在理性、教育、妇女解放、社会发展，她对西藏并无任何浪漫情怀，支持她“排除万难”的，是五四式的“救亡”激情和浮士德式的英雄气概。

鉴于刘氏本人有藏族血统，又在西藏度过童年，她的这种姿态尤其耐人寻味。它强烈地预示着中国巨大的现代化进程对西藏的主流认识取向：西藏是前现代的，亟待唤醒和改造，就像整个中国亟待唤醒和改造一样。

这种取向一九四九年后在马克思主义的社会历史论述中得到了确认和强化：西藏是封建农奴制社会，在历史进步的阶梯上远远落后……

——这是第一次“发现”，也是持续至今的“发现”。在《西行阿里》中，马丽华无意间提供了一个有趣的例证，同行的一位藏族人类学家，“自小便在母亲襟袍里远行数千里从康地前往拉萨朝过圣，幼年时便在寺庙里注过册，在浓厚的宗教氛围中长大成人”，如今

“却以异乎寻常的冷静眼光和理性头脑接纳一切见闻”：

这位训练有素的学者，兀自走得太远：“子不语怪力乱神”。他就时常认真地批评弟子们的不严谨，说我们神神道道，陷入传说不能自拔。他也进寺庙，也了解传说，但用的是知性的眼光和耳朵。每每看到汉人和洋人们膜拜神灵偶像，大大地不以为然。

——看到此，我不由得想起了斯文·赫定，想起了刘曼卿。

五

第二次“发现”，始于上世纪八十年代，这一次的“发现者”主要不是科学家、理论家和政治家，而是文学家和艺术家。

一九八五年，扎西达娃发表短篇小说《系在皮绳扣上的魂》，第一次，西藏以神奇的形象进入汉语文学。正是由这篇小说开始，中国人发现了感受西藏的另一种取向：西藏不再被置于进步—落后的客观历史判断之下，西藏与灵魂有关，它不再是等待改造的对象，而是昭示着在现代逻辑之外的神秘浩瀚的可能。

于是，一个新的西藏被“发现”。如果说，第一次“发现”将西藏纳入我们自身，通过科学的和社会历史的论述，它被合理化为普遍秩序的一部分，那么现在，西藏又被重新放回了“远方”——

在陈丹青的绘画中，注视着人物和景物的目光隐含着对差异的高度敏感，画家和对象之间有深远的空间，画家谨慎、恰当地保持距离，以便玩味这个空间的复杂含义。

这个空间在马原的小说里转化为无穷无尽的叙述圈套，在拉萨纵横交错的街巷中，你永远不会找到真凶、真相或决定性的线索，但是，你始终谛听着迷宫中心那头怪兽的喘息。

——西藏超出我们的经验，成为梦想与遥望与寻觅之地，寻觅不是为了印证我们的“有”，而是为了印证我们的“无”。在历史和时间之外、在难以逾越的高山中幸存的这片地方，成为我们精神的“异域”。

这种“异域”生成于八十年代生机勃勃的文化气氛中，它在根本上是对我们自身的开拓和探索：在《系在皮绳扣上的魂》中，我们看到一个马尔克斯化的西藏，从而“发现”了马尔克斯式的自我；同样，在马原的小说中，我们看到博尔赫斯式的西藏，也“发现”了博尔赫斯式的自我。

博尔赫斯或者马原的小说有一种形而上学的恐怖，叙述谋杀了事物之实在；八十年代，我们由此惊奇地发现了小说艺术的可能性，但我们同时可能摒弃了事物的温度、呼吸和生命，叙述成为华美的暴力，它的成功是事物的死亡。

所以，与其说我们通过小说“发现”了西藏，不如说我们发现一个被全面抽象化和异域化的西藏特别便于施用某种文学想象和修辞。马原至少还在西藏呆了几年，很快大家就意识到，几年或几天甚至一天也没有，对小说家们并无差别：有位朋友，从未去过西藏，也写了几篇西藏故事，据我所知，还真的没人看出破绽。

——而马丽华把西藏从宏大叙事和形而上学的玄想中释放出来，她恢复了，准确地说是建立了一种对西藏的经验视野，她带领我们看西藏，看没有被各种叙述所遮蔽的西藏。

六

《藏北游历》《西行阿里》《灵魂像风》《藏东红山脉》，马丽华在二十几年时间里行于西藏的东西南北，写下这四本书，一种体验西藏的新方式由此形成。

早期探险者的动机各有差异：为了传教、为了商业利益、为了帝国主义扩张，或者像斯文·赫定那样为了求知，像刘曼卿那样为了现代民族国家的事业；但有一点他们是共同的：他们真的都不太在意自己，他们将一切艰难险阻、一切成功和失败归附于某种宏大的意志或意义。

我曾读过《鞑靼西藏旅行记》，两位法国传教士一八四四年从赤峰出发，行经蒙古、宁夏、甘肃、青海，于一八四六年抵达拉萨，他们盲目、孤独地穿越陌生的世界，每一步都吉凶莫测；然而，这部书居然写得如此质朴、超然，似乎他们从未意识到正在进行英雄壮举。

还有斯文·赫定，在二十世纪九十年代他有众多的中国仰慕者，他被想象成浪漫英雄。但是，读他的书，我所感到的是优雅的自制，他当然是高傲的，但那是被内心深处的尺度感精确平衡着的高傲，他知道自己所做的一切有意义，但这意义绝非止于个人或归于个人。

在这一点上，我们可以看出第一次“发现”和第二次“发现”的重大差别，在二十世纪八十年代，“发现”已经不是为了补充、拓展某种外在于自我的宏大图景，“发现”的意义只能在“个人”层面上确证。

马丽华的四本书提供的就是一种“个人”叙事：

远行者，一个总是出远门的人，用了人生最美好的二十年时光奔波在高天阔地的山野间。是漂泊地，也是归宿地。五年前的藏东山地牧场，那个冬日的黎明，我们将要踏上归途。山野冥蒙中，牧民在冬窝子里为我们烧茶送别。铁皮炉里的牛粪火闪亮，映照着一张张如大地如岁月的脸庞。酥油茶的浓香溢满了小小的空间，这是前方漫漫长途的最后温热，如诗如画般铭刻在心底了。这诗画的最后一幕，是曙光微阑中，与那些一生可能仅谋一面的牧民男女们互致祝福挥手告别的情形。

那一刻，我觉得生命中有些什么正离我而去，永远地融入了那片冻土地。(《诗化西藏——〈走过西藏〉第四版后记》)

在这幅图景中，处于中心位置的是“我”，这个“远行者”，她在漂泊，她在漂泊中找到了“归宿”，而这“归宿”并非是某种历史、文化意义，而是“生命”，生命因漂泊而如诗。

很难想象斯文·赫定或刘曼卿会这样自我表述，马丽华由此确定了一种新的意义模式，至今盛行不衰。

七

“漂泊”，这是马丽华的写作中的关键因素，对于西藏的发现史来说，它也是一个新的因素，第一次，人在那片大地上的行走仅仅是为了用身体去经历，为了身在现场，漂泊本身就是归宿、目的。

在这个时代，通过电视和网络，人间万象在我们的眼球上清晰映现，我们在千里之外观看任何一处现场。尽管如此，身在现场的意义还是非同寻常：我们本能地承认在场者的权威，这种权威来自他们的身体，在一场电视转播的战争中，相对于演播室里夸夸其谈的专家，我们更相信战地记者，因为他们“在”那儿，我们相信身体胜过相信任何理念。

当然，我们常常忘了，在场者同样会一叶障目，会分拣和歪曲事实，他们很可能利用在场的权威行骗，他们会背弃自己的身体：关闭眼睛、皮肤和直觉，让成见滔滔不绝向外流泻。

而马丽华，用佛家语说，此人有天生的“澄明”，一种直接触及事实的能力。

很多作家都有这种能力，比如托尔斯泰，他烛照入微，一切浮辞伪饰都逃不过他的法眼，但托氏的能力可谓以天算胜人算，是绝伦大智，而马丽华的能力则来自罕见的热情和善良。

读这四本书，我认识了马丽华：她是如此热情，她在热情鼓荡下外向——她惊叹地接纳眼前的一切，她不是一个缜密、细致、冷静的观察者，相反，她总是很匆忙，这种匆忙不是草率，而是遭到巨大的、缤纷灿烂的景象的轰击，她在快乐地招架。她的身上澎湃着放任的感性力量，她也思考，她也有观念和成见，但是，当身在现场，当事物从四面八方扑来，她常常忘了思考，她张开所有感官喜乐地体会；她是善良的，这不是说她的头脑里有铁一般的道德律条，而是她对人、对事物怀有一种小心翼翼的爱，她唯恐伤害一切，她不忍“批判”，甚至不忍“深思”，因为她本能地觉得任何归纳、演绎、追究和揭破都是对人、对事物极不厚道的侵犯……

人类学家格勒和周星都曾谈到马丽华的“文化相对主义”，认为她的写作体现了现代文化人类学的这一根本立场，但我认为，马丽华是个天生的文化相对主义者，即使她没有受过有关的学术熏陶她也会是，我宁可把她看成她本来就是的那种人：她是诗人、是文学家，而诗与文学的根本要义就是尊重和理解他人的真理，就是将世界从使它干涸的种种意识形态下解救出来，恢复它的丰满和复杂。

在这个意义上，马丽华的漂泊与行走与“生命”有确凿的关系：远行者虚怀若谷，她是“空”的，她用身体感受世界，她接纳生命的一切可能性，由此，她的生命壮观、充盈。

也正是在这个意义上，马丽华标志出对西藏的第二次发现：斯文·赫定或刘曼卿绝不会像她那样观看西藏，他们都是被强大的先在理念所支配的英雄，他们必定有力地筛选和编纂自己的所见；而马丽华通过她的执着行走，将扎西达娃等人开启的文学叙述扩张为经验的盛大狂欢。

于是，几乎是第一次，汉语世界的读者直接面对驳杂的、近于真实的西藏：它的神界和人界、精神生活和世俗生活、它的可理解和不可理解、它的亘古长存和流动不居……

八

某日，我偶然行经北京的后海，这是一片相对完好地保存了北京旧时风貌的区域。在这个城市，“现在”正饕餮地吞噬“过去”，后海如同孤岛，维系着我们与前人、与千百年民族生活的联系，让我们感到时间原是有来处、有纵深。

但后海已灯红酒绿，它变得妖冶、暧昧，都市新贵们以混乱、矫饰、自鸣得意的趣味改造着这一地区——经过一间又一间酒吧，我猜想一幢幢房子里可能多少年前居住着诗人、武士和朴素的百姓，我知道至少其中一间住过郁达夫，一个朋友在那酒吧的洗手间里告诉我：咱们正在郁达夫家里撒尿。

然后，我在银锭桥头看见了“西藏”：巨大的玻璃窗内，琳琅满目地堆积着西藏风格的家具、佛像、面具，木门半掩，门内，明亮的灯光炫耀着一地鹅卵石，它们会不会崴断了细长的鞋跟？

——来到这酒吧，就来到了西藏？

这时，我想起了马丽华。我知道，后海岸边的那间酒吧与马丽华有关——她为上世纪九十年代大规模兴起的“西藏热”提供了重要动力。一九九四年，马丽华将《藏北游历》《西行阿里》《灵魂像风》合为《走过西藏》出版，她对这部书的市场效应本不敢心存奢望：“我何尝不知，这类题材的边远，文化情景的隔膜，按以往的经验它很难进入大众社会。”（《诗化西藏——〈走过西藏〉第四版后记》）

然而，“以往的经验”失效了，《走过西藏》竟成了畅销书，某种程度上因为这部书的刺激，“西藏”本身也迅速成为重要的时尚元素。到二〇〇六年，在中国的城市，“西藏”成了飘扬在成功、金钱、欲望和迷茫之上的华美旗幡：谁不曾神往地谈论西藏？谁不曾去过西藏或要去西藏？谁没泡过西藏风格的酒吧？谁没看过有关西藏的书或杂志或电视？谁不曾在某个瞬间为对西藏一无所知而自卑？

所有这一切，我无意在此申说，那将是复杂、庞大的论题；我有兴趣的是，马丽华对此作何感想？

是的，马丽华是善良的，她从来不忍伤害事物，我相信她会像她曾经说过的那样再说一遍："国人渴望认识我们的西藏，并由此推进了民族间文化间的了解和交流总是好的；我心目中的西藏由此广为人知并引起普遍的神往总是好的。"（《诗化西藏——〈走过西藏〉第四版后记》）

但是，当西藏被论述和界定出某种化石般的文化本质，并因此成为一种消费品时，马丽华在想什么？

九

在第一次"发现"中，西藏被指认为"落后"，它在第二次"发现"中却获得了辉煌的精神光环——马丽华在《西行阿里》中对那群虔诚者的描述在我看来意味深长：我们来自充分现代化的世界，西藏是我们"发现"和保留的跪拜之地，是我们精神上的公园或后院，我们热爱西藏，我们热爱它的方式是希望它永恒不变……

但这是道德的吗？我们的根本动机不是自私和蛮横的吗？在马丽华的书中，一位美国女士在西藏"什么也看不见，除了美丽"，这当然是她的自由，但西藏有义务永远、彻底地向外人、向游客表现它的"美丽"吗？该女士还说，"干预和帮助之间的区别在于对方是否寻求"，话是不错，但如果你看到的只有"美丽"，你又怎么能听到对方是否寻求？当我们企图把一种文化、一种活生生的民族生活从现代化进程中“保护”起来时，我们是否仅仅为了满足我们的“美感”？我们难道要通过这种方式将西藏在巨大的全球化体系中隔离在被观赏的地位？

——这些问题很难有清晰的解答，但是，它们肯定暗自困扰着马丽华。在《灵魂像风》中，马丽华写道：

在我回顾描述了仍在延续的传统人生，记挂着那些悠久岁月中的村庄和寺院，那些人影和音容时，一种忧郁的心绪漫浸开来。我觉得心疼。觉得不忍和不堪。从什么时候开始，一种不自觉的意念从脑海深处渐渐上升，渐渐明晰，浮现于海面，并渐渐强化起来。我凝视着它——这是对什么的不以为然。

……

《灵魂像风》因此成为这四部书中最具深度的一部，马丽华揭开了西藏的光环之下真实的躁动和困境，在这部书中，她无意中呼应了先行者刘曼卿的声音。

是的，老问题至今仍在，它被马丽华、被那位“不语怪力乱神”的藏族学者从西藏的内部深切地体会着。

尽管取向不同，但第一次“发现”和第二次“发现”同样源于我们的现代性焦虑，正是第一次引发了第二次，“西藏热”在上世纪九十年代的兴起，只有在中国巨大的市场化浪潮的背景下才能被充分理解——这是我们在“进步”的道路上高歌猛进时对自己做出的文化补偿，这种补偿本就预设在现代精神之中。

那么西藏呢？难道西藏应该成为这种补偿品？

十

于是——

西藏的高山和山谷深深地吸引了我，我决定不久就去游览。我定过许多计划，打算过许多次旅行，其中一想起来就使我高兴的就是准备去游历西藏的名湖玛旁雍错和附近积雪的冈仁波齐山。这是十八年前的事了。直到现在我始终没有去过这两个地方。甚至西藏我尽管向往也一直没有去成。我忙于工作、赚钱、看电视以及生儿育女，走不开。我用日复一日的生活代替爬山渡海以满足我的游历热。可是我仍然定计划，这是一种虽然在日常生活中也没有人能禁止的快乐。我常常梦想有那么一天，我漫游喜马拉雅山，越过这大山去看望我所向往的山和湖，然而年龄不断增加，青年变成中年。有时我想到也许我将要衰老得不能去看冈仁波齐和玛旁雍错了。这种旅行即使走不到目的地也是值得一试的。

这些高山出现在我的心头，

山虽然危险，染上了玫瑰色的晚霞，多么美丽。

山上宁静的积雪，多么令我神往！

2003 年春于北京

1992 作家版序言①

格勒

忘记了哪位作家说过，我们在和一位作家谈过或看过他的面目后，再去读他的著作，必会觉到更多的领略。我与马丽华认识已久，去年 7 月至 9 月，又同行阿里考察，同去瑞士出席国际学术会……由于这些原因，我读了她的新作《西行阿里》，印象很深，感受很多，不妨在此借题发挥，粗谈几点体会。

《西行阿里》虽是一部文学作品，但其意义和价值显然已超出文学的范畴。这要归功于作者近年来对人类学的关注。至少从《藏北游历》起，我感到马丽华的作品已经开始向着人类文化的反思伸探。其特点是借助于对地域特色、风土人情、历

① 序言作者格勒博士曾任中国藏学研究中心副总干事，中央民大、西南民大客座教授、博导。著名藏学家、文化人类学家，著有《论藏族文化的起源形成与周围民族的关系》等专著，长期主持“西藏传统文化与现代化”等重大课题。

史典故、神话传说、自然风光等的精心描写，执拗地追求一种特定文化价值的参照，从中探溯藏民族文化的内涵、价值及其对于当代人类的意义。《西行阿里》继续坚持了这个“已确定的思路和动机”，正如作者自己所说：“我还格外感到了我已描述的该地的自然、历史、民族、宗教所具有的引申意义。作为当代世界的一个参照，可能会提供一个思索的契机；作为有关未来的终极思考的观照，也许不无意义。”正是在这一意义上，马丽华的作品在文学与人类学两座高耸的悬崖之间架起了一座桥梁，并将她个体心灵的深入对应于西藏古老文化心理的剖露与反思，从而引起国内外一些人类学和藏学专家的共鸣。在瑞士苏黎世的“西藏—喜马拉雅人类学国际学术讨论会”上，一些外国专家对英、法文版《藏北游历》爱不释手，赞不绝口，即是一例。

文学中的散文与诗、小说等似乎有所不同，它可以随心所欲地表达出作者的主观意识以及有关民俗的、历史的、宗教的、哲学的、道德的价值思考。马丽华充分利用了散文的这个特点，以她亲眼所见、亲耳所闻的第一手材料，和一颗对藏民族文化深深眷恋之心，努力向人们展示出一个远离近代文明，但又绚丽多姿的古老文化世界。在这个雪山环绕、历史久远、传说弥漫、古迹遍地的世界里，人与自然、人与人、人与超自然等错综复杂的关系，相互叠压、渗透、交错，构成多样性、多层面的主体文化结构，令人眼花缭乱、目不暇接。我们一个多月的考察固然不能总揽其全貌，但《西行阿里》

筚路蓝缕，功在开辟，第一次向人们较为全面地传达了“我们这一代人对于这一陌生地区的发现和认识”。毫无疑问，作者这一开掘之举是成功的。

纵观古今中外，文学家关注人类社会文化者不在少数，因为文学原本就是人学。我国历史上的文学巨匠通古今之变，究一代兴亡者不乏其人。司马迁、范晔等是典型代表。司马迁作《史记》的精神就是为了“究天人之际，通古今之变，成一家之言”，从而使《史记》成为“史家之绝唱，无韵之《离骚》”。在我看来，关注社会历史文化的优秀文学作品，就像硕大的天幕中形成的一条闪闪烁烁的光带轨迹，引发出人们无穷的思考和多向的叩询，其意义和价值不亚于一部社会学或人类学的专著。恩格斯曾经说过，他从《人间喜剧》中学到的东西，超过了从“当时所有职业历史学家、经济学家和统计学家那里学到的全部东西”的总和，可见该部文学作品的价值所在。《西行阿里》虽不便与《史记》《人间喜剧》等相提并论，但作者试图从文化人类学的高度来探究阿里文化，提示藏民族悠久的历史文化传统和现代文化变迁的努力值得充分肯定。如果说中国文学史上曾有过从事“学者散文”的作家，那么称马丽华为“人类学散文作家”也许确当。如果说《追你到高原》（散文集）、《我的太阳》（诗集）是马丽华接触人类学之前的自我情感世界的抒发，那么《藏北游历》《西行阿里》应该是她努力把个人的情感融注于西藏文化反思中的结晶。很显然，这中间马丽华的感受世界出现了一个新的腾跃。文化人类学视角的确立对这一飞跃产生了较大影响。

近30年来，藏族的历史文化引起了国内外的关注和重视，国际上掀起了“藏学热”。研究藏族的论著如雨后春笋，盈千累万，可谓硕果累累。其中有关来藏探险游历之类的著作颇多，对读者影响甚广。笔者于1988年至1989年在美国讲学时选读了桑德伯克（Graham Samdberg)的《西藏的探险》和安德烈·吉包特（Andre Guibaut)的《西藏探险》等。书中固然不乏成功者的发现，为我们研究和了解西藏提供了一些线索和资料，从中也可得到一些有益的启迪；但作为一个藏族读者，我对这些作者的民族自大心理和西方文明中心主义的不公正态度感到难以接受。他们总是戴着一副优等人的有色眼镜观察我们藏族的风土人情，在他们带有偏见的笔下，藏族文化除了离奇古怪，便是野蛮落后。对比之下，《西行阿里》虽出自一个生长于黄海之滨的汉族作者之手，却无一丝一毫的民族偏见，相反地，作者“心悦诚服地接受了当代文化人类学界有关文化模式、思维方式并无高下优劣之分的观点”。尤为可贵的是，作者为自己“可以在故乡人面前毫不自卑地称道自己为西藏人”而感到自豪。这正是当代人类学家必备的基本态度。

在当代人类学家看来，世上的民族无论大小、其生活方式如何，都有自己的文化，世界上没有无文化的民族。各民族在长期的历史发展过程中，形成各自适应生存环境的行为、观念、态度和生活方式。不同民族的文化存在差异，构成世界文化的多样性，因此世界各民族对人类文化都作出过各自的贡献。文化就本质上而言，并无高下、优劣之分。文明并非哪一个或者哪几个民族的功劳，而是由许多民族共同创造。喝酥油茶与喝咖啡，吃生鱼片与吃生牛肉，吃糌粑与吃大米，都是人类文明的产物，差别仅在于习俗不同。所谓文明与野蛮都是相对而言。所谓文明人有时候很野蛮，而所谓野蛮人有时候倒很文明。当今世界所谓“西方文明”社会中野蛮的行为也处处可见。据世界卫生组织统计，丹麦、瑞士、芬兰、瑞典和美国是自杀率和凶杀率最高的国家。美国的酒精中毒率居世界首位。酗酒、吸毒、暴力等已成为美国社会的弊病。这些文明社会中的不文明行为在边远的民族和古老的社会中往往最少听到。我们去年西行阿里一个多月，发现生活在雪山草原中的人们不知吸毒、自杀为何物。由此可见所谓文明（包括物质文明和精神文明）并非为某一国家、某一种族或某一民族所特有，文明与野蛮、先进与落后都存在于相对之中。在印度教徒看来，美国人吃牛肉的习惯既原始又令人作呕。因为在他们的文化中，牛是神圣的动物，不能屠宰为食。同样，其他民族的人观察藏民族习俗和观念时，也觉得有些习俗稀奇古怪。但作为一个人类学家对这些习俗和观念的差异必须客观地加以描述，并设身处地地研究这些问题，公正无私地进行考察。人类学的这种态度被称为文化相对论。这种态度鼓励人类相互理解。我非常赞赏德国著名人类学家利普斯（Julius · E · Lips）说过的一段话："在我们的时代，人类学家应在自己的领域中为促使各个民族和文化之间更好地了解而工作。我们从原始人那里得来的遗产，是所有种族和民族所共有的。由人类学材料所揭示的所有民族的共性，最终将为世界大同的实现作出贡献。人类文化的最早发明和赐予者不能用肤色、民族或宗教来区分——他们是无名的。但他们献给人类的幸福，远比许多现代政治家为多。"他说他写《事物的起源》一书是为了"努力增加民族和文化之间的相互合作"。为了这样的目的，人类学家就必须避免或克服民族中心主义的偏见，因为有民族中心主义思想的人往往对自己民族的文化习俗不假思索地视为理所当然，把别的民族文化习俗视为"野蛮""残酷""落后"等，其结果妨碍了正确理解其他民族的文化。这种态度在人类学界被称为"阻碍文化研究的态度"。《西行阿里》最突出的特点之一，是作者具有多年接受藏族文化熏染的独特背景。多年来，作者怀着一颗虔诚的心灵，几乎走访了西藏的所有角落，并把自己的"事业与生活、乃至友谊和爱情都附丽于"这片土地。通过十多年的目光注视、双脚触及、心灵感知，她了解了这片土地，了解了这片土地上的文化，从而"齐鲁之邦的我"变成了"西藏高原的我"，使她能够从主位文化的角度来观察和理解西藏文化。这就构成了《西行阿里》的重要特色，不但客观公正，而且通过歌颂藏民族的一些优秀文化来观照所谓"西方文明"的弊端，这是十分难能可贵的。

近年来，国内藏学界似乎也有一个“阿里热”。据我所知，各行各业的专家学者，以及记者、画家、摄影师等文化人都被“千山之巅、万水之源”的阿里高原诱惑得如痴如醉。因此，每当提及阿里的历史和文化，人们就有一种说不出的喜悦感和神秘感。不约而同地把千里之外的阿里选作探险的目标、考察的园地。他们一个接着一个地闯入这片“未经现代文明完全染指的最后净土”。因为当今世界现代化的文化浪潮正在冲击着每一个角落，昔日让旅行家和探险家感到惊讶、困惑、陌生的古老文化正在发生变迁，正在纷纷消失。美国古印第安人的文化，现在只能在博物馆中或在电影电视中看到。当今世界，遥远的岛屿、深山老林和荒野大漠都阻挡不住现代工业文化、商业文化的冲击。同样，古老而灿烂的阿里文化在当今改革开放的浪潮中再也不可能隐藏于千年冰雪和云封雾锁之中。我们的阿里之行，亲眼目睹了在现代化过程中正在发生的文化变迁，虽然这种变化比内地仍显缓慢，但我们已经感到，在狮泉河镇这种感觉尤其强烈。无论是象雄文化还是古格文化在狮泉河找不到一点蛛丝马迹，相反，商店、饭店、宾馆、机关、影院、商人等等使我感到整个狮泉河镇仿佛是近十年才突然降临的“移入文化”。它与四川的康定、藏北的那曲、藏南的泽当，同属于现代都市文化的产物。难怪作家扎西达娃感到“阿里存在的不现实”，“奇怪本土阿里人跑到哪里去了”。在狮镇大街上商贩争先恐后的叫卖声中，我们隐约看到了文化变迁引起的竞争、不安和紧张。阿里地区公路四通八达，公路沿线的农民牧民种植农作物、饲养牲畜不再仅供自己使用，越来越多的人开始致力于赚钱的商品买卖；也不再追求自给自足，而是依赖市场上的购买。为此，他们也越来越重视货币的作用和资金的积累。普兰县科加村的巴桑家就是我们考察中最熟悉也是最典型的经商发家户。当巴桑在科迦寺神圣的大殿里，加入祈祷的人群时，他是一个虔诚的教徒：手拿佛珠，身着红色僧装，口中念念有词，并相信一切的利益都有限，一切都是命中注定，贪欲是邪念；但当他回到家中，又是一个无情的商人，他认为在科加这样的农村，不经商就发不了财，要发财就要懂买卖，买卖人之间讲金钱，无人情可言。于是他变成了科加村里适应文化变迁的成功者。他家率先拥有了汽车，以车代步使巴桑的买卖越做越大，走出了普兰，走出了阿里，跨过了国界。当然，他也没有忘记传统社会中舆论的力量，为了换取在科加社区内的声誉和威望，他将所获金钱的一部分捐赠给寺院，他自己也时常以每天仅1元钱的微薄工资为寺院服务。但无论如何，巴桑不是恪守一日一餐、整日闭门修行、不闻不问窗外事的传统苦行僧人，商业化改变了他的价值观念，实利主义思想在他心中占据了地位。他甚至把生意经念到了美国教授南希头上，以每顶30元的高价把两顶手工制品的当地帽卖给了南希教授。他要价时那种镇定自若、脸不红心不跳的样子，令我吃惊。

科加村到普兰县城通了公路并有了汽车和拖拉机，

科加人进县城的次数、人数增加了。很多人早上去下午归，于是到县城挣钱也成为科加生活中的一部分。一些年轻人被县城生活所吸引，干脆去城里追寻职业和金钱，住在旅店，吃在饭馆。他们从电视、广播、中外商人渠道了解到外面的世界，方知楼外有楼，天外有天。如果有一天，这类青年都迁居城里；如果有一天，科加的土地都用拖拉机播种收割；如果有一天，阿里人都坐汽车朝圣拜佛，用汽车拉羊毛和盐，那么今天《西行阿里》中描述的那一个个引人入胜的风土人情届时还能见到吗？这并非我游谈无根。当我在科加村调查了解短短三十多年前这里存在的欧洲中世纪式的传统社会制度时，村里仅有少数人对此犹有记忆，大多数中青年农民对此已淡漠，不少人甚至不知封建农奴制为何物。这使我想起一百多年前美国著名人类学家摩尔根在撰写《古代社会》一书时曾断言："印第安人部落民族文化生活在美国文明的影响下正在日渐衰颓，他们的技术和语言正在消失，他们的制度正在解体。今天还可能容易搜集的事实再过几年之后即将无人发现。"他的预言今天在美国已成现实。今天摩尔根的《古代社会》一书已成了我们了解昔日印第安部落民族的必读书。此时此刻人们多么希望多有几部像《古代社会》这样的书，但已后悔莫及。如果再过百年，凡对阿里的过去感兴趣的后辈们是否也会责怪我们为什么不多出几本像《西行阿里》这样的书呢？很有可能。从这个意义上讲，今天的人们怀着开垦处女地的兴奋、尚可记录到正在消失的旧时文化习俗的复杂心情进入阿里，其价值和意义远远超出了文学创作。今天的阿里是过去阿里的继续，不知过去的阿里焉知今日的阿里？未来的阿里是今天阿里的发展，不知今日之阿里又如何预计未来阿里的发展趋势？我们这一代人正肩负着复原过去的阿里和建设今日阿里的光辉使命，责无旁贷。

更何况，阿里不但以“世界屋脊之屋脊”著称于世，而且在人类学、民族学、考古学和语言学方面所具有的资料之丰富无与伦比，为其他藏族地区所不及。由于特殊的地理位置，其文化价值和意义也远远超出了阿里本地范围，仅就现已发现的考古材料和文献资料就足以说明早自中石器时代到以后漫长的文明历史进程中，我国北方草原乃至整个中亚草原乃至古埃及文明，南亚次大陆孕育出来的佛教思想意识以及古印度文明，均曾从四面八方如风一般吹进了阿里高原，在这里相互融合形成举世瞩目的民族文化合成，呈现出迷人的多元文化的多重性特点。迄今为止，阿里仍有许多没有完全解开的历史文化之谜，“象雄之谜”“古格之谜”“苯教之谜”“崖洞之谜”“古城堡之谜”“岩画之谜”“神山圣湖之谜”……在千万年的冈底斯雪山周围，在古老的象泉河、马泉河、孔雀何、狮泉河流域，究竟隐藏着多少人类文化的秘密？也许《西行阿里》能为之提供一些宝贵的线索和有益的启迪。

当代西藏作家兼人类学工作者马丽华的《西行阿里》，以她拿手的散文诗情之笔，向我们描绘了一幅动人的阿里社会的文化风俗画，比较深刻地揭示了现代阿里生活的方方面面，书中既有形象生动的文学描写，又有富于哲理的议论，既有发前人难发之见的观想，又有知识性和趣味性，既有阿里不同地区的典型事例的介绍，又有面上的人类学理论上的概括和描述，是一部了解阿里历史与现实、社会与文化、风俗与人情等不可多得的佳作。特此我不揣冒昧作序，把此书推荐给国内外广大爱好人类学、文学及藏学的读者。

1991 年 6 月 1 日于亚运村安苑北里一号楼

开　篇

公元9世纪中叶，一度称雄中亚、据守丝绸之路一两百年的吐蕃帝国已是日薄西山。赞普朗达玛①灭法为这一末路王朝撞响了丧钟。随之而来的王室内讧、内战无异于自乱了阵脚，而席卷全藏的“一鸟凌空、众鸟飞从”般的奴隶、平民大起义，则整个儿地撼动了这个王朝赖以存在的社会基础。迨至该世纪下半叶，随着末代赞普沃松之子贝考赞在后藏②娘若香堡（今西藏江孜）被擒诛，吐蕃时代落下帷幕。

苍凉秋日，伤怀之晨，在娘若香堡以西数百里开外的切玛雍仲地方，不见旗旌，不闻鼙鼓，一行数十骑暂且停下仓皇西奔的杂沓脚步，正待挥泪作别。夜来一场不大不小的雪让这片荒莽之地愈显肃杀。末

① 赞普朗达玛（约公元838—842年在位）：《唐书》作“达磨”，吐蕃赞普赤达玛乌东赞的绰号，“朗”即“牛”。由于他禁佛灭法，后世史书将其贬称为“牛魔下界”，民间传说中也是头生牛角的反面形象，所以名字前面冠以“朗”，以示反感。朗达玛禁佛运动内容包括：封闭佛寺，破坏佛像及寺庙设施，焚毁经书并驱散僧人。公元842年，这位末世赞普被佛僧拉隆·贝吉多吉刺杀。藏史称朗达玛之后百年间为“灭法期”或“黑暗时代”。

当代藏学界不乏有人意欲重新评价朗达玛的是非功过，并重新审视这段历史。

② 按照藏文史书描述，藏族聚居区依其自然和历史地理大致划分为三大区域：上阿里三围、中卫藏四如、下多康六岗。其中“卫藏”系两地区的组合，“卫”泛指以拉萨河为中心的地区，亦称前藏；“藏”，泛指今日喀则及其以西、以北地区，亦称“后藏”。

代赞普沃松嫡孙、贝考赞之子吉德尼玛衮这位落难王孙，乱发纷披，衣冠不整，双目茫然，灵魂虚空，心境之怆然犹甚于秋风漠野荒草。此际，护送王孙西行亡命的两位白发老臣该踏上归程了，遂向王子施礼，祝祷一路平安。老臣向巴措尼玛多吉手牵一骡，说道："此行千里，其路迢迢，为臣仅有瘦骡一匹相赠，可作代步乘骑。"

另一老臣觉绕帕夏拉勒手捧狼皮，说道："其路迢迢，千难万险，为臣仅献狼皮一张，日里可为坐垫，夜间聊御风寒。"

闻听此言，生不逢时的落难王孙掩面而泣，半晌，方才哽咽作答："吾在上部（阿里）倘能重整旗鼓，汝等二位可有站起之日。"

朦胧泪眼中，天苍苍，野茫茫，前程渺渺。意冷心灰的吉德尼玛衮，口中如是说，说说而已，帝王之梦？其实呢大半幻灭。[①]

然而何曾料到，正是这苍凉秋日、荒莽之地的挥泪一别，竟就撩开了六七百载古格王朝的序幕。

这一幕不由得让人生发联想——但凡成就旷世大业者，诚如若干宗教创始人，包括儒释道乃至中外政治家等等，每有出

① 这一段吉德尼玛衮被迫前往阿里事迹，主要来自朵桑坦贝见参《世界地理概说》（据藏文木刻版汉译）。另外，本书所涉史实，参考的文献资料计有《藏族简史》《西藏佛教史略》《青史》《新红史》《论藏族文化的起源形成与周围民族的关系》《西藏的文明》《西藏考古》《西藏文史资料选辑》等。本书有关自然面貌方面系参阅《西藏地理》《西藏地貌》等；注释部分多为借助《藏汉大词典》《辞海》《佛学小辞典》《宗教词典》等。有关史迹及人物年代，通常众说纷纭，本书大致遵从某一说，或综合多家之说讲故事，因之本书所涉历史不宜作为信史来读。

本书出版30多年来，举凡社会科学、自然科学多学科对于阿里地区相继推出众多研究成果，本书尽量收集来，补充于注释及附录中。

走、韬晦或冥思，然后再崛起之经历。身为普兰、古格、拉达克王朝之父的吉德尼玛衮，经历一番落魄出走过程，果然绝处逢生，柳暗花明——行至西土，抵达冈仁波齐神山脚下，玛旁雍错圣湖北岸，这位多灾多难的王孙方才悟到此行意义深远，此处别有洞天：此际的象雄本土虽已熄灭了昔时光焰，象雄十八王的遗风荡然无存，但席卷藏地的战火烽烟远未殃及此地，土王们各据一方倒还相安无事。吉德尼玛衮或可称“去势的凤凰不如鸡”，毕竟“瘦死的骆驼比马大”，按照与世长存的正统观念，高贵的王者骨系理所当然被认可，被当地土王招赘做了女婿，理所当然继承了家国。随后，又理所当然地兼并了今被称之为“阿里”的西部地区。待到他的三个儿子长大成人，吉德尼玛衮进行了颇具历史意义的分封，以云彩形象为标志三分其地：大儿子在云彩汇集处的普兰，二儿子在云彩弯弯处的古格（扎布让，今札达），三儿子在云彩最高处的玛隅（拉达克--日土），各自创建了青史留名的普兰、古格和拉达克三家小型王朝。

这便是“阿里三围”的由来。藏族历史称其为“三衮（王）占三环（围）”。所谓三环，是人们对其所在的地理环境的形象化说法：普兰是雪山环绕的地方，札达是岩石环绕的地方，日土是湖泊环绕的地方。

藏文史书有关阿里三围的定义至少有四种划分法。这是因为史地沿革中的三围及各围的疆域有大有小、时大时小、兴衰交替、聚散无常。稍后古格王国渐渐羽翼丰满，于三围中遮天蔽日；而直到近代，拉达克王朝方才析离西藏本土。

现代对于阿里三围的说法多取上述“普兰、札达、日土”三县之说。同时，作为当今西藏自治区所辖阿里行政公署，除这三县外，还包括噶尔、革吉、措勤、改则四县，其中后三者为牧业县，其自然地理一般归类藏北高原。

阿里地区位居西藏西南边陲，越过南方喜马拉雅山，是印度，是尼泊尔；越过北方昆仑山，是新疆。西方紧邻拉达克，东及东北连接西藏本土的后藏谷地和羌塘草原。

古格时代是阿里高原的一幕历史正剧，但并非第一幕。

西藏近年间兴起“阿里热”。学者，作家，美术家，摄影师，乃至干部们、百姓们，皆以一走阿里为大还愿，阿里遂成热门话题。古格时代的历史文化之谜已足够诱人，前古格时代的古老象雄乃至阿里旧石器时代的神秘、阿里大山大水的神奇更加令人迷醉得可以。拉萨朋友们，凡去过阿里的，反应都强烈；没去过阿里的，反应也强烈。

“北方人常说，到了天边啦！阿里可不就是天边！”——回族诗人摩萨，阿里归来数年，每每说起依旧兴奋：“到了阿里，就像离开人世，去往鸿蒙初开的别的什么星球。在那儿仿佛对时间无感……还有那种无背景的静，是真静。”

他对阿里的总体感觉是：神气，大气，灵气，还有，悲壮。

“我们的车一直往西开，往西开，就觉着白昼怎么就这样长。我们都成了追日的夸父啦！”画家韩书力在最近的数年间两度前往阿里古格王宫遗址，朝拜艺术之圣。首次到达古格，他们一群为之倾倒，认为发现了西藏艺术领域里的新大陆：仅就古格白宫天棚藻井，也足可出一本画册啦！古格画风，遥与敦煌相媲美，相辉映，与卫藏一带的寺院壁画细密烦琐之规范画风大不同！他还想过，古格画风在藏犹似鹤立鸡群，独树一帜，可否名之为“古格画派”呢？

小说家扎西达娃，透过阿里之夏风和日丽的表象，深入底里地感觉到阿里存在的“不现实”：它仿佛游离于西藏文化之外，是天方夜谭，是谜。他奇怪地发问，古代阿里人哪里去了。现今阿里人犹如……你看狮泉河镇上熙来攘往的人群神神秘秘。

20 世纪 60 年代曾在阿里当过几年记者的李佳俊告诉我，当年在阿里的时候，平均每年吃进胃里一件毛衣。

另一位在藏工作了 30 年的老记者，走遍西藏却存心不去阿里：“人说百闻不如一见，我才不信！宁肯保留这份唯一的神秘和向往，免得失望。”

民俗学家次旦多吉也没去过阿里，他说他如果去普兰的话，必定要捡回三种彩石：一是外形椭圆、内中蓄水的雀卵石，一是四方黑色石，一是艳丽小红石。另外，他听说札达的树瘤也是极出名的，可做上等碗盏，可雕佛像然后镀上金。

心宽体胖、总是笑眯眯的音乐家边多先生，特别乐意话说阿里。不仅从民间音乐歌舞角度——当然仅此一点他便足可去著书立说、去作系列讲座、去拍成专题。同时，我发现所有人中，独有他对阿里最无隔膜感。原因简单，年轻时为了谋生，他曾跟从骡帮于拉萨—亚东—普兰之间多番往返。1988年，为民间歌舞采风他又走遍了阿里，一往情深来自心智和感情的双重热爱与感激。他说首先因为历史——我们藏族人近些年来得知西藏文化可能源自象雄，而象雄就在阿里；第二是宗教。藏传佛教后弘期“上路弘法”发端于阿里；而且阿里的神山圣湖也满足了藏民族的精神需求。这一切，都是阿里对于西藏的特别贡献。

还有个名叫孙振华的人，曾在《西藏日报》当过好几年的摄影记者，那时他就差不多成了“阿里通”。在我们访问阿里期间，他正以安徽电视台编导身份，重返西藏拍摄喜马拉雅山脉的系列专题片，同时接受阿里行署之托，还将从中套剪出六集风光片，所以一住又是一年。当初为动员我们去阿里帮他工作时，他谈过一系列的发现一系列的谜团，终极印象是：孙振华的古代阿里，简直就是曾经的亚洲文化中心无疑！

姑妄说之，姑且听之。说到底，能在阿里之谜未被揭开之前先睹为快，值得庆幸。

没有可能亲临阿里，只要得知过阿里这回事儿，仅仅听说过普兰、古格、冈底斯、象泉河这些名字，或者就看到这本《西行阿里》，也是有缘。

而对于这个地方，其实更像是对自己，多年前有过一个承诺。

现在，就来兑现它。

附记

关于吉德尼玛衮出走阿里、占据象雄的史迹，见于后世多种古籍版本，起因和过程不尽相同。其中一个版本是这样的：当卫藏地区深陷内乱纷争、吉德尼玛衮匿守（今日喀则以西）拉孜扎卡城堡，时在藏历木虎年（954年）仲秋，他接到来自上部象雄的足以改变命运和历史的一封信函，内称："尊敬的威望无比的国王，您不要与中部地区的猴子进行商议，面向月初的明月，骑上稍带暗色的枣骝骏马，立即赶到这里来扶持百姓吧！如果再有延误，那么上部区域这块如同装满融酥的金盆宝地，也会变成干枯废地。"

此信出自象雄内部争斗中失利一派之手，宁可将上部之地拱手相送吐蕃王室后裔，也要推翻象雄王现行统治。读罢此信，28岁的吉德尼玛衮感到了心灵的震撼，当即决定带领臣子亲随51骑向西进发，于次年的藏历木兔年（955年）初夏来到热拉喀玛城堡，与前来迎接的51名骑手会合。随后便借助象雄内部反叛势力，经历一系列战役，杀死了扮作铁人作战的象雄王，夺得了上部区域的统治权。从此这一地区终结了象雄之称，开启了以古格为代表的新时代。

——这段故事由古格·次仁加布写进《传奇阿里》

（中国藏学出版社，2014年），转述自15世纪出生于古格的佛学家班智达·扎巴坚赞所著《太阳氏王统记》。文中涉及会合地点热拉喀玛城堡，现存遗址依然壮观，位于今阿里地区噶尔县扎西岗乡扎西岗村的夏季草场热拉地方，距狮泉河镇40余公里。

第一章　札达——土林环绕的地方

初见土林：独具的情境与情怀

是在夕阳将沉时分驶入土林地带的。札达县城就坐落在前方数十公里开外的象泉河畔，此刻还不得见。这数十公里的沙土路全程需在土林的厢形峡谷间兜来转去——只此一点，可说是足够奢侈！走遍西藏，心目中充满西藏，充满了那些雪山冰川、荒寒漠野、河谷农田、原始丛林，冻土地带偶见膨胀的冰河，大荒之地宛然而现的湖泊，以及湖畔湿地上的绿茵与缤纷……诸如此类的大地貌、微地貌，而土林，也许是在西藏所经历的最后一种风景线了吧！我满意地想到，在段落句号之前，相遇一个完美结语，可算幸运。

土林这种地貌并不普遍，唯其个别，才格外地为札达增添了神韵。此前多次听到过有关描述与感叹，欣赏过大量光影写真的彩色图片，脑海中早已弥满土林，但当它以三维立体之姿蓦然呈现于视野所及，还是禁不住大欢喜大感动。寻常的土林在白炽骄阳下一派焦涩灰枯，只在晨昏时分方才生动富丽。此际夕阳正好，观土林正好。依然炫目的光线斜射于山体，向阳的一面金黄起来，明暗有致。土林——土质的林莽，全不见坚硬巨石，虽然高耸伟岸。切近看来，是以细碎砾石与胶质土作横向叠合，层次分明；是以沟壑的皱褶作纵向蚀刻，深入匀称。在高而平的脊崖之下，严整的崖体嶙峋嵯峨，酷似城堡碉群，巍巍然，浩浩然，瑰丽壮阔。

土林的组成形态相似于美国西部大峡谷，但不险峻，而是严整平阔，从容不迫。听说在特定季节的某些傍晚，例如秋季，土林世界妖娆狐媚，猩红如燃之炭。我在照片上见过，而此际刚刚进入盛夏 8 月份。

就停车，就登临晚照中的一座小山，让目光信马由缰，越过层叠土林南望。极目处是喜马拉雅岩石与积雪的峰峦，那一线风起云涌，苍茫如海。在这种时刻，在我举目远眺，直到目光不及的处所，感到世界大包容和目光大包容的同时，由外而内所感受着的，是唯有在西藏高原才能体会到的、无以名之我只能称之为的——“审美晕眩”。

是一种化境吧，超越了，虽然短暂。是我所神往的这一方独具的情境与情怀吧！

有时就觉得，走遍天涯，仿佛就为一点一滴地寻找这瞬间化境。

这一情境再不会被忘怀，我拿变焦长镜头摄取并珍存，就使我长久拥有了那片大壮美的时空。

夕晖之后便是澄明月色。我们两台车在蜿蜒土林峡谷中行驶，月光清澈如水，土林半明半昧，世界幽静深远。古老的灵魂复活于朦胧山影中，我们就这样走向历史。

这是自 1990 年 7 月 28 日离开拉萨后的第八天。最初的四天全部耗用于拉萨—狮泉河镇 1800 公里单程长途。关于路线选择，从拉萨去阿里，名义上有南北中三条道，北路经那曲，需要穿过羌塘高原部分无人区，夏季雨水大，冻土消融多沼泽；中路即我们往返行驶的拉萨—日喀则—拉孜—措勤—改则—革吉—狮泉河镇一线，此路后半段海拔较高，且多为高寒牧区，景色单调；南路则溯雅鲁藏布江而上，穿越大片后藏谷地直达阿里的札达、普兰。听说那条蜿蜒于喜马拉雅与冈底斯两大山脉之间的路线不仅风光壮丽，气势恢宏，而且它所具有的魅力首先在于它是一条古今文化走廊。藏族文化策源于雅鲁藏布江上中游，因而这是一条生存与文明之脐。地图上虽标有明显的公路线，但截至 1990 年它实际并不具备主路条件：缺乏食宿及油料供应，需大车小车结伴而行——大车装载备用油料、生活必需品，需涉水渡江过河时还可助小车一臂之力。画家韩书力一行 1984 年首次走南路进阿里，端赖一辆老旧的“解放”牌卡车人货混装。因路况不明，曾在雅鲁藏布江上游一个名叫帕羊的地方，车陷江心，在江边守候了整整 7 天，方才获救。夏季水大，我们的小车断断不敢只身前往。

别无选择只得面南而叹，走这条单调复又绵长的中路。[1]

向往十年之久的阿里终于成行，有赖于中国藏学研究中心的一项国际交流项目。此次由该中心研究员格勒博士陪同美国洛杉矶加州大学人类学副教授、藏学家南希女士，去阿里农区考察社会制度与家户关系的课题，格勒先生并带了他的两位学生兼助手扎呷、次丹多吉，额外加上我，总共五成员。但在阿里活动期间，我们的阵容滚雪球似的直发展出一行二车十人，恰如唐僧去西天取经，依次收揽孙悟空白龙马沙僧和猪八戒那样，后来的五人包括画家、记者和电视人。严谨的学者南希教授起初不解，小团队每增加一人，她都会用疑虑的眼光语气询问：这人是做什么的，与我们的工作有什么关系，如此这般表达不满。但是越到后来，不仅习惯了，随波逐流了，跟着大家转神山、拜圣湖，北上日土观摩岩画，尤其为阿里的自然风光和民俗风情所倾倒，其虔诚犹在我们之上。

从狮泉河镇开始结伴而行的另一车人，是阿里地区群艺馆的画家韩兴刚，驾驶员杨成，拉萨来的女记者小杨，还有一位搭车的内地年轻人。他们的车是改装过

① 1990年前往阿里地区仍属不易：空中无航线，地面无班车。被称为南线的219国道虽然早已开通，但由于沿途过水太多，极易陷车，直到2012年前后拉孜到阿里全程贯通柏油路，方成通衢，即拉萨—318国道中尼公路段至拉孜县，接219国道经仲巴、普兰、札达至狮泉河镇。因此在很多年里阿里往返拉萨，主路为中线，即从拉孜开始一段219国道，转省道，经措勤县上黑阿公路，再经改则和革吉两县至狮泉河镇。所谓北线黑（河）—阿（里）公路，黑河是那曲直译的旧称，黑阿公路起讫点为那曲市安多县至阿里狮泉河镇，东西向几乎平直穿越藏北高原。2018年此路已经基本全程贯通柏油路，并且作为川藏公路317国道的西向延伸，路标均改为317国道。

的北京吉普，不幸丧失了加力挡。一整天行驶途中，每遇上坡，我们的车就等在前面，就见那一车人下车，往轮后垫石头，然后推车上行——整个阿里三围之行就是这么过来的。在狮泉河，我们同韩兴刚一见如故。疯疯癫癫的艺术家急切地想要尽地主之谊，陪我们下乡一走；我们生来乍到也亟需向导，就这样一拍即合，一同上路。

从狮泉河镇到札达县城，近路250公里，远路400公里，晨起出发，将近半夜到达。而年轻人的车却久久不至。后来才知道是被月光下的土林迷住了，不仅停车欣赏，且举行了浪漫的祭拜仪式，此后每到一寺院一圣地（山，湖，神奇风光），每每如是，较之佛教徒犹过之，不久后连南希教授也屡屡施行“五体投地”式的跪拜大礼。恰成对照的是，自小便在母亲襟袍里远行数千里从四川甘孜前往拉萨朝过圣，幼年便在寺庙里注过册，在浓厚的宗教氛围中长大成人的格勒博士，不仅从来不跪拜，从来不语“怪力乱神”，还时常批评弟子们的不严谨，神神道道，陷入传说不能自拔。虽然也进寺庙，也了解传说，但用的是知性的眼光和耳朵。每见这群汉人和洋人参拜场景，大大地不以为然：“雪山湖泊本无生命，人们赋予它们灵性罢了。”后来，他再三谢绝我们的盛情相邀，到了山脚，到底也没去转大神山冈仁波齐——这真是一个有趣的位置互易。

象泉河正逢夏季涨水时节，陡峭的河床深切谷底，水声已充耳可闻。黝黑的土林魅影环抱中，札达县城托林镇的灯火闪闪烁烁。此地与拉萨海拔接近，杨树柳树葱茏掩映。从一棵乔木也不见、干燥犹如火星的狮泉河镇乍到此地，眼睛和肺部同时感到了充盈和舒适。我们将车径直开往县武装部，那里具有该县接待客人最好的食宿条件。[1] 在西藏各地，部队与地方关系密切，是近几十年间的新传统。

早有一人守候在此，等待有日了。此刻听见车声人声，快步迎来。此人个头不高但很健壮，满脸胡须，身穿满身是兜的摄影家服装，头戴一顶半边上翘的毛呢礼帽，宛似“西部牛仔”——这人正是西藏文化界无人不晓的“拼命三郎”孙振华。刚满 40 岁的老孙前些年很不容易地争取到从安徽调至《西藏日报》的机会，担任摄影记者期间，就曾只身闯荡阿里，走过西藏的冰雪旷野和深山老林，拍新闻照和艺术照，拍了雅鲁藏布一条江，电视专题《雅江纪行》；出版过阿里、古格遗址几本画册，在北京办过摄影展，加之几度大难不死，在藏经历遂成传奇，他也就成为传奇人物。此番他以安徽电视台编导身份再次进藏，是部分地接受了国外某家财团资助，打算拍摄中国境内的喜马拉雅山脉：

① 当年随意一笔，孰料竟成广告。20 世纪 90 年代的读者旅人来札达，往往直奔县武装部招待所。作者 2013 年再去札达，但见历史早已翻篇，县城不复旧貌，等级公路通达，宾馆民宿众多，土林丛中建起观景台，土林景观和托林寺、古格王城遗址皆成札达县含金量颇高的旅游名片。

从阿里的西喜马拉雅，一直拍到东部余脉的林芝地区。只不过由于涉外背景，此刻正举步维艰，幸好他应请愿意协助阿里电视台拍摄六集风光片，所以至少在阿里地区及下属各县是被热情欢迎的。此前老孙与我们有过联络，希望我们能够参与并推进他的拍摄计划，会合地点就定在札达县武装部招待所。

快步迎来的老孙满面笑容，与我们每人双手紧握，道辛苦说荣幸，并当即决定，鉴于我们从拉萨租来的越野车，车况不佳，难于安全完成此行，索性打发回去，改由孙振华人并车陪我们从札达去普兰。拉萨租车事宜本由我一手操办，现在看来办得不太妙，孙先生雪里送炭仗义相助，令我们一行感激不尽并皆大欢喜。

到导演老孙和驾驶员马师傅（后来换成耿师傅，均为合肥人）加入这个小团体时，我们便基本保持了一行二车（均为北京吉普，老孙用赞助来的车率先实行改造，将其后部改成高齐篷顶的方正铁箱，以便存放更多必需品，韩兴刚效仿之）十人的格局。这是一个奇妙组合，学者、画家、记者、导演、作家，快快乐乐像一个吉卜赛团伙。只有南希教授不悦，她预感到阿里之行的性质将要改变，大概还认为我们都是“干扰”。格勒则认为南希美国式的个人中心不适用于西藏人情社会，“我们要影响她，感化她，改造她！”

不论出自本心还是无奈，总之南希教授这个“工作狂”后来果然变了，入乡随俗了——在我们的眼里，当然更可爱了。

札达县所在的象泉河流域曾是古代象雄的中心地带。这一大河流域曾经发祥了流泽深远的象雄文化，见证过象雄时期的辉煌。此前我在藏北的那曲、巴青等地，在藏东林芝一带，就多多听说了象雄啊苯教啊乃至苯教祖师的传说，心下思忖在传说的本源中心，岂不是相关史话的汪洋大海！兴冲冲赶到阿里，方知现今阿里地区唯一的苯教寺庙中唯一的苯教活佛（兼藏医）丹增旺扎先生，恰在我们自拉萨启程那一天，动身去拉萨：相向而行，很可能是在途中擦肩而过！待我们返回拉萨寻他时，又被告知已返回阿里。算算时间，又恰在我们离开狮泉河镇之时，算得上是完美错过——而整个狮泉河镇及至整个阿里，据说唯有他一人了解古格以前的历史，并曾为此著书立说，而我所采访之人不是不了解，就是不关心。

仍不甘心，寻到札达来了。据我多年走访西藏的经验，每一县份地区，总会有一两个熟谙本地百科知识的能人，他们从不令你失望，总是口若悬河、对答如流。于是，本地一应历史风物人情掌故的“河流”便就通过格外抑扬、富有表现力的藏语或借助带有当地口音而别具效果的汉语涌出，一泻千里。我所获知的这一经验同时指示我，这种现象出于乡土本能，它需要从每代人中例行选拔这类能人为自己树碑立传。通常的情形是，它所选择的代言人物往往在眼神和前额呈现智慧之光。

札达的情况多少有些例外，历史有过的断陷使得智慧人物们难将以往完整地贯通。札达县办公室主任扎西是“札达通”，由他引荐的名叫强巴群培、强巴次成的两位老人也可以滔滔谈论古格。但古格之前对于他们则是一个空白。越过大片空白，唯有关于远古时代的朦胧且片段的群体记忆。

根据记忆他们说，很久以前，札达一带一片汪洋，蓝天之下只有水和风。后来，土林山渐渐从海底冒了出来，香孜地方有山名申日和巴吾，即“豆山”和“黄牛”之意，形容海底之山刚刚露出海面时的形状。后来海水消失，陆地裸露，历经雨水冲刷，便形成如此这般奇形怪状的地貌——您看土林横向的纹路正是海水降落的痕迹，纵向的沟壑来自风风雨雨的杰作；由于气候干燥，象泉河水位越来越低，河水依次降低留下的河岸线还在继续制造新的土林……

有理由怀疑这传说是有文化的当地人结合科学常识构想出的新传说而非土林起源的原始说法。依稀听说札达古风歌舞“宣舞”中有关于土林生成的解释，但未找见。求教于采风者边多，说有，但大堆原始资料尚待翻译整理。其实我想要寻找的是子虚乌有但色彩缤纷的民间解释，科学注解虽然精确但未免“那个”。例如，中国科学院青藏高原综合科学考察队根据20世纪70年代科考成果编纂的《西藏地貌》介绍，土林这种地貌学名为“水平岩层地貌”，是经过流水侵蚀形成的比较特殊的次生构造地貌，是上新世湖泊和河流相沉积地层，以粉细砂岩和黏土岩为主，间夹粗砂岩和砂砾岩。“由于水平岩层中垂直节理比较发育，而粉细砂岩又具有良好的直立性，所以沟谷深邃，谷坡陡立，即使一条小沟，也可深达 100 ~ 200 米。较大的支沟谷底，两壁陡峭呈箱形谷。又由于不同岩石的差异侵蚀，水平岩层常常构成形态奇特的岩壁和微地貌。结构致密而坚实的砂岩和砾岩常常成为粉细砂岩和黏土岩的保护层，或平铺于岩壁的顶部，或突出于岩壁之上，与软岩层交互，组成雄伟挺拔、奇异多姿的古城墙和古城堡形态。”①

……

所以每当科学发言，传说便只好噤声。

古格城堡山风大作，托林圣地暴雨将临

古格王城遗址就坐落在土林地貌的一座小山上。用“坐落”一词不很准确，因为古城堡其实已与山体相融合，毫无违和感，像是根植于山土的建筑，“长”在土山上。数年前当我第一次在某画刊上欣赏到该遗址全貌时，还曾仔仔细细地与同时刊登的另一幅土林景观作比较，以求分辨何为天然，何为人工。

现在终于可以一睹真容啦！这片遗址

① 对于阿里地区多学科综合考察是在 1976 年进行的。进入 21 世纪，札达土林的湖相沉积成为科学界恢复古气候环境变化的重要资源，有多个团队在此进行了多年研究，其中包括土林范围及形成年代的基本数据未必一致，本书第七章之第二节“冰期动物从这里起源”，来自古哺乳动物学家所采纳的数据：东西长约 140 公里，南北最大宽度 50 公里，呈向西敞开的喇叭形；沉积物厚度亦即土林高度 800 米，沉积年代为距今 610 万年至约 40 万年前。同时这一“冰期动物的摇篮”的发现也是进入 21 世纪以来重要研究成果之一。

西距札达县城十余公里远，地名扎布让。到达札达县城的次日一大早便驱车前往。繁盛于此，衰亡于此，确凿古格王宫无疑，就在远远近近的土林环护之中。见它是用取自土林的黏性土壤制作的土坯垒砌而成，本土而本色。坍塌的断壁残垣与脚下土林浑然一体，自然过程与人文历史浑然一体，残缺美，悲怆美。迄今尚未见到该遗址完好面貌的复原图，只有1985年开始、为时3年的古格考察发掘向我们提示了现状数据：古格都城遗址总计残存各类殿堂房屋445座，各类洞窟879孔，碉楼58座以及多种类型的佛塔座，另有塔墙1道，防卫墙10道，隧道与暗道4条，遗址总面积72万平方米。历经古格消亡以来300余年岁月，保存基本完好的殿堂有5座。而今所见，自地面到山顶依山势而建的建筑物高约300米，碉堡、佛塔林立，工事地道遍布；山腰数处寺庙，山顶白宫嵯峨，满山遍野散布着并非此山的鹅卵石，据称那是当年御敌的武器。只要留心在意，准能找到箭头、铆钉和生了锈的铠甲金属片。公元1635年，拉达克人进犯，王朝臣民曾旷日持久地对峙，终因难克强敌，古格国王被俘，古格国土沦陷。陪同参观的县文教局干部慷慨陈词：那国王眼见得生灵涂炭，不忍古格百姓再做牺牲，尽管还有粮草武器，仍然冒死请降。就在受降之时，死于背信弃义的拉达克人刀下。强巴群培老人则从根本之点剖析说，古格世代以弘扬佛教为己任，人心向佛，从善如流，不重视武装。强敌入侵时长刀火枪，而我方仅有竹箭和石头，既无犯人之心，亦无抵挡之力啊！

听说古格灭亡前，藏传佛教僧众已达万人，王宫下寺庙林立。一朝覆灭，便呼啦啦如大厦倾。记得多年前在上海，听一位前辈艺术家讲龟兹艺术时，老先生似乎无心地说了一句："龟兹在搞文化上太过分了，武力上不行，谁来投降谁，很悲惨的。"那时我一字不易地记下了这话，现在正好用在古格命运上。

前些年来访的人还可以看到完好的藏尸洞，说是洞内尸体尽皆无首：首级被胜利者带回拉达克邀功请赏去了。近年有人翻动过那些遗体，据说因此腐恶之气弥漫了很久。许多人议论起来都觉纳闷：几百年了，如此干燥，何以未成木乃伊？我也跟着瞎猜，是尸体过于密集，洞内臻于真空状态，偶经翻动，暴露于空气中，方才重新分解的吧！

好在前几年已有考古学家来此地考察过了。国家文物局和西藏自治区文管会组织过考察并作了该遗址的部分修复工作。张建林，一位西安考古部门来藏合作考察的年轻人，和他的伙伴们一头扎进古格，兴奋不已地去发现，写下有关古格数十万字并大量图片的专著。就在我们西行阿里的同时，他们撰写了名为《古格故城》的书稿，即将出版。届时，再叙述古格遗址面貌就有依据了，且是最权威的。[①]

① 《古格故城》（上、下册），西藏自治区文物管理委员会编，文物出版社，1991年10月第1版。有关此次考古调查过程，详见本章附文《考察古格故城》。

以下似乎应当述及古格遗址的艺术现象了。在这一点上我已思忖良久，颇犯踌躇，难以下笔。这首先因为作者我在美术领域全无造诣，无从比较南亚、西亚古代绘画风格，感觉也就大打折扣。加之尚未见到相关艺术评价，无从借鉴引用，在此只有浮光掠影和道听途说一回了。

实际上，最早揭示出古格及托林寺宗教艺术的西方人当推意大利藏学家图齐教授。他在《西藏考古》一书中时常以古格艺术为据，论证西藏艺术的起源。书中并附有古格壁画的黑白图片。那些壁画有些至今尚存，有些永远消失了。20 世纪 30 年代的图齐之后，有美国人、日本人和一些西方国家的考察小组相继来过，应用当时先进的摄影、录像、发电器材，里里外外，上上下下，把古格每一细部无一遗漏地拍摄了去，听说国外已有画册出版。

在国内，又是孙振华捷足先登，曾有充裕的时间细细拍摄镁光灯下的墙壁、天棚的每一片段、每一角落、每帧画面，由安徽画报出版了有关古格艺术的一部大型画册。该画册首先以素材取胜，由于缺乏相关宗教的和艺术的认知，只管图像呈现——所有的壁画人物、神物皆未标明身份，皆成“无名氏”。据我所知，此为截止到 1990 年国内唯有的一本。

其价值更体现在“抢救”性质，近年间其中一些壁画已旧貌换新颜——倘若你听到某寺庙被“修葺一新”时，有一些担心没错：“保护性破坏”。

我就在这个夏季艳阳高照下移步于古格的石阶，走进白庙、红庙、度母殿和护法神殿。同时立即感受到画家韩书力第一眼望去时的兴奋。彩塑和壁画，流金溢彩，生动雀跃，比之西藏腹心地区众多寺庙刻板程式化的画风——那是近几百年来历代工匠，只能因袭造像经的主题与技法，创造力受遏制的结果——简直另番天地，豁然开朗。在阿里，我就时时被提醒进而想到“活跃的边缘地带”这一概念。腹地与外部的接触交流，间接而又间接。而古格，东倚本土文化，西临波斯克什米尔，南向印度、尼泊尔，也曾北望龟兹于阗，与外来文化直接撞击迸射的火花，足以点燃某一个、某一批、某一代的艺术家的灵感与开拓精神，从而把群体心灵的能量释放出来。

这个遗址中尚存千余平方米壁画和部分残缺彩塑。度母塑像应为21尊，虽然断肢缺臂，仍可看出当年的雍容华贵、婀娜多姿。不知何时有人把残存彩塑度母们的前额、心窝挖了洞，想来因为这些部位通常内藏经书或宝物。壁画中除规范的佛像、本生图外，还有西藏腹地寺庙鲜见的乘骑各种鸟兽的神灵，人首蛇身像，无以名之似有情节的画面，以肩背支撑佛座并支撑世界的各种力士像，牛头鹰嘴鸟，等等。世俗图中有古格兴建图，当地歌舞，“二牛抬杠”（耕作图），杂技马术，狩猎，放牧，穿铠甲持盾牌的武士——铠甲盾牌与在遗址现场发现的实物一模一样。而歌舞场面及动作，则是札达人至今还在跳的音译为“宣”的群舞。在文字不普及的古代，古格札达人顽强地保存本地传统、解释山川万物起源、强调道德规范的方式，就以这种古老的宣舞仪式。只有特别选定的老人才有资格演唱，然后口口相传，一字不易地向后代重述其规定传统。

护法神殿在遗址最顶端，狭小黑暗，仅限于手电筒照明。壁画主体部分大多为密宗[①]男女双修佛，画风强烈泼辣。壁画下端淋漓尽致地展现着地狱之苦：生前贪婪者、杀生者、淫乱者、行为不端者，各因其罪而量刑，备受其苦，计有刀丛、油锅、火焰海及各式刑具。边饰则是一长排数十位裸身空行母。她们妩媚优雅，仪态万方，无一雷同，是我在其他寺庙所未见的。即使那些白面、青面、红面、蓝面的双身护法神，或清秀俊雅，或威严怖厉，因其构图的繁复多姿，色彩的鲜艳明丽，也呈现一派光明。有关密宗的事体多神秘，了解个中奥秘之人本来就少，又严禁泄露，所以越发神秘，我等不具备道行之人，还是少说为佳。

画家韩兴刚特意招呼我们沿山道步入一个小山洞，指点说此处壁画奇特。果然，洞壁一排青色护法神[②]之下，黑红色的三角、海螺图案组成的边饰之上，有一宽度十几厘米的长条装饰画，一全裸黑身黑面

① 密宗：亦称“密教”“秘密教”“真言乘”“金刚乘”等。自称受法身佛大日如来深奥秘密教旨传授，为“真实”言教，故名。源于古印度佛教中的密教，密宗认为佛与众生体性相同。众生如果依法修“三密加持”即手结印契（特定的手势），口诵真言（咒语），心观佛尊，就能使身、口、意“三业”清净，与佛的身、口、意相应，即身成佛。该宗仪轨复杂，对设坛、供养、诵咒、灌顶等有严格规定，需经阿阇梨（导师）秘密传授。

② 护法神：履行誓词、如法保卫佛教的天神。藏传佛教中众多护法神形象，呈暴烈、忿怒、狰狞、恐怖等凶神相。据密宗经典，凶神恶煞般的护法诸神，多为慈悲佛陀或菩萨变相。藏地多种护法神如班丹拉姆（吉祥天母）等，原为苯教神灵和土著神，佛教收伏后即成为佛教护法神。本书涉及的“大威德金刚”，据徐建融《藏传佛教世界中的诸神》称：全名为“大威德怖畏金刚”，为无量寿佛的教令敕身，“有伏恶之势，谓之大威；有护善之功，谓之大德”。其双身像九首，正面作牛头，三十四臂、十六足、裸体，拥抱明妃罗浪扎娃，身色蓝或黄，头上有炽烈火焰，头顶无量寿佛，手持人头骨碗，足踏卧鹿或牛，牛下卧一人体；单身像则三面六臂六足，乘大白牛。为格鲁派本尊及护法神。

人，双膝弯，双臂伸，疾行奔呼状，红色头发（或头饰）十束直立各呈锥形，像海星触须又像火焰熊熊。此人之前是一奔吼着的黑熊，之上为俯冲状黑色巨鸟，之后上下并列的两排依次为黑豹、黑狗、黑马、黑驴、黑牦牛、黑野羊，一只未见过的无名黑色无角兽、黑山羊、黑蛇，全都与黑人同一方向作奔走、咆哮状，神情紧张、激动、愤怒。这一行黑色灵异类之前，一圆锥形红色之物仿佛某种祭坛，上方为日月、经幢，紧接着是一巨大的缀有三具骷髅的头骨碗（内中一般盛血），另一侧则是三位半裸跣足的舞蹈天女扭胯之姿。

我把这条幅以远、中、特写拍了三张彩照，过后端详了又端详，感觉甚是奇异：像极了非洲岩画，又有一点古希腊雅典陶器上黑图案味道。后见有人在发表该图时，也只以“灵异”为题。直到请教过专研藏传佛教艺术的行家，才知自己纯属少见多怪——此洞窟仍为护法神殿，主供青蓝色大黑天，然而本尊的立体塑像已然不存，只留下无主的胁侍部从灵异类，徒然奔走呼号，让画面内外充满焦虑。

堪与古格壁画相媲美而犹胜之的是托林寺壁画。就根本来说，那种丰乳蜂腰、胯斜脐露的诸佛菩萨像的的确确舶来风格无疑。由于气候环境和习俗有别，加上审美观不同，藏传佛教要使南方、西方来的神佛长相壮硕并添加衣裳，那是必须的。越向东向北，佛像越敦实，衣物越厚重。以大黑天护法神为例，作为印度教三大神之一毗湿奴的第八个化身，本来身形苗条，体态婀娜，到达西藏腹地已是五短身材，到达内蒙古时更成桶状。韩兴刚对托林壁画的异域风格百看不厌，此次充当导游，越发兴奋不已，语无伦次：“看这腰肢，多有韵味！这脐部的表情！看这群女像！上身正面，下身侧面，大概有古埃及影响，但比古埃及还要灵动柔媚……这些鼓和长号，后来传入卫藏；还有堆谐——踢踏舞，也由此传向日喀则和拉萨，堆谐：上部之舞……这些木轮马车，车上的贵妇人……对不起，我不能确定它是当年札达的交通工具，还是克什米尔一带风景……”

托林寺大经堂壁画保存完好，端赖“文革”期间幸运地充当了公社粮仓。托林寺建于公元 10 世纪后半叶，为藏传佛教后弘期①“上路弘法”之策源地，历史地位举足轻重：创造了历史，改变了一个民族的命运。著名人物益西沃、阿底峡、仁钦桑布等人物的故事都以该寺为背景展开；并与古格王朝的兴盛衰亡同步。全盛时期的托林寺拥有遍布阿里三围的 25 座属寺。作为母寺的托林寺气象雍容，由迦萨殿、白殿、十八罗汉殿、弥勒佛殿、护法神殿、集会殿、仁钦桑布译师殿、阿底峡殿，以及讲经台、众多的嘛呢房、僧舍、拉让及

① 公元 7 世纪松赞干布兴佛开始至 9 世纪中叶朗达玛禁佛为止，为藏地佛教前弘期。沉寂百余年后，佛教分为东西两路再度向藏地传入。由东部多康进入的，称之为“下路弘法”；由西部阿里进入的，称之为“上路弘法”。藏传佛教由此振兴，是为“后弘期”。

108 座佛塔构成，东西宽而南北窄，是一庞大宏伟建筑群。然而历经战乱兵燹，晚近又遭“文革”毁坏，尽管近年由政府拨付可观经费有所修复，终是一蹶难振。所能继续的只是笔载口传的昔日盛况与荣耀。

托林寺位于札达县城，或者说，札达县城所在的托林镇，即以寺名而名之。从遗存的断壁残塔已难以想见当初的规模格局。如今民居散布其间，一派升平祥和景象。只在一个偶然的时机，方见寺宇庄严。那是一个浓云密布、暴雨将至的黄昏，东部半天渐渐显现出两道彩虹。高天之上，双虹之下，时明时暗的土林遥遥地交替着焦黄与灰暗色调。夕照余晖穿越云层直射一方土林之巅，灰世界骤然点亮明灿灿的一抹。我在旷野里拿相机瞄了又瞄，期待着彩虹下土林夕照色彩最佳的一瞬。忽听得西天雷鸣，陡然转身，但见西半天如火如荼，闪电在金红浓云的背景中蜿蜒怒放，随着银白闪电的猝然划过，低沉雄浑的雷鸣从托林寺上空隆隆滚过——这时我看到了火红云霞之下托林寺的黑色剪影了，它庄重安详，横贯取景框，寺院平顶之上兀立着经幢之林，寺旁两座圆锥形佛塔尖顶如黑色火炬；杨树之冠随风摆动如黑色篝火熊熊。这真是一个激动人心的时刻，我屏住呼吸抑制住心跳，耸起肩头缩起脑袋等待在风雨中，试图抢拍一张托林寺黑色剪影之上金色云壁前闪电迸射的图案。每每在闪光的瞬间迅速摁下快门——但为时已晚，光速远比快门更快，连续拍摄不下十张，未能如愿。但在短短十数分钟之内，我所拍到的天象显著地发生着改变，气势、形态，无一雷同，但都一片灿烂。不变的是托林寺巍巍然，风雨不动。

在8月初这个盛夏最美好的季节里，这样来过了我所思慕已久的地方。当我站在古格故城遗址的最高处，遥望象泉河对岸列队远去的壮士兵马俑般的土林山族，俯瞰山后垂直而下的深谷中，依稀可见的水渠农田、小片绿洲，阳光下灰白干涸色调中，唯见山前两株乔木挺拔，墨绿至黑。此时山风由弱渐强，我感到了气流的速度和力量，某种不寻常感觉袭来——

历史的烟霭弥漫于前
世纪风扑面

这是距此五年前本人所写《百年雪灾·风雪之旅》中的一句，那时还从未来过阿里，那时全凭想象和激情，信手写来——

转过冈仁波齐神山
浴过玛旁雍错圣水
或已成为圣者
我们能够却无意使古格王朝死灰复燃

不见象雄，不闻象雄

臆想中的古史之旅总算实现，身临其境，面向铺天盖地的过往，感到了兴奋与惶惑，同时感到了自身的渺小却又不无豪迈。我所希冀可以修复并呈现于世的，或许是七百年间古格时代影像，包括气候地理，人口市容，民情风貌，生产方式，对外交流，它的重要人物，思想潜流，它的黄金时代，它的悲壮衰亡……总之恢复一个文化古格。

不仅如此，也许还奢望借助古格这一跳板，跨过一个长达上千年的历史断代，上溯象雄，修复古往今来一条史实、精神之线，包括澄清象雄的疆域范围、宗教渊源、文化联系、文明程度。地处亚洲腹地，它鼎盛到何种模样，以何为标志；它对于人类有何贡献，它的余泽在藏文化中的光芒，以及对于今人的意义何在。

修复这条史实与精神之线并非某一人力所能及，可能也并非一群人、一代人所能及，但这无关宏旨。人类并非在寻出所有答案后才有所进步。我也并不遗憾古代阿里留下的物质文化、各种古建筑遗址太少。相反地，它们本可以在自然和人为的作用下了无踪影。札达，你尽可在晴空白日下，若无其事地静卧于土林之中，就好像不曾辉煌，就好像什么都没有发生过。札达，你这象雄、古格两朝之都，你这基于卵石与黏土的古史地标，历经千年岁月风化，沉默无语，含而不露，是否等待着某个心智来发掘你。

仅限领略和感受，而非考察和研究，那是学者的事情。文学对于传说更感兴趣，遗憾的是史前阿里传说有限，口碑中甚至不见象雄，不闻象雄，乡土记忆中难以合成完整形象，似有若无。人们只会说，当土林从海洋中升起，形成陆地，便出现了开凿窑洞以栖身的人——由此格勒博士设想，象雄文化的标志物，不见得是都市，或巨石，应是土质洞穴吧！直至20世纪末端的今天，人们已普遍得知在日土、普兰等地发现的石器、骨器属于7000年前，那么，使用这些石器、骨器的人应该是象雄的先民吧！

好在本书初稿写作过程中，扎呷从北京寄来了藏文新译资料，从中得知早在公元2 ~ 3世纪时，札达、普兰即为象雄中心辖区，其时疆域由里、中、外象雄三部分组成。据苯教研究者朵桑坦贝见参所著《世界地理概说》记载："里象雄应该是冈底斯山西面三个月路程之外的波斯、巴达先和巴拉一带；在这儿的甲巴聂查城的遗墟中有座山，山上密尊的形象自然形成。木里山拉在此建却巴城，并在该城修法灵验，将一块仿佛人体大小的巨石悬于空中，不使其落地。后来人们用土石方垒成3个基座，将巨石托举于半空。在这片土地上有大小32个部族，如今已被外族占领（今拉达克一带）。中象雄在冈底斯山西面一天的路程之外，那里有詹巴南夸的修炼地穹窿银城，同时还是象雄国的都城。这片土地曾经为象雄十八国王统治。苯教文化史上著名的四贤之一栖巴梅就诞生在这里。这里还有苯教后弘期的著名大师西绕坚参和其他贤哲们修炼的岩洞。东面和蕃接壤，有时也受蕃的管辖。外象雄是以穹保六峰山为中心的一块土地，也叫孙巴精雪。包括三十九族、北嘉二十五族（位于今西藏那曲、昌都和青海玉树一带，“族”相当于部落），绝大部分信仰苯教。有穹保桑钦、巴尔仓寺等寺宇和修炼的岩洞。”

从上述记载来看，除去“里象雄”，中、外象雄从现今阿里地区直抵东部横断山区，跨度数千公里，涵盖整个西藏。以穹窿银城为中心的中象雄，应为今天的冈底斯山一带的普兰、札达、噶尔等地区。象雄国在此中心地域筑有四大城堡，名之曰穹窿银堡城、普兰猛虎城、门香老鼠城、麻邦波磨城，归象雄统治延至公元6世纪末。及至7世纪上半叶，则为吐蕃兼并。《世界地理概说》一书中描述的这块土地“东面和蕃接壤，有时也受蕃的管辖”，应是从这个时候开始的。因为当时赞普松赞干布的前辈在韦氏、娘氏等集团的协助下，起事于（今西藏山南市）雅砻河谷，展开了一统高原之大业，先后兼并苏毗、羊同诸王国，建立起统一的吐蕃。以此说来，象雄（羊同）王国也就此归属于吐蕃的管辖……[①]

通过以上引文史料，是否可以强化一个

① 当代藏学家才让太是研究象雄和苯教的著名学者，他最早从藏文木刻版翻译引用了《世界地理概说》，并在《古老的象雄文明》一文中，就古象雄的地理、宗教，以及与吐蕃的关系及其对藏文化的影响等作了较全面介绍。著有《象雄文明探源》等学术专著多部。

印象：象雄时代时空广大，是阿里乃至西藏的先期文明，是曙光；古格时代则像是阿里的中兴文明，是日上中天。而今我们来阿里寻访的，是否想要回溯并感应这枚昨天的太阳，亲临一走象雄十八王、苯教高僧、古国臣民生息之处，去遥想古人生存风貌，遥想两个黄金时代的情景再现……

有关古象雄，现存藏文典籍及其研究未能给予我们更多，汉文史料尤其稀少。反倒不及象雄存世期间，在它的“隔壁”，周边各古国的历史甚至更清晰：喜马拉雅以南，或者沿着印度河流域，亚洲历史已然有声有色地展开，风起云涌，例如引文中“里象雄”所涉波斯等地，经历过帝国的辉煌与衰落，经历过希腊马其顿铁骑一闪而过；印度河一线作为人类迁徙通道，已经涌进一拨又一拨不同面目和文化的人群……所以神秘古象雄予人的另一印象是，若打算要弄清楚它的地理与史迹，恐怕还需参照亚洲史乃至世界史——去查阅当年与身毒（印度）、安息（波斯）、大夏（阿富汗）、罽宾（克什米尔）……的交往史，也许能寻出某些蛛丝马迹吧！

几年前写《藏北游历》时，我曾遥远地、向往地但也肯定地写过从藏北听来的有关象雄的地域、宗教及事迹，感觉清晰又明亮。几年来，尤其为了去阿里、写阿里，待我翻阅了能够找到的书籍资料后，“象雄”忽然成为不确定概念，由于迷惘无从下笔：象雄或羊同，在敦煌藏族文献中略有记载，在藏、汉文史书中也有过说法，在当代中外藏学家那里更是众说纷纭。其基本问题未获解决，例如象雄的空间，疆域不能确定；例如象雄的时间，至少上限不明。说西藏本土宗教的原始苯教源于阿里似乎不存在疑义；说曾经有过早于藏文的象雄文字，即使出于民族自爱心理，人们也乐于接受。而且，札达一带的土质窑洞及早期壁画，至少应该说是相当古老的物质文化的痕迹。搜集有关阿里的资料过程中不难发现，许多对历史半通不通的人所揭示的某些谜其实非谜，史书上早有记载的；有一些是在国外藏学界那里已经不作为问题的，例如古格灭亡之谜；另有某些谜底大概就藏匿于藏族史籍中，但寻访阿里之谜者大都不懂藏文尤其古藏文，更何况西藏作为文献之邦，典籍浩如烟海。西藏自治区档案馆馆藏档案数百万件，已经整理编目数十年，仅仅列出目录的工作据说还需要几十年；后藏萨迦寺一面藏经墙，高达十数米，据说藏有 2800 余部手抄佛经及典籍，至今未得编目整理，所以有关早期阿里的解谜工作还有待后人。

不见象雄，不闻象雄。然而象雄并非经不起验证的神话，它以特别的形式存活至今：象雄作为苯象雄，以其原始本土宗教的苯教影响着藏民族的宇宙观人生观，改变了或说充实了舶来佛教的内涵外貌，参与了历史创造，此为众所周知；而另一些影响则是潜移默化的，融入了历史进程和社会生活的细节里，就像古老苯教祈祷词里所说的那样，“过去有益的东西，现在仍然有用”——有学者认为，扎布让的王宫作为古格故城遗址之先可能原本就是象雄王宫旧址；如今视野中废弃的农臼和灌渠，其上耕作者，前有象雄人后有古格人；同理，土林中遍布的窑洞，既住过象雄人也住过古格人。至于后世盛传的"古格十三发现"，与象雄文明之间更可能属于传承之上的发展。

没错，古格并非白手起家，吉德尼玛衮及其后裔承接象雄遗风，拼合卫藏正统文化，渐渐发达。于是，在口碑中，古格鼎盛时的世俗风貌如同《清明上河图》那样展现开来——

在古代的阳光照耀下，古格一带的十万之众有如飞虫蜂群，依坡而掘的土质窑洞有如蜂巢排列。生命活动的气息声浪弥漫其上，各类手工作坊满布其上。被后世称道的古格十三发现（或十三大贡献）蓬勃兴盛于这一时期。这十三发现包括淘金、冶炼、制陶、纺织、木工、缝制、出版、雕塑，大约还包括种植业的黑白青稞等等。总之，在西藏无论宗教还是民间，13 是个吉祥数目。将古格文化总括为 13 项，带有完满恒久意味。

如果不熟悉藏语，自然不懂"鲁巴"含义。鲁巴是"冶炼人"的意思，现在作了札达县的一个乡名。鲁巴乡，还有萨让乡和底雅乡等地，残存着往昔烧陶痕迹，多半是坍塌已久的窑炉址，一些残破的瓦罐片。而当年那里曾出产过精美古朴的坛坛罐罐，缠绕着八条龙的长颈瓷瓶，酱红色的佛塔尖顶之类。当然不止于陶瓷制品，还有金属器皿。阿里三围以托林寺为主寺的下属 24 座属寺的部分金属佛像、法器由鲁巴铸造。鲁巴铸造出锃亮的净水铜碗，据说摆在阳光下可以聚焦点燃；鲁巴以金、银、铜等多种原料合金而成的佛像，价值高于纯金佛像，并且由于浇铸方法的特别，整尊佛像全无接缝浑如天成；鲁巴特别著名的工艺“古格银眼”，一种将白银嵌于铜佛眼中的精细加工技术，久已失传，若不经特别提醒，一般人很难注意到其中的匠心独运，因为它与佛像整体工艺的神奇精妙也是浑然一体、自然天成的。

而且，所有可供烧冶炼制的原料、燃料均取自本地：那时貌似每条山沟都有矿藏，都有开矿人，都有银铜匠——当地人以绝对自信的口吻言之凿凿地讲述着，外来人闻听仿佛置身于玛雅之类什么古文明地方，恍惚中幻觉到古格是因矿藏开尽而盛极必衰的吧！

没错，当时的我就听得一愣一愣的。

不仅如此，当地人还说，那时的手工业发达，古格居民人人会织毛料氆氇，原因嘛，多半因生活所需环境使然：你看邻近的印度尼泊尔气候炎热只出产单薄衣料，而卫藏地区太远难以运输厚重衣料。另外，那时的出版业比较发达，不过并非现代意义上的印刷品，是用金粉银粉抄写在涂过磁青的黑色纸面上的手抄本。主要是宗教经典，也有文学作品，另有专职从事美术和雕塑的艺术家……

作为古格王国中心的札达，如今就像一座古代遗存的露天博物馆，只不过散漫不集中罢了。它就赤裸地摆放在那儿，任凭岁月风化剥蚀它，任凭后来的外人们遥想缅怀它，任凭喜欢厚古薄今的当地人举一反三地夸张演绎它。

喜欢厚古薄今的人眯起眼睛沉醉其中，就仿佛他自身亲历过千年寒暑——那时以及那时之前，上千年来此地气候变化可真太大啦！那时冬天大雪，夏季大雨。现在呢，再难见到大雪大雨，气候越来越干燥啦……

古格传奇，千年流变

后世的文史推崇古格之贡献，首推宗教领域。吐蕃解体后，进入藏史所称的数百年“黑暗时代”，是在西部的古格，首开规范教规、整肃教法风气之先河，以修建托林寺、迎请阿底峡、并于1076年举办“火龙年大法会”等等举措，令藏地初闻藏传佛教后弘期之先声。

然而对于这一历史进程，在后世传播中影响最大的却是几位传奇人物和若干历史事件，犹如夜空中闪亮的星辰，辉映着那一时代的光芒。

古格王国始建于公元10世纪末，创建者是吉德尼玛衮的孙辈松艾（又名赤德松祖赞），但是这位古格第一任王笃信佛法，于后半生禅让了王位，出家为僧，法名益西沃。①

其时，藏地佛教正处于复苏但群龙无首局面。从卫藏到阿里一带，多有行为不端者

① 本篇有关益西沃舍身护法的故事，虽累见于多种藏文史籍资料，鉴于漏洞较多，经次仁加布对于数百年间不下20种古书进行检索，溯本清源的结果，大致厘清了后世戏剧化演绎过程，并还原了这一历史人物的真实面貌。本节在此仍沿用了经过虚构的故事情节。详见古格·次仁加布《传奇阿里》“拉喇嘛益西维在噶罗被害真伪”，或参阅本书第七章文章“且听本土发声”。

假借密教之名祸及佛法形象。如此背景下，先是仁钦桑布受命赴克什米尔，学习显密教法。待学成归来，在益西沃支助下，修建托林寺及其属寺，翻译诸多经论，终成“大译师仁钦桑布”。犹嫌不足，益西沃听说孟加拉高僧阿底峡道行高深，意欲迎请。但迎请高僧历来需用大量黄金，于是，益西沃以年迈之躯，带人北上寻找金矿途中，大约在接近噶洛地界时，不幸被异族异教的噶洛人俘获。①

噶洛王亲自面见被俘的益西沃，好言相劝：倘能放弃佛教皈依伊斯兰教的话，可免您一死。

益西沃的回答是否定的。

噶洛王又说，或用等身重量的黄金赎身，亦可免死。

益西沃依旧给出否定的回答。

那么，噶洛王不无遗憾地说，您只有死去啦！

古格闻知此事，举国上下动员，尽其所能地筹措黄金。待征集到与益西沃身体等重的黄金后，他的侄孙，在朝国王拉德的已出家的三太子绛曲沃前往噶洛狱中看望老人，告知只差头部重量的黄金，一旦集足便来赎身。益西沃答曰，我已老迈无用，就将赎身黄金用以迎请高僧弘扬佛法吧。绛曲沃再三恳请未得允准，

① 藏语中的噶洛即葛逻禄，系中亚突厥部落之一，唐时居北庭西北即今新疆准噶尔盆地。北宋初，与回鹘等族共同建立了黑汗国即喀喇汗王朝，成为第一个皈依伊斯兰教的突厥汗国。在藏文史书和口碑传播中，常将噶洛与黑衣大食混为一谈。

只好挥泪而别，益西沃引颈受戮。

已担任过印度18座寺庙住持、年近60岁的阿底峡尊者之所以接受迎请，一感古格王诚意，二感益西沃献身，第三，也因当时佛教在印度备受伊斯兰教印度教排挤。行前，他的本尊及其座前空行母曾作以提示，若前往藏地，必将减寿20岁。但尊者阿底峡去意已决，但凡对佛法和众生有益，减寿何妨？

阿底峡尊者来阿里时，译著等身、德高望重的大译师仁钦桑布已年届85岁。初始，大译师对小他一辈的尊者不甚信服，待意识到阿底峡乃是大智者中最大智者时，便敬畏谦恭有加。后遵阿底峡指教，闭门专修10年。《青史》载，"译师也听从尊者教言，作了三层门道，于外门上写道：在此门内，如果我生起一刹那的贪恋世间轮回心时，诸护法当粉碎我头！于中门上写道：在此门内，如果我生起一刹那的为自利心时，诸护法当粉碎我头！于内门上写道：在此门内，如果我生起一刹那的凡庸的分别心时，诸护法当粉碎我头！译师一心专注而修获得殊胜成就。享寿98岁于乙未年（宋太宗至道元年、公元995年）示现圆寂时，遍虚空中诸天神齐奏音乐，天雨散花瑞相，为彼城市所有一切老少人等所亲见。由于没有灵塔存在，盛传往空行刹中而消逝，虽发现犹如小叶莲色极红的舍利三粒，然亦渐次坏灭而发出如巨雷声向空消逝。"

阿底峡来阿里3年之后，被前藏僧人迎请，在卫藏地区从事传教活动达9年之久，直到圆寂。他晚年在藏

12 年，著书立说，教法灌顶，致力于藏传佛教的教理系统化和修持规范化，成为西藏佛教史上的著名人物，被奉为“佛尊”。同时，他东行卫藏也成为复兴佛教的势力从阿里进入卫藏的标志，从而开创了藏传佛教后弘期，史称“上路弘法”。

那一时期，古格及托林寺成为当时西藏的宗教、文化中心，阿里确立了在佛教史上的神圣地位。沿着同一方向走下去，至 16 世纪初，古格王国已形成庞大的贵族僧侣集团，据说僧人已达万人之众，寺庙如林遍布阿里——形势急转直下，最终走向反面。

札达人回忆并评论说，古格盛极而衰，终至覆灭，根本原因是王室与寺庙为争夺权力、争夺属民而形成的对立，导火索则是天主教教士的介入。[①]

历史已迈入近古晚期。1624 年，葡萄牙天主教传教士安瑞特来到古格，重金赠送国王夫妇的同时，宣讲福音劝其皈依天主。想来是出于错综复杂的政治原因，促使国王夫妇打算借助西方宗教与当地寺庙相抗衡，于是下令拆毁民房，建起天主教堂（今已不可见，但札达人仍能指出该教堂大体方位）。此举使原有矛盾激化，古格僧俗愤激，拉达克乘虚而入，于 1635 年灭古格。历时 700 余年

① 关于“古格王国何以在一夜之间消失”，曾经作为“阿里之谜”中最大一谜。作者这一代人的相关认知历经多次反转：起初茫然无知，感觉神秘；继而听说反倒是西方藏学界通过当年传教士描述早已明晰覆灭过程；再后来才知藏文史料对于导致古格覆灭的原因及过程早有记载，相关研究结论为内因起到决定性作用，而不赞同外来传教士“导火索”之说。

的王朝就此毁于一旦。[①]

如前所述，古格人可以是象雄人，但近几百年来的札达人未必古格人。王宫遗址所在地的扎布让村，1959年仅有3户人家，还是在该地荒废已久后从外地迁来的。后来陆续有人前来落户，到1990年总共17户人家。据说古格亡国之后，古格人死的死了，走的走了。现今曲龙乡不足300人，但古代曲龙之大，划分为上曲龙

① 传教士“导火索”之说的依据为《魂牵雪域》(G.M. 托斯卡诺著，伍昆明、区易柄译，中国藏学出版社，1998年)。通读全篇，梗概如下：1624年葡萄牙传教士安夺德神父抵达古格时，亲见一派衰落迹象，安夺德神父及其传教士同事成为古格亡国的目击者和见证人，从中可以得出这一印象：作为触发这一历史事件的导火索，天主教在该地区的传播加速了古格灭亡进程。

在安夺德神父及其同事的笔下，古格境内大多为岩石遍布的荒原，不仅人烟稀少，人民也穷困潦倒。其时的古格被迫连年征战，疲于应对来自强敌拉达克的威胁和周边境内外小邦的动乱，但是宗教却在畸形发展，人烟稀少的古格寺院遍布。按其传统，每户属民凡有二子必有一人出家为僧，使青壮年大批脱离农牧业生产。例如托林寺举行一次宗教活动，可聚集起僧众两千。过大的宗教势力也导致政局不稳，已经有过一次僧众造反的前科。尤其是，古格旧制——自从天喇嘛益西沃以来，王子中必有一人出家，国王为人主，执掌世俗事务；王弟为法王，主管宗教事务。试想这种政治格局很容易引起权力中心的矛盾和冲突。事实也正是如此。

正当古格国王苦恼于无以抗衡和抵消宗教势力影响时，上帝使者从天而降。喜出望外的古格王张开双臂，热情迎迓，不仅待神父们为最尊贵客人，而且像先祖赤松德赞那样，亲自主持了外来神父与本地喇嘛的辩论会，不过当年是佛苯之争、佛教内部渐悟与顿悟之争，而现在，则是天主教与藏传佛教之争。

一系列舌战的结果，看来是神父占了上风。藏地一向是藏传佛教的一统天下，多年再无竞争，僧人们在许多基本问题上概念模糊，大都知其然不知其所以然，遇有诘问，难免张口结舌，无以答对。

作为仲裁者的国王显然倾向外来宗教，公然宣布僧人荒谬、神父正确；其后他同意在王宫上方山头竖起十字架，亲自为天主教堂奠基，同意王后和臣民接受天主教洗礼，并表示自己也将受洗。

由此使冲突升级，矛盾激化。藏传佛教势力开始了先是温和后来激烈的反击。一天之内，国王的兄弟法王便新招收了120名僧人，令国王大为光火。于是下令没收了王弟的一些土地和财产，并将境内五六千名僧人迅速削减到不足百名。派出军队前往各地，剥掉僧人法衣，以世俗之人取代宗教权力；强令一部分僧人还俗，参加劳动，娶妻成家；将另一部分僧人赶往山洞，让其乞讨度日，凡此种种。这一系列变故均发生在1627年。

操之过急的举措激怒了一贯养尊处优的僧人，宗教势力决定抛弃他们的国王，不惜求助于敌人：请求拉达克王速速发兵；参与反叛的官员甚至献出了国王的王冠。最终的结局是：经过一番战事，国王被出卖了，全家被押往拉达克首府列城，不知所终；同时被押往列城的，还有古格的400名基督徒，他们作为战利品被瓜分，沦为奴隶。沦陷的古格成为拉达克的附庸，虽于数十年后被西藏收复，但元气大伤，永远失去了它的独立地位，并日渐荒芜。——2002年修订版注

和下曲龙，上、下曲龙相交往，人们多不相识，并有“瞎老人一百人，瞎马一百匹”之说——盲人瞎马如此之多，可见人口之众。当拉达克入侵时，曲龙人举乡北逃，经色麦地方，为了怀念家乡、祈求路途平安，一定在那里举行了某种仪式，男女老少每人往指定的一处丢一颗石子，那座嘛呢石堆迄今犹存；同样出于怀念家乡的心愿，他们把故乡名字也走哪带哪：日土县现在就有地名上曲龙和下曲龙。

古书有言：古格历史上曾达十万之众，集中居住在象泉河流域；而今札达县仅有数千人口[①]。古格时代的窑洞与农田用之不尽大多荒弃。除扎布让的古格王宫遗址外，还有著名的达巴遗址、多香遗址、香孜遗址，还不时发现规模宏伟的无以名之的遗址。据说，香孜遗址为古格王族的夏宫，上千窑洞遍布全山。其上有寺庙遗址，有大量精彩壁画。香孜的这些洞窟，距地面足有20多米高，一般人无从攀援，只好用绳子把人吊上去。

听说多香一地，仅十几户人家，却守望着数以百计的窑洞以及一个莫尔多寺遗址。该遗址位于多香河以西，象泉河以南，垂直高度约250米的土山上，久已无人居

① 1990年我们在当地采访的数据，札达县人口为3300人；2000年第五次全国人口普查，札达县人口为6384人，实为全国人口最少的县份。2010年第六次全国人口普查，札达县总人口6883人；2020年第七次全国人口普查，札达县常住人口8454人。

1961年古格王国遗址被国务院列为国家级文物保护单位。另有托林寺亦为国家级文物保护单位。

2005年札达土林被列为国家地质公园。

2008年札达“宣”舞被列入“全国非物质文化遗产”名录。

住的窑洞中尚存经书、佛像以及壁画之墙。当年拉达克占领了古格，打算攻打多香时，相传多香的野鸽子密密匝匝将寺庙遮盖起来。而多香的百姓则脚穿特制的铁鞋前往扎布让，面见入侵者，煞有介事地声称，去多香需翻山越岭，路远难行，您看，走这么一趟铁鞋都已磨穿，请您就不必事倍功半地去攻打多香了吧！

如此说来，已发现的遗址群结构成一个有意味的布局组合——多香遗址和香孜遗址位于古格故城以西、以北数十公里开外，古格以东骑马一天的路程，则是达巴遗址。并且，这些遗址本身的建筑形制也极其相似——古格鼎盛时，显然已形成众星捧月式的卫星城格局。[1]

沿象泉河流域，这儿那儿，时常可见古代村落遗址，大都为坍塌的窑洞，一些断垣，倾覆的佛塔。札达县的当代农业中多多谈到“复耕”的话题。县政府办公室主任扎西扳着指头算账给我们听：象泉河流域是阿里农业、水利最发达的地区，现在札达县两万多平方公里境内，共有耕地万余亩，其中仅香孜一区就开荒、复耕两千亩；香孜另有尼俄、日穷、扎哇、阿赞4处千余亩原农田有待复耕；扎布让村附

① 通过考古努力，阿里地区札达、普兰、噶尔等地多处古城堡及石窟遗址相继被发现，其中以皮央－东嘎石窟群最为著名。该遗址位于札达县城以北40公里处，是中国迄今发现的规模最大的佛教古窟遗址。同时象雄—吐蕃时代的墓葬群也每见出土。

近有一条20多公里长的灌渠尚存，旧时自雪山引水灌溉。但据70多岁的老旺堆说，从他记忆的前几辈再也没用过这条渠，20世纪60年代兴办人民公社初期，扎布让村还有400亩农田，现仅耕种着200亩——地多人少、水利不足是札达全县普遍存在的问题，大量古代农田只得继续闲置任其荒芜。

扎西主任简述过古格的来龙去脉之后，将两手一摊，以权威口吻作出结论："随着古格王朝的灭亡，这一地区的文化消失了。"

一盛一衰数百年，在历史上并非鲜见。距离古格灭国刚好半个世纪，此地才由卫藏统治者派遣的僧人将军甘丹才旺率领的蒙藏骑兵收复。以古格覆灭、阿里被纳入卫藏政权管辖为标志，阿里的晚近历史开场。几百年来发生过规模不等的战争，以抵御外来入侵之敌为主。外敌主要来自克什米尔，来自英国背景的印度道格拉人[①]。

17世纪末叶，阿里三围正式纳入西藏地方政府统辖之下，划分为四宗六本。首府设在噶尔河南岸的噶尔雅沙和噶尔昆沙。拉萨的地方政府每三年轮换派出一届噶尔

① 印度道格拉人，即藏地所称之"森巴"人，原为印度锡克族属部之一。道格拉土王于1820年受锡克封赐查谟为根据地，连年兼并，渐臻强盛。后又叛离锡克，投靠英人，成为克什米尔的统治者。其后在英国东印度公司默许下，进入拉达克和巴尔蒂斯坦等原藏族地区范围。1841年，派3000人军队从拉达克悍然入侵阿里，袭据日土，攻取札达，强占噶尔雅沙，深入普兰并打算进一步向前、后藏进军。在驻藏大臣孟保和海朴的敦促下，由前、后藏派出3000余藏军，全面反攻。是年冬，藏军在玛旁雍错南岸的大风雪中与入侵者奋战三天，击毙道格拉主将倭色尔，一举全歼敌军主力，后乘胜挺进，一度深入拉达克境内，终因战线过长，军运不济，又被克什米尔援兵击退，就地停战言和。后虽收复阿里失地，但拉达克为道格拉人所控制的事实未能改变。正是从此时起，拉达克脱离西藏本土。

本（相当于专员）。由于地处边境，噶尔本较之卫藏同级官员品位高些，为四品官。

此时的札达划分为扎布让和达巴二宗（宗相当于县，长官称宗本）。扎布让宗下设6措（措为区乡级别）。其中4措归宗本直属，托林寺下属1措，另有曲底措直接归属专员噶尔本。各措未设行政长官，由当地土王、头人、差巴首户等代理措本职权。以执握法鞭象征司法权。各级长官使用法鞭长短粗细自有严格规定；同时各级官员穿衣、戴帽以及乘骑马饰的标准等级同样森严。可惜实物保存下来的不多，只听说多布杰是曲底最后一位代本（相当于团长），现在任职于地区政协，相传他还保存着那顶象征官阶的帽子。

达巴宗因是牧区，由自然区域划分的四部落组成：达巴、曲龙、顿居、东布。四地均未设行政长官。顿居是象泉河发源地。1956年，达巴宗与扎布让宗合并成立札达县。当年宗措行政长官的职责是：接待政府官员和信使；监督执行地方政府法规；检查差民的户数、人口变动情况；检查监督差民支差税赋情况；处理一般民事纠纷；守卫边境领土（每年派员去哨口守山）和24条外贸通道、与印度谈判会晤等外事活动；收取出口税。

直到20世纪50年代，曾有过短期的中央政府与西藏地方政府联合组成的机构执政阶段。1960年成立中国共产党札达县委员会、札达县人民政府，下设农牧科、民族宗教科、公安局等直属机关和6区15乡56村。这一体制格局延续至今。

“文化大革命”开始时，中央有过指示：边境县不得从事“四大”（大鸣、大放、大字报、大辩论），甚至要求全西藏不搞“文革”，但终于失控。1968年，县领导皆被“罢官”。下乡串联的人员鼓动当地群众拆寺庙、烧经书。民主改革时有寺庙32座、僧人152人、尼姑4人。“文革”中彻底破坏26座、破坏严重的2座，仅有4座基本完好。1990年仅有僧人5个。

这位县办公室主任还给出一些数据罗列如下：

札达全县总面积2.4万平方公里；

总耕地面积10128亩；

草场总面积15500平方公里；

实用草场面积600多平方公里；

土林实际面积约200平方公里。

截止到1989年底的统计数字表明：札达全县共有850户、3325人；粮食总产183.8万斤，牲畜15万头（只、匹），人均年收入674元。[①]

情况就是这么个情况。

然而，但是什么呢？

当我心心念念于阿里的向往，对于它壮阔绚丽的自然面貌以及对于它晦暗不明的历史之谜的向往，并完成了阿里之行之后；当我急切地做了大量的案头工作：整理笔记、翻阅资

① 2020年札达县数据：全县耕地面积11万亩，森林面积37万亩，草场面积3190万亩。辖6个区，15个乡，60个村民委员会。

料、各方咨询，重新使我所见闻的每一细节复活之后；当我设身处地，试想亲自参与那声色俱烈的历史情景，并果然同那些王族臣民、尊者上师熟悉起来并感到了逼人生机之后；在我向朋友们津津乐道于阿里、并满怀激情地写完古格千年史之后……在兴冲冲地从事了这一切之后，突然一个念头升起——

我为什么要这么关心这一地区的历史，关心什么，希图找到什么？对于个人而言，功利何在，如何从这一关切中体现出个人努力？

总之反躬自问，都是问题又无从解答，每想起便觉困扰。[①]

暮色窑洞，如过往古人不闭的眼睛

学者们夜以继日地投入工作。调研阿里农区“土地制度与家户制度”是这次中美藏学家合作的课题。南希教授从师学习过三年藏语文，此刻派上用场，但有时仍需格勒用英语讲解一番，或扎呷和次丹多吉拿藏语一字一句复述一遍。她拟出极为详尽的英文调查提纲，是前几天在狮泉河镇上由格勒博士口译由我帮忙整理抄出的。内中包括该地区各时期土地的所有权和使用权；近30年间的土地改革状况；生产制度沿革；家户历史等大题之下不少于上

① 本书再版之际，距离初进阿里相隔30多年。这期间有两个机会二进三进：2012年是体验式跟随中国科学院青藏高原研究所的团队前往江河源头考察；2013年应邀参加在狮泉河镇召开的有关象雄文化的学术会议。这期间有一篇文稿《我们为什么欣赏阿里》断断续续写了十好几年，不断往里面添加新内容，是因为阿里不时地向我们提供惊奇。连带着当年反躬自问时的无解似乎也有了答案——因为欣赏，值得欣赏。

百个小题并许多的提示与禁忌。按图索骥并较圆满完成的话，旧时这一带作为生存基础的经济状况、人际关系等深层社会便就一目了然。遗憾的是工作量大而时间紧张：部分工作是查阅档案资料，部分工作是走访调查。不管怎样，由于正式开展了工作，南希教授前一阶段的焦躁有所平复，以至于在工作之余的一个午间，我们能够愉快地跑到一处山涧洗澡洗衣。这小溪还是前几年次丹多吉来阿里时发现的，此刻由他担任向导并放哨。小溪水清澈洁净。我们好好地享用了它并记住了它。

杨成把北京吉普停泊路边。拿脸盆舀鱼，一会儿工夫居然捉到16尾。擅长厨艺的杨成正盘算着如何烹制呢，被仁慈的南希教授瞧见了，示意放生，我们只好眼巴巴看着它们顺着山溪鱼贯而行。

小溪一侧的这面山坡，由于土林风化造成了大片砂质滑坡。山上倾颓的佛塔及断墙，凄凉地耸立于晚风中。次丹多吉说那是迁移下来之前的托林寺旧址，塔内多多存有经书和擦擦[①]，听得动了心，便与次丹多吉和老孙一道去访古。彼时正值夕阳已沉，暮色清明。我们走出县城，走过菜地和庄稼地，一路嚼着刚摘来的青豌豆，

① 擦擦：泥制浮雕圆形小神像。图案有神佛菩萨、佛塔及经咒等，由金属模具印制而成，多供于寺院等神圣之地。据图齐教授考证，“擦擦”源自古印度中部、北部方言中的词汇。“擦擦”这一形式曾从印巴次大陆遍及缅甸、泰国等地。至今在西藏仍随处可见，并有职业制作者。

穿过长长的土夯的残墙和一大片久已废置的窑洞群——我回转身来，打量着这些土崖壁上开凿出的洞穴，突然发现它多像一个村庄集镇：道路可通向每一洞窟，似有可集会的小广场，且有墙垣环绕……

一个向心状古代村落街庭，静默已久。

在晚风中好不容易攀上坡顶，便一头扎进佛塔肚内。里面散乱堆放着黄纸黑字或黑纸金字的经文，这是次丹多吉主要的搜索对象。我则专心致志挑选擦擦。阿里擦擦图案及制作方法都有异于拉萨一带。其形象多为护法神的双身佛，多种多样，形态各异。每个擦擦背后都清晰地印下指纹，这一点格外叫人产生联想，制作这枚擦擦的那个人已然作古，他留下了心愿之痕，意味深长！对于自己选中的一枚十一面观音最满意，不仅造型优美，裙裾密集的皱褶细节也被处理得精美飘逸，在这直径不过 5 厘米的方寸之地。后来请一位文物专家鉴定，制作时间估计在 13 世纪。我见到的阿里擦擦，最早的应为 10 ～ 11 世纪。

佛塔内空气有些特别，散发异味的是陈年气息，连打了几个喷嚏之后赶紧撤了出来。我选了几枚擦擦，次丹多吉找到一叠经书，他说对面山坡洞窟内还是应该去一下，无奈夜幕将临，踌躇半晌，只好下山。

暮色沉沉，我感到象泉河在深邃的谷底汹涌扭动，季节使它膨大而浑浊。这一条了不起的河流，哺育过象雄进而哺育过古格，远去，则又去开发滋养另一些国度和人群。象泉河谷因它富庶，历史人事因它无中生有。

札达是象泉河发源地，札达因此不朽。我在此地所见闻的一切都是它的作品吧！假使没有它，那些村落，牛羊，稼穑，草野，那些往逝风景，以及我们的探问与感慨……

象泉河滔滔而无言。

明天就要离开札达去往普兰。我站在札达萧瑟的旷野中，任晚风拂面。对面山壁上星散的窑洞此刻黑黢黢静悄悄，如过往古人不闭的眼睛，瞩望着象泉河谷的岁月，千年沧桑。

附录一

考察古格故城

古格王国覆灭于17世纪30年代，失去了王者的王城建筑群寂寞独存。然而300多个春夏秋冬历尽，这座无人的城郭任由风雨阳光剥蚀，或者说，任由西部西藏干燥的空气蒸发，干透了，以至于每当秋季的某些傍晚，据说整个王城所在之山连同札达土林，天地间火焰一般的颜色，仿佛燃烧。而干燥的天气时常骤起大风沙，风化加剧。

仅仅干燥也就罢了，在雨季的夏日里又时常暴雨如注。湿度近于零的夯土墙就像海绵那样洇湿饱和，随后再度于阿里的骄阳下被炙干。就这样年复一年，曾经致密的土质建材变得疏松，解体加速度，一点一点回归天然。

荒弃之地人迹罕至。虽然早在1961年，这片废墟便以“古格王国遗址”之名被公布为第一批全国重点文物保护单位，但直到1979年和1981年才有两支专业队伍光顾：来自西藏和新疆文物部门的、来自西藏工业建筑勘测设计院的，分别进行了专题调研。所以张建林[①]一行算得上第一批考古工作者，对古格王城遗址的全面调查始于1985年。

然而迎接这支考古队的，是当年夏季第一场大雨突袭了厨房。远道而来的考古队员们预想过可能的困难，唯独没料到极其干燥之地还需防水，以至于误将锅灶安置在地势稍低的一处洞窟。当暴雨来临，大水漫灌，全部口粮大米和面条无一幸免。大雨过后，大家拿脸盆往外舀水，抢险工作整整进行了3个小时。这番遭遇令人印象颇深，许多年后每每谈及，是为说明当年的艰苦和狼狈。

此次考察活动连续3年。这支由西藏文物管理委员会组织的考古队，藏、汉族专家十数人，由陕西省考古研究所（陕西省考古研究院前身）的年轻专家张建林担任业务队长，任务是对这片遗址进行全方位调查，从编号测量到归类描述，外加摄影录像，为此特请故宫文物摄影师宗同昌先生和四川大学电教室3位录像人员同行。

本底调查第一步，有些工作说来简单，比如编号：只消搬来一块较大鹅卵石，标以罗马数字（分区）和阿拉伯数字（序号），摆放于洞窟或殿堂里；有些工作比

① 张建林，1956年出生，陕西长安人。1982年西北大学历史系考古专业毕业。陕西省考古研究院研究员，曾任陕西省考古研究院副院长，现为西北大学特聘教授、浙江大学兼职教授、中国考古学会理事。研究方向：隋唐考古、西藏考古。30余年来曾主持多项国家级、省部级项目，如唐代帝陵考古、藏东地区吐蕃佛教造像调查与研究等项目。对于唐代帝陵考古调查与研究有较大推进；对于西藏古格王国时期遗址、西藏岩画、吐蕃时期佛教造像考古调查与研究具有开创性意义。著有《古格故城》《慈善寺与麟溪桥》《唐顺陵》《西藏东部吐蕃佛教造像——芒康、察雅考古调查与研究报告》《秘境之国》等，发表论文及其他文章90余篇。

较复杂，比如描述：根据壁画内容或主供神佛，最起码也得确认是什么殿、什么窟。王城遗址整座山坡大大小小的殿堂和洞窟，就这样依次走过，拿工具测量过，包括各种形制的建筑物，全部造像、壁画、天花，皆被摄影摄像“立此存照”……权威数据随后公布：古格王城遗址总面积72万平方米。总计残存各类殿堂房屋445座，各类洞窟879孔，碉堡58座，佛塔28座，另有塔墙1道、防卫墙10道、隧道与暗道4条。历经岁月风化，保存完好的殿堂仅有5座，分别是拉康玛波（红殿）、拉康嘎波（白殿）、卓玛拉康（度母殿）、金科拉康（坛城殿）、杰吉拉康（大威德殿）。建筑物完整，意味着内中墙面、梁柱、藻井与壁画也基本完好，古格后期佛教艺术凭此得以幸存。

透过这片规模浩大的废墟，张建林似可遥想这座兼具统治中心、宗教中心以及军事堡垒等多重功能的昔日都城，曾经何等的繁荣喧嚣，然而当下直观可见的，却是覆盖其上的战争痕迹——最终一战发生在17世纪30年代，被来自西北方向的强敌、原本同族同宗的拉达克人一举摧毁，无人打扫的古战场就此定格：盔甲铠片、箭镞箭杆，甚至还有火绳枪、牛角火药盒，遍布废墟各处。唯一被人潦草收拾过的，是战死者遗体，集中堆放在某个洞窟中。干燥封闭的狭小空间里，尸身几乎保存完好，毛织衣物有些也是完好的，只是一经触碰，便成碎片。内中遗体多无头颅，当地人说被战胜者带回拉达克请功去了。

伫立在古格都城的废墟中，历史的风扑面而来。干燥的风曾经拂荡过繁荣年代的田园与矿山。留存在史籍和口碑中，不仅有象泉河谷“十万之众”的说法，包括了经济和宗教事业的“古格十三贡献”的说法，还有令考古学家惊异的其时冶炼与锻造的炉火纯青，例如“古格银眼”：嵌银的佛眼为此地所仅见。任由历史风扑面的考古学家望见对面山坡废弃的水渠，山脚下曾被垦殖又早已荒芜的农田，当年的王国都城而今仅见一个十几户人家的小村庄，这反差也够大的，而且这十几户人家皆非古格后裔，不由发问，当年的古格人哪里去了？

进一步的提问则是，前古格时代是个什么样子，早于吐蕃、一度漫卷于整个阿里的象雄风是个什么样子；提问还包括王城附近早已废弃的水渠和耕地，张建林说，你看那些绕山而过，曾从象泉河上源引水灌溉的明渠和类似“坎儿井”的暗渠，暗渠甚至经过一些洞窟，而洞窟像是有人住过——好大的水利工程，难道只是古格人所为，而不是来自象雄文明的农耕传统？联想到古格都城及其周边各卫星城的建筑群，最早的开辟者，安知不是象雄人？

1985 年开始的对于古格故城遗址的调查成果令人振奋，然而 1988 年再返古格做补充调查，却是意外受阻：因为这一年国家拨款维修这一遗址，阿里地区决定维修期间暂时关闭，外人一律不得进入。考古队？不行；自治区文管会的证明？不管用。怎么办？只能等待逐级上报、电报往返，这期间甚至由札达县公安部门出面监管外来人。

等待的日子里心急如焚，困守 7 天后，张建林决定“潜”往古格。

这是一个月光皎洁的夜晚，大家背上行李，绕行山间小道，跌跌撞撞走了大半夜，一路全无“今月曾经照古人”的雅兴，到达时月已西沉。就在古格的西沉月光下，进入一山洞，一行人就地打开铺盖，和衣而卧。张建林说他那一晚辗转难眠，艰苦不算什么，主要是委屈，不由自问，千辛万苦为的什么。

太阳高照的时候，古格看守人旺堆老人从山下发现了他们的身影，遵奉上级有关“严禁”的指令，赶来劝阻，用汉话说：我们关系的不错，你们工作的不行。随后便是漫山遍野的追赶——这局面持续到拉萨方面的批准电文到达为止。

为时 3 年的野外考察之后，在北京某处招待所 36 级台阶下的地下室，张建林和同事们编写出上下两卷本皇皇巨著《古格故城》。上册为文字描述，内容包括概论、建筑遗存、墓葬、遗物、佛教艺术的分类及研究等；下册为彩图版，从外景到实物，尤其是经典的壁画天花图案格外珍贵。

距离古格遗址考古 10 年后，张建林再进札达，这一次是奉国家文物局之命，组队开赴托林寺。就在刚刚过去的 1996 年，托林寺升格为国家级重点文物保护单位，维护保护工作随之上马。团队集结了包括藏族专家在内的精锐之师，中国文物保护研究所（现在的中国文化遗产研究院）担纲壁画及古建维修方案设计，河北省文物局与古建所承担古建筑维修，故宫博物院宗同昌专职文物摄影和发掘报道。张建林主持考古发掘，重点在早期殿堂迦萨殿及四角小塔，经考古清理后做出保护方案。

千年古刹托林寺，在藏传佛教史上地位显赫。这座西部西藏的大寺和首寺，始建于公元996年，时值古格开国之初，王室是其最大施主，相当于王家寺院。之所以著名，不光有藏传佛教后弘期重要人物仁钦桑布大译师在此翻译了大量经文，更在于1076年在此举办的旨在纪念阿底峡尊者的“火龙年大法会”，被视为藏传佛教后弘期发端，因而托林寺相应成为这一时期的标志性建筑。

然而年久失修，殿堂多有坍塌，此次发掘清理重点迦萨殿，藏语含义是“百处”（殿堂），这座状如曼荼罗的大殿是托林寺早期建筑之一，当时已成废墟。1997年整个夏季几乎每一天，都让发掘者充满了激动和惊喜：千年遗存包括青铜像、木雕、唐卡、模制泥佛、泥塑和壁画残片等等，其形象画风则荟萃了来自克什米尔的“卡契”风格和来自印度、尼泊尔的南亚风格。正如古格故城遗址代表了古格后期佛教艺术那样，托林寺废墟中尘土掩埋下的这批文物所呈现的，正是古格乃至西藏的藏传佛教后弘期早期代表作。

还有早期经卷的发现。尽管多数已成残片，但弥足珍贵。张建林特意带到北京，请著名藏学家王尧先生予以鉴定，后经布达拉宫的藏族学者系统整理了这批残页，从藏文书写规范证实了年代的确在11世纪前后，确属仁钦桑布大译师及其弟子们的译著，那些以黑墨、以金银汁书写在藏纸、在磁青纸面上的内容，包括了佛经及戒律、格言，以及立法文书等等。

环绕王城与托林寺，周边发现还有墓葬，墓葬中出土了陶器和铁器。经对遗物所做碳14测定，证实为2300年前。后来张建林多次来阿里来札达，发掘的古墓年代最早是2640年前的。2001年我在拉萨见到他，这一次是率中央电视台摄制组进行阿里考古专题报道，已在央视“新闻联播”连续播发11条新闻，顺便又有一大发现：在象泉河北岸新发现长达5华里的象雄时期农田灌溉系统；2013年我们在阿里相遇，他正带领西北大学考古专业学生在阿里地区北部日土县调查洛布措岩画和吐蕃墓葬群；2018年再见，却是在电视屏幕上，远在札达县考古现场，他面向央视的直播镜头，讲解新发现的一处古代石构遗迹……

托林寺考古发掘第二年，从拉萨启程，一路颠簸好几天，当小车爬越一座山坡，但见土林浩瀚，无边无涯。就在那一刻，车内音响刘欢的歌声骤起：“千万里，我追寻着你。”许多年后追忆那一刻，张建林说他怦然心动，一股热流从心底直涌双眼，竟然热泪盈眶，激越又略带苍凉的歌声不仅在当时十分“应景”，简直就像是预示了这一生的“写照”：从不足30岁的年纪举步古格，直到两鬓斑白，千万里、千万年，从古格，到象雄，去追寻，去发现，一直在路上，真好。

附录二

发掘皮央－东嘎遗址

皮央和东嘎，是西藏札达县的两个小村庄，坐落在城北40公里一条东西向沟谷中。从寂寂无闻到声名鹊起，并以两家村名联袂现世，所凭借的正是与两村相邻的超大石窟群。该遗址1996年列入西藏自治区文物保护单位、2013年经国务院核定为全国重点文物保护单位，名称即为“皮央和东嘎遗址”。

都被冠以“西藏最大佛教艺术石窟”名号了，发现时间却相当晚近，这之间的反差似乎够大，无论是何原因导致，它就在那里，总有抖落尘埃那一天才是正解。

从1984年开始、为时9年的西藏全区文物普查行动，最后一年轮到阿里地区，自治区文管会的一支小分队初访札达，很快掌握了线索，最终是由一位牧羊女带路，当几位考古学者爬上布满蜂巢般洞窟的土林山顶，映入眼帘的正是这处尘封的佛教艺术世界，可谓一眼千年。

当年还是四川大学考古系青年教师的霍巍、李永宪[①]正是这支小分队成员，此前的两年时间里，他们主要活动在日喀则和山南地区，先后在吉隆盆地和仲巴、萨嘎一带的雅鲁藏布江上游发现了多处旧石器地点和细石器地点，确认并记录了沉寂数百年的“贡塘王城”和“拉加里王宫”，特别是在吉隆一举发现“大唐天竺使之铭”，经由新华社发出的通稿，从此让世人知晓了大唐御使王玄策出使印度走过的藏地之路。西藏考古每一发现都伴随着惊奇惊喜，而今在皮央，在东嘎，尤其惊艳惊叹！

1992年的初访初识仅限于普泛调查，从那时起的二三十年间，霍巍和李永宪带领的川大考古团队来过皮央和东嘎多少次，连他们自己也数不清了：要么是领有专项的田野工作，要么是区域性的综合考察，或是携来水泥、木材、铁皮等建材，为几处重要的洞窟修建门户，同行的一批批研究生也由此积累了西藏考古经历，总之这处遗址俨如川大考古队伍的实践基地。常来常往熟悉了，师生们跟热情的村民之间互动也挺有意思。李永宪讲述了其中一个故事。

① 霍巍，1957年出生，原籍河北，毕业于四川大学，先后获考古学学士、硕士、博士学位。1990～1992年入藏参加全区文物普查工作3年。现为四川大学杰出教授、教育部长江学者、博士生导师、四川大学博物馆馆长、历史文化学院院长、四川大学中国藏学研究所所长。在西藏考古领域主要从事古代墓葬制度研究、“高原丝绸之路”研究、吐蕃时期文化与艺术史研究、西藏历史时期文化交流研究等。出版有《西藏古代墓葬制度史》《西藏西部佛教文明》《吐蕃时代考古新发现及其研究》《史前至唐代高原丝绸之路考古研究》等专著。发表藏学研究论文百余篇。

李永宪，1954年出生，四川人，先后毕业于四川雅安师范学校、四川美术学院、北京大学考古系（助教进修班），1990～1992年入藏参加全区文物普查工作3年。曾任四川大学历史文化学院考古学系主任、四川大学中国藏学研究所教授。2016年退休，现为西藏大学引进教授。在西藏考古领域主要从事史前考古研究、高原岩画研究、美术考古研究等。出版有《西藏原始艺术》《西藏史前考古》《西藏岩画艺术》等著作，发表研究论文百余篇。

1992年皮央－东嘎遗址的考古发现一经报道，不仅在国内外学术圈、文化圈中引发轰动，本地村民更是大喜过望：原本司空见惯的荒僻山野居然一变而为宝藏圣地，与有荣焉，激动之下也想做点什么，于是当自治区考古普查队离开后，村民们略一商量，便在当时皮央村巴桑村长带领下进行了一次“非正式发掘”，果然在皮央山顶的残墙断壁下面挖出了好几尊金属和泥塑的佛像。村民们欢天喜地，将佛像擦拭干净，供奉在山顶洞窟，不时上山朝拜，燃起柏枝香柴“煨桑”致意。

随着知名度的提升，吸引来众多游人访客的同时，也招致不法之徒的觊觎，皮央村民“发掘”出来的至宝因此遭劫。巴桑村长见到再番前来的霍巍和李永宪，一开口就讲起这段经历——

那天清晨，一位老人上山转经，发现供奉佛像的洞窟被洗劫一空，全村人闻讯立马赶来，人群中甚至有人急得哭出声来。有位村民很冷静，说他前几天见到一辆越野吉普车在村中逗留过，依稀记得车牌号的后三位数。村长快马加鞭赶到县城报案，当地公安火速组织人马星夜追赶——谢天谢地，终于在不法之徒混入人烟稠密地区之前将其拦截拘捕，一举追回了全部被盗之物。

宝物失而复得归置原处。巴桑村长陪同专家们走向山顶洞，炫耀宝物。果见这批铜佛和泥塑非比寻常，造型美，工艺精，历时近千年光彩依旧。众人自是赞叹不已，赞叹之后便是相关文物保护法的普及教育：文物属国家所有，发掘需要法定资格，文物就地放置须有保卫措施，云云。

第二次前来东嘎和皮央，是为进一步调研考察，同时也对洞窟采取了多种加固措施，保护措施则有安门上锁之类。真正的考古发掘工作是在1997年夏季进行的，让村民见识到专业的操作场面。虽然只是小规模的清理，仅限于4座殿堂、10个洞窟、总计300平方米面积，规模不及皮央遗址总面积百分之一，却出土了十分丰富的文物：佛像、佛经、唐卡、木雕、石雕、泥塑等等，时间跨度从11世纪到15世纪贯穿了四五百年。形同真人等身的铜菩萨说明了当地高超的铸造水平，手掌般大小的木雕上，则集雕、刻、磨、刨、镂、镶、嵌诸种手法之大成，方寸之间可以竞相显现数十尊神佛灵异形象。十余幅唐卡可能是西藏考古出土的最早一批卷轴布画，从画风可辨别出克什米尔、尼泊尔、卫藏本土不同风格的痕迹。还有那么多泥模佛像，背面清晰地印记着制作者的掌痕指纹，另有石雕佛像、桦树皮上书写的佛咒，以不同材质手段创作的诸佛菩萨、飞天和曼荼罗……

皮央－东嘎石窟群的考古发掘收获巨大，意义深远。不仅千年前古格初创时期的画面由此展开，遗址的范围也相应扩大，包括多处古代墓地的存在，可将这一带的人群居住史推向两千多年前西藏的“早期金属时代”，即相当于中原历史的战国秦汉时期。这一“前古格时期”或许就是“古象雄时代”？

2001年夏季，我在拉萨见到从阿里归来的霍巍和李永宪。川大师生利用暑期出野外，对皮央－东嘎石窟群进行了全面的考古测绘和部分壁画临摹，还在遗址附近发现了距今两千年前的房屋居址和3处古代岩画；沿着象泉河畔调查，发现了两处石窟壁画和疑似象雄时期的都城“穹隆银城”卡尔东遗址，找到了炭化的农作物种子。至此，阿里考古已在时段上从“古格时期”为主的历史时期考古，上推至“古象雄时期”乃至更久远的史前时代。正如李永宪所说，札达盆地犹如聚宝盆，在那些纵横交错于土林之间的条条沟壑之中，都可能掩埋着古老文明的昔日辉煌。

2018年夏季开始的阿里考古，可说是史无前例的声势浩大：在国家文物局和自治区文物局的部署下，先后有区内外7支考古队伍活动其间，国内多家媒体随之跟进,CCTV动用了几乎所有传播手段，“新闻联播”“新闻30分”“朝闻天下”各栏目进行专题报道和现场直播以外，另有网络微信公众号，被热爱西藏的网友竞相转发，一时间将西藏西部考古盛况传至世界各地。多年前皮央－东嘎遗址的发现者霍巍和李永宪已是年逾花甲的“老教授”，这一次依旧率领川大考古小分队，依旧是在皮央和东嘎这一带，发现和发掘了7处早期墓地，年代大致处于公元前7世纪～公元5世纪之间。皮央和东嘎一带墓地的发现，表明此地定居人群早在公元前若干世纪已形成相当规模的聚落并拥有高度发达的物质文化。专家们这一次是在央视的镜头前被更多人围观：霍巍手持刚刚出土的铁质灶具和青铜釜，讲述这座墓葬所代表的金属时代特征，引申至当时高原西部的文化交流情景；李永宪则在镜头前讲解出土的粟类作物小米与麦类作物青稞的关系，以及农业在札达盆地史前生业中的意义。

回忆多年以来在皮央、东嘎一带的考古经历，霍巍和李永宪两位教授一再称道那是“我们的幸运”。其实对于西藏考古事业来说，又何尝不是一种幸运——相互的成就，共同的成长。他们引领的西藏考古团队，数十年来的学术贡献和影响远不止本文所写。就像已经满头白发的李永宪所言，他最感自豪的不是被称作西藏考古专家，而是每次行驶在通往皮央和东嘎黑色柏油路面上的那种“漂移的畅快”——你看县城有皮央村民开设的甜茶馆，皮央村口竖立《中国国家地理》推荐的“西藏最美景观拍摄点”标牌，村中建有旅游接待站，村民住进崭新的二层房舍……目睹这些巨大而美好的变化，不由回想起当年在村外山谷溪旁风餐露宿情景，一切都是值得的。李永宪说，古代文明，现代文明，还有什么能比文明之光扬溢在现实生活中更美妙呢！

第二章　普兰——雪山环绕的地方

从札达到普兰的惊险之旅

普兰是青藏高原这片高大陆的西南门户，在阿里三围中被称之为“雪山环绕的地方”——南有喜马拉雅，北有冈底斯；翻越喜马拉雅险峻隘口急转往下，就是尼泊尔，就是印度了。

普兰在藏民族精神世界中地位独特，盛名不衰，自有其地理、文化、历史、宗教各方面多重因素使然。简言之，它的神山圣湖——冈底斯主峰冈仁波齐和玛旁雍错，简直就是神圣到极致的象征。

普兰历史久远。据藏文资料，自公元初始，它就成为象雄国中心辖区之一。后来，才成为吐蕃王室后裔吉德尼玛衮的发迹之地，这位王祖在此建立了普兰王廷并由其后代继承，同时开枝散叶，将统治范围扩展至整个阿里。

除此，普兰对于我们来说，别具风采的还有当地服饰、歌舞、传说、古商道等等，这一切，即便对于西藏其他地方而言，它也具有扑朔迷离的古典感和异域感。

从札达去往普兰，区区几百公里，本来也没打算当天到达，但也绝对没打算花费整整4天时间。为何耽搁了如此之久，人为因素是有的，因为除了急于投入工作的南希教授，其余所有人无一不是随遇而安的态度：且不说沿途要经过杨成的姐夫担任矿长的门士煤矿可以稍事停留，门士附近尚有著名的芝达布日寺庙可供一游，尤其要经过名震古今四方的神山圣湖，岂非处处皆目的地！除去人为因素，路途艰险、小灾频至也势必影响行程。

8月8日早晨，颇有些留恋地告别了小住几天的札达，两台改装过的北京吉普开动。两台车两个年龄组：年长一些的格勒、南希、老孙和我乘坐马师傅驾的车，而活跃的年轻人则集中在杨成座驾。此前杨成一再说过，到了门士，他将亲手制作八菜一汤招待我们，所以原打算当夜宿门士。

但是刚一上路，就显现出不吉兆头：轮胎漏气。七手八脚之后重新上路，又误入歧途，迷失于土林沟谷中，转来转去大半天，直到下午5点钟，待终于找到正路时，方知此距札达县城不过三几十公里。有些扫兴地停车，捡柴，垒起简易三石灶，打算加热罐头，吃糌粑和压缩干粮。格勒取出罐头，用小巧的罐头刀旋了一圈，还有丁点儿相连时，忙中出错，扯罐头盖的拇指被锋利的盖沿儿深切至骨，白花花的肉和着血简直就是翻卷开来，顿时血流如注。所有的人都闻声扑来，翻找云南白药抢救。格勒强忍疼痛，笑说不要紧：他自小的保护神是最具威猛之力的大威德金刚，自然会佑己平安的。又说如果此刻降些小灾于他，那么准是为了让他避开危及生命的大灾。

随即我们走上一条安危莫测的路。听老孙说，这条路是若干年前由部队施工修筑的汽车道，后因某些原因不常用了，未设道班，有失养护，路况比较复杂：那路一眼望去，宽展平坦，强于一般沙土路，但有问题则是大问题，突然断陷，或半边坍塌。由于需盘旋翻越海拔 5000 多米的达巴山，山路时常一面倚绝壁、一面临深谷。上一年老孙曾走过这路，冲进一处流水断路的沟中，车在将翻未翻时停住了。他说当时几双眼睛望向令人目眩的幽黑谷底，个个惊悸得张口结舌，呆了半晌呢！如今看来门士是到不了啦，但愿夜幕降临前能够翻越达巴山，住进达巴兵站就算上上大吉啦！

西部阿里的晚 9 时，正是明丽黄昏。西天云霞灼成金黄，灿灿烂烂铺泻了一天一地。那时分我们泊车在一座小山头。凭此可向四方远眺，尤其可以回望来路数十公里开外。杨成的车久已不见踪影，需要等上一等，而且我们的车后轮慢跑气，趁机拿自行车充气筒一下一下往里面打气。大家轮流进行，甚至连南希教授也亲自上阵——她生平第一次使用这种器械。这一表现受到大家热烈赞赏。

就在这座小山上等待了整整一个小时，极目处仍无年轻人出现的迹象。看看天色向晚，拿不定主意地上了车。行前格勒特意搬来块石头放在路中央，上置一罐头盒。

随即驶入险境。

天空遽然阴暗，雨云雹云突至，刹那间巨闪大雷，咔嚓嚓惊心动魄。指肚大的雹粒乒乒乓乓砸得车篷山响，三两分钟里道路山野一片白茫茫。车灯光柱投射之处，山和路已然看不分明，好不容易分辨出开阔地面的一处断路，急打方向盘，拐向依稀着车痕的便道，前面的路又模糊了。满车人全神贯注、高度紧张。副驾座上的南希不时用英语惊呼“stop！”格勒只好急用先学地教她几个汉语单词：停！左！右！糟糕的是马师傅眼神不够好，加之以往开车资历皆在安徽省会合肥市，置身于这种险山夜行、路况不明、大雷大闪、风雪雨雹的处境，满车人命运尽在他掌中，能不三倍五倍、十倍百倍地紧张！戴眼镜的格勒保持着弯腰站立于车中央的姿势，直盯路面接二连三果断发布指令：“注意左边！”“往右打！”或者“冲上去！”

仿佛置身于巨浪滔天的大海里、风雨飘摇的小船上。我的眼睛夜间弱视，路也看不清，忙也帮不上，心想闭起眼睛来，任凭命运抛向何方吧，可是不，此刻的我可没有那样坦然，视死如归。以往自以为勇敢，明证之一是曾在翻车之际竟能体验到异乎寻常的幸灾乐祸，现在知道那种所谓勇敢的局限了。那是在毫无遇难思想准备之际，发生意外之后短暂几秒钟内，当意识恢复时闪现的第一个念头是“我还活着”时的庆幸。而此刻，当确知危险在即，但又不知究竟在哪一刹那发生时，能不惴惴！我们的坐骑在惊悸中搜索前进，我的脑海也在快速扫描以往旅程，曾走遍的几乎全部西藏的东南西北，包括纵横过的青藏公路和川藏公路，十几年间旅行生涯所遭逢的一应惊险……这一回顾仅用瞬间完成，当即得出的结论之一是：这段山路是本人迄今为止所走过的最险之路。

结论之二是，本人生平确属大怯若勇，大愚若智。

西藏有几条著名险途，大多分布在藏东、藏南的高山深谷间。例如川藏公路、昌都去往各县的公路、南去亚东、西南向樟木口岸的中尼公路等等。但那些路险在明处众所周知，如二郎山、雀儿山、“老虎嘴”、波密通麦大塌方等等，且有道班工人常年维修值守，路况是基本保证的。岂像眼下这条路，完全是谜，令人强烈不安。

有一个词叫作“灭顶之灾”。

突然——在这种险象环生的情境中，不发生点儿意外是难以提醒并阻止我们走向绝境的。就那样突如其来的一下子，我们的车左边在下、右边朝上接近 90° 侧卧。

少顷，惊魂稍定的我们自右侧上方之门鱼贯爬出。前边有人钻出，匆忙间就忘记了后面还有人，车门随惯性猛然扇回时，只觉得脑袋上“轰”的一声闷响，随即胸部感到沉重一击。接下来就是稀里哗啦的声音：车窗玻璃粉碎了。众人惊呼中，我摸摸头顶，那儿正迅速隆起一个包，摇摇头，还好，没感觉脑震荡。大家放下心，又管自去校正车。在雨水中手忙脚乱地弄车，忽觉咽喉部位有些异样，随手摸出热乎乎、黏糊糊的一把，拿来电筒一照——天哪！血！于是又引发一阵骚动，下午格勒用的云南白药现成地放在顺手的地方，南希则快速取出包扎用品对伤口进行处理。伤口不大，但血脉旺盛，此时已洇湿了内衣，并汩汩地小蛇一样贴着胸口流下。

用不着协商，意见空前一致：无论如何，今晚不能再赶路了。摆正了车，让车后的小红灯亮起。从车后厢取出鸭绒被，扯开盖在腿部，大家坐睡起来。马师傅很快发出隆隆鼾声，伴着小雨的淅沥声。此时是午夜 12 时。

我则无论如何不能入睡，为杨成的一车人担着心。他们在哪里呢，在骤雨冰雹之中，在惊雷咆哮之时？他们的车没有加力挡，能否冲过那些险坡，尤其是，杨成这样年轻，并非专职驾驶员。这样的天时路况，连经验丰富的老司机也都捏把汗，他行吗？而万一他们出了事……

24 岁的杨成是西藏长大的汉族孩子，个头不高，穿一套专为下乡配备的迷彩服，脸膛黑红，眼睛很漂亮。尤其动人的是他的嗓音，唱起时下流行歌曲来可以搞一个独唱专场了。在西藏多多见到过这种随父母在西藏长大成人的孩子，环境铸成性格，多少就像藏族了，热情坦率，但也散漫爱玩。父母退休后，组织上批准了年轻一代的请求，把工作在西藏各地区的四兄妹一一调到阿里，现齐集狮泉河，只有姐夫在门士——其实西藏各地的干部最不愿意调进的就是阿里，杨成兄妹的感觉与众不同。

画家韩兴刚是新疆长大的汉族，当兵到了阿里军分区，转了业留阿里，并娶了一位阿里长大的汉族姑娘。他的野心是吃透阿里，拍遍阿里，让阿里来成就他的艺术事业。他在地区群艺馆担任副馆长，同时负责民歌、民间文学、民间谚语等“三套集成”工作，多次走访过普兰、札达，他说每回都有新感觉。除了美术摄影专业外，他还可以驾驶种种类型汽车，具备应付生存的一切本领，还抽烟、喝酒、发脾气，在家庭中大男子主义，听他炫耀每次出差回家第一件事，就是贤妻为他脱鞋洗脚，哄孩子般侍弄他，他还自以为英雄豪杰气派。

扎呷是格勒的同乡兼得意门生，调至北京的中国藏学研究中心之前，在家乡任藏文教师。28 岁年纪，藏文极佳，英语则会熟练地应用“ Yes, it is!”“ Look ! ”之类。已追随格勒从事了多个专题的考察并写出一批论文。南希有美国人的优越感，而扎呷则有康巴人的优越感，这一点处处表现得比格勒还要不含蓄得多。初见扎呷，都有庄重和腼腆的印象，一旦熟悉，可就见他放肆起来。从札达开始，他已称呼看来仍年轻的南希为“妈妈”，真是恶作剧。幸好他工作起来认真负责，当翻译也极耐心，南希顺水推舟，渐渐就习惯了这个康巴儿子。

最活跃的次丹多吉此时最不活跃，在札达农户采访时，喝了人家不洁净的酥油茶，他和扎呷肚子拉得凶，死去活来一阵子，扎呷见好转，次丹多吉却近乎虚脱了，这样的恶劣天气艰难路途，又不知怎样的了。

唯一的女孩子是记者小杨。她在西藏广播电台担当某节目主持人，能歌善舞，天真大方。她为自己安排来阿里出差，名义上是搜集民歌，私心里是想朝拜神山，为新亡的慈母祈祷超度。此外，新近又逢情感受挫，想借助大自然散心。她本是我的拉萨小友，见她只身前来，自然就该带上她，而且自以为对她承担着监护义务。

夜色深沉，雨雾迷蒙，凉湿的风从临时堵起的窗洞灌进来，腿脚已冰凉。怀着如此多的思虑，在这样的荒野中，以这种姿势如何能睡得着啊！南希在前座翻来覆去也调整不出个舒适来，弄得鸭绒被子嗦嗦响，格勒就小声提示她不要吵醒驾驶员。

雨声使山野显得寂静。在这辽阔深邃、与世隔绝的寂静中，本可以随遇而安，完全放松地进入冥思状态。而我却用了全部心思进行现实的谛听——终于隐约捕捉到了细若游丝的非自然的声响，而后，低而悠长的引擎的轰鸣明确起来，伴有微弱亮光在我们车内闪晃。凭窗俯瞰既远且深的谷底，果见蠕动的灯光！不管别人是否已睡着，兴奋地大叫一声："他们来啦！"大家听了听，看了看，肯定了这一发现，皆大欢喜，此时已是凌晨将近 3 点钟。

我随格勒跳下车来，踩着泥泞山路迎向前去。指挥车停在远离悬崖不致遭遇泥石流的地方，车上便跳下几个快活的年轻人，一下车就争相报告，说看到路中间的石头和罐头盒啦！整条公路只我们两台车啊，哈！

这伙年轻人之不负责任，没心没肝：居然在黄昏时把车开进牧场，跑到人家的帐篷里喝茶吃酸奶，害得我们久等不说，多操心担心哪！本来该抱怨并恨不能捶他们一顿，但当时鉴于大家完好无损，如久别重逢，欢喜还来不及呢！

于是我们10位难兄难弟，便抛锚在海拔5000米的山顶，风雨飘摇中坐过了一晚，这样的路宿方式在西藏被称作“当团长”。

一大早，大家便钻出车来活动了。这才看清了我们所处方位及周围地貌。回望昨夜摸黑走过的路，多么壮阔！盘山道迤逦而下，优美安谧得很，全不似夜间的狰狞恐怖。此地算是接近了山顶，前方不足10米远，道路急转直上；左方的路面，已被经年山洪冲垮成自然沟壑，其下是深切的谷底。群山为白雪覆盖，举目一片苍茫。不远处有一座棕红的山，白雪也遮蔽不住地温暖妖娆着；山间有一泊青蓝的湖，分外炫目。明暗浓淡的云团分析开来，显出宝蓝的天幕底色。太阳将要穿越云层，如同亿万年间的每日此时一样——安详的大自然掩饰了它施虐的一面，明媚如处子，慈祥如老妪。

此处距离达巴兵站不过20公里，我们走到午间11时方才到达。就这样，依然庆幸不已：沿途顺利回避了岌岌可危的将断未断的路面，其中有两处简直就不可能通行。一处大斜坡上的路面看来尚好，但路面不足两米厚度之下，已被山洪穿通成一自然大隧洞。格勒眼神好，居然发现了它。探路，绕行，等待那群要命的年轻人，杨成总是唱着歌快快乐乐前进的。所幸这将垮之路恰好位于斜坡，尚有余地可供绕越；另一险处在接近山脚的拐弯处。山土为红色黏质土，车轮滚过时打滑。这至关重要的拐弯，路偏就垮了半边，左侧是高耸的峭壁无路可遁，右侧则是深谷峭壁——本就是在完好的一面山壁硬开出的路。现在垮了半边的路面正好差了一个车轮的宽度。百般无奈，只得搬石头，拔野生植物充填垮下的豁口，铺路。大家齐动手，硬着头皮请马师傅开着空车过。这可真强人所难，但已无退路。我至今还记着那车怎样在这残破路面打着漂漂儿的情形。随后的杨成则镇定许多，稳稳当当开了过去。至此方信过杨成的驾车技术。这两处险境，如果是在夜间，断断难以逾越，不信神的格勒不免得意洋洋地抬出他的大威德。我也感觉到冥冥中像是有谁护佑了我们，只象征性地给予一些小灾小难罢了。

达巴兵站孤零零一个院落摆放在何其大的一片荒漠平坝上，不见草场和牛羊。从狮泉河去普兰的过往行人路过时偶或落落脚，兵站的军人寂寞得可以。老孙前几天捎信去狮泉河，等待换车的耿师傅一人一车已于前天候在此处。就把马师傅连同既无一挡又碎了玻璃且慢跑气的车更换过。在达巴兵站稍事休整。需要处理的杂务很多：吃饭、喝水、加油、治病包扎等，仿佛我们一群是溃败至此的伤兵。事实上要办的每一件事情都非常困难：该兵站对地方其实不承担接待义务。我和小韩奔前跑后，到兵站隔壁的机务站面见一位姓沈的指导员，他是此处最高长官。说明来意，年轻的沈指慷慨相助，并亲自打电话嘱一位姓齐的医生立即着手救护工作。

没想到南希教授却极力阻止为严重脱水的次丹多吉输液，同时阻止给格勒换药，非常坚持大家服用她带来的各种药物，因为她每年在联合国卫生组织服务一段时间，自有一套医治经验。但她不信任我们的军医，让大家不服气。瘦瘦高高的齐军医把自己的宿舍腾了出来，请次丹多吉躺在床上输送加了抗菌素的葡萄糖，又给扎呷注射了庆大霉素。南希只好强烈坚持为我们换药，待打来温水，一点点儿揭开格勒拇指上的纱布，大家倒抽一口凉气：伤口开裂，有炎症迹象。南希当即果断放弃先前打算，把我们统统交给了齐医生。

齐医生细心地逐一处理过，笑不得气不得地数落我们，你们怎么净玩这些！他还特意告诉我，如果玻璃再尖锐些，或者再偏上一丁点儿，便是咽喉要害处，那里血管、淋巴结、神经丛密集，会有生命危险的。

输了液的次丹多吉当即恢复了精气神，达巴兵站的补充真是必需。说起这一路的灾难惊险，小杨就神秘兮兮地归结为我们去札达前山的佛塔捡擦擦和经书的缘故。她说，那些擦擦上都附有供献者的某些心愿，外人取走会遭报应的。

早早到达门士。杨成兑现承诺，请煤矿的朋友给我们准备了一大桌菜。他姐夫不在，去拉萨了。大家饕餮过后，居然还享用了半口袋新疆苹果。只有南希大不悦，当她得知当晚住招待所，而明天又要去芝达布日寺庙的决定时——这不全是格勒的专断，杨成的车实在需要修理。无奈中，南希只有唠叨抱怨，拿我刚能听懂的英语一个单词一个单词地说：格勒在美国讲学时，多么温和（作嬉笑状）；但在中国，他又多么固执（作严厉状）。我笑说他是一个被宠坏了的孩子，南希大加赞同。可惜本人英语、藏语都有限，本来我还想告诉她，他首先是被女人们宠坏了的：格勒博士幼年丧父，母亲和姐姐待他如掌上明珠。吃妈妈的奶差不多吃到 10 岁。去村外，到城里上学，都是妈妈牵着他走路。姐姐至今还疼爱这个小她十多岁的弟弟。最近的差不多 20 年来，又是他的妻子，一个世间少见的贤惠女子在宠着他，从读硕士到读博士，宠得他脾气和学识一同见长。加上他那康巴硬汉的血液，他的博学、善意和坚定（也可说是固执）是一道出了名的。进一步熟悉起来，便能发现非学者气质的天真、淘气和恶作剧的格勒的另一面。

从牧童到学者，格勒当然与众不同。

芝达布日圣地以何为装饰

门士以南约 10 公里处的芝达布日寺庙是应该一走的，迄今我仍难以概括出它留给我的特别印象。信徒们之所以络绎不绝地前来朝拜转山，皆因相传此地是神山冈仁波齐的衣领，又一说为神山门户，来此转经是为领取打开神山之门的“钥匙”。总之大家都说

“转冈仁波齐不转芝达布日，等于没转冈仁波齐”。在阿里流行的一首对于该寺的礼赞民歌这样一问一答——

“芝日”圣地的头上用什么装饰为好？
“芝日”圣地的头上用“白绣”装饰为好；
“芝日”圣地的耳朵用什么装饰为好？
“芝日”圣地的耳朵用小小贝壳装饰为好；
“芝日”圣地的胸部用什么装饰为好？
“芝日”圣地的胸部用上百佛珠装饰为好；
“芝日”圣地的手用什么装饰为好？
“芝日”圣地的手用小鼓装饰为好；
“芝日”圣地的身体用什么装饰为好？
“芝日”圣地的身体用白布装饰为好；
“芝日”圣地的脚用什么装饰为好？
“芝日”圣地的脚用白布鞋装饰为好。

芝达布日就这样以阿里人所认为的吉祥色彩和饰品装扮起来。一副花花哨哨、欢欢喜喜的模样。

芝达布日其实是一大片泉华地貌的山地。泉华，是热泉自地下喷涌经冷却沉淀凝结而成的钙质体，满布蜂洞。山前一座小小寺庙。据称此地为白度母的领地，莲花生[①]是其护法神。至今尚存莲花生修行洞。当地人说，早在

① 莲花生：原为古印度佛教密宗大师，后为吐蕃“师君三尊”中之轨范师。生于古印度西北乌仗那（今巴基斯坦北部斯瓦特河谷），得其国王因陀罗菩提抚养为太子，命名莲花生或池生金刚。8世纪中，应吐蕃赞普赤松德赞之请入藏，倡建桑耶寺，教藏族弟子学习翻译之学；从印度邀大乘密宗的无垢友等至藏，翻译重要显密经论为藏文。在藏族民间，莲花生是一降妖捉怪的大咒师形象，有关传奇故事极多。藏传佛教宁玛派供有他的塑像，称其为“祖师”。

格萨尔王时代，这里环境优美，森林密布，本为格萨尔王的水晶矿，盛产茶色水晶。后来此地被妖女占据，不仅森林消失，一变而为草木不生的土石山，就连水晶石亦变化为顽石——历来的妖魔皆住荒蛮之地；再好的地方一旦妖魔化也会荒蛮。

环绕芝达布日转山朝圣，有内、中、外三条转经道，我们象征性转过内圈。之所以被奉为圣地，首先是与莲花生有关，尤因地貌奇特：山体为石灰质已被溶蚀成千孔百洞，山色则是多彩的缤纷，其中有一面山坡下白上红，一排数枚山尖自然风化成群塔形状，被附会为“五百罗汉”。山前有一黑岩石断为两截，相传此为妖女的上身和脑袋，是当年被降妖除魔的莲花生大师挥剑砍杀。细看脖颈间有一孔，据说曾由此处流过好多血。

新恢复不久的芝达布日寺像一座民居，四四方方，平整的房顶上矗立一根经幢，“木”字形扯挂着五彩经幡。寺内供奉主佛莲花生。我们从管理人手中买下哈达依次献上。格勒博士上前请教管理人关于“芝达布日”的藏文拼写，答曰不知道。原来这位管理人是个青海来的牧民，不识字。

山脚一侧有依山而设的小小的房小小的门。是多吉帕姆（金刚亥母）的修行洞。相传莲花生斩首了妖女，继而又降服了土著神灵多吉帕姆，使之成为佛教保护神。小小的门前有一巨大的泉华石，作为多吉帕姆的生殖器摆放于此供人朝拜，大约是自然形成的，酷似。朝圣者在此处取土服用，据称未来可免下地狱之苦并可尽快投胎为人。此物旁边摆放着质地很硬的石头，为男性生殖器形状。黑暗的小房里供奉的是多吉帕姆的石质鼻子，布帐遮挡着密宗修行的小山洞。管理人说，不许女人看。

这个圣地之所以闻名四方，还因山旁有一神圣热泉。热泉是由众多热气蒸腾的小水泊环绕白色基座的石包泉眼组成的，可以洗澡洗头洗脚，据说有多种疗效。听说有人曾打算在此建构浴室、疗养院，终因怕破坏了环境（地脉风水）而放弃了。圣地是有灵性的。当地人说，凡有灾难的年头，例如“文革”期间，寺庙坍塌，温泉干了，石包（热泉沉积物）消失了。待到恢复宗教，泉水和石包又都出现啦！

认真听取来自各方人士介绍的有关芝达布日的寺史地方史，圣地上的遗址圣迹种种，相关莲花生大师及其伴侣益西措杰、相关多吉帕姆的传说种种，来此转经朝拜或沐浴对于今生来世的好处种种。涉及自然变迁，口碑中有一点恐怕并非虚构：原始森林一定存在过，不仅因为门士有煤层，还可见到已成化石的原木。[1]

午饭后从门士出发，当天仍未到达普兰县城，原因是在神山脚下的旷野之中遭

① 门士现为阿里地区噶尔县一个乡镇，门士煤矿已经关闭。门士乡通往芝达布日寺的公路已于2018年完成黑色路面改造，该寺成为噶尔县旅游景区之一。新建殿堂、佛塔，由寺僧管理，较之我们1990年所见，大为改观。其地温泉及相邻各县温泉群同属喜马拉雅地热带，有一些是比较稳定的涌流泉，有一些是活跃的间歇喷发泉。

遇雷雨。听人说这一带草原有多条小河流，经雨便猛涨，横断多处路面。生怕出事儿，决定住朝圣者的聚集地——塔尔钦。

由于南希教授急于到达目的地，进入她的人类学考察“田野”，乍听到这决定，一时难以接受，这位大学者顾不得体面，脸垮下，嘴嘟起，说气话，作生气状。此时已近黄昏，两台车不由分说停在塔尔钦的招待所门口。南希以拒不下车表达不满，谁劝也不听。

招待所一位藏族工作人员彬彬有礼前来有请，站在雨地里恭候，这位老外仍倔强地用藏语说“我不！”同一层意思，藏语比英语更富表现力。

但当她得知这儿居然住有许多朝圣的尼泊尔人，并很快打听到她在尼泊尔多年考察过的几个村庄都有人在时，大喜过望，一扫阴霾，一下子就扑向尼泊尔人简陋的布帐篷，随即率领一批又一批的当年村民和房东，引荐给格勒博士，一派喜气洋洋。

塔尔钦是著名的朝圣者的驻地。通常百姓自带帐篷，招待所只接待印度旅游团和国内公职人员。但接待条件差，连漱口水也不易寻到。好在我们原本也没指望更好些，也好在我们自备野外行装。[1]

① 冈仁波齐转山的起止点均为塔尔钦，知名度虽高，但直到1990年所见，依然不具备旅游接待条件，且举目荒凉空旷。自2003年起，普兰县原巴嘎乡村民陆续迁至塔尔钦，逐步形成一个国际化的旅游小镇，而今已建成星级酒店，以及多家旅馆餐厅。

神湖玛旁雍错，鬼湖拉昂错

在塔尔钦，其实见不到冈仁波齐尊容，能够面向的，其实是远在辽阔大草原以南隐约可见的海拔高度为 7728 米的纳木那尼峰。那儿隶属喜马拉雅山脉，而冈仁波齐，另属一山系，冈底斯山脉，且为冈底斯西部高峰。[①] 不久的将来，我们还会重返塔尔钦，环绕冈仁波齐 56 公里的转山道走上一圈，再细细领略这众神之山。

与冈仁波齐神山齐名的，是玛旁雍错圣湖，这座高原湖面积 412 平方公里，海拔 4587 米，最大深度 72.6 米[②]，若论其大，其深，其（海拔之）高，其美，玛旁雍错跻身于青藏高原的众湖之国中都难称“之最”，唯以其神、其名，使得众湖唯唯退避。它被尊为高原湖泊之国至尊至贵的王后。

我们在离开塔尔钦不久后便望见了它！玛旁雍错正如期待中的那样静候于此。彼时所见的天光水色出神入化，仙境不过如此尔尔。幽蓝的湖面碧波轻荡，湖周远山隐约迷茫，悠远的晴空里装帧着多层次的云。最浅表一层的云朵累累，是任意放牧着的灵异们。以蓝色为主旋律的大自然

① 海拔 6638 米的冈仁波齐以其神圣之名被视为冈底斯主峰，但实际为该山脉第二高峰。冈底斯山脉最高峰罗波峰，或称冷布岗日峰，位于西藏日喀则市萨嘎县境内，海拔 7095 米。

② 1907 年夏季，瑞典探险家斯文·赫定首次测量玛旁雍错，测得最大水深为 81.8 米，估算总水量为 200 亿立方米。时隔百年，中国科学院青藏高原研究所再测该湖，得出最大水深 72.6 米，计算总水量为 146 亿立方米。同时对赫氏未及测量的拉昂错亦进行首次测量，最大水深为 49.03 米。

交响乐章，就那样无时无刻不在那里无声地轰响。无论人们是否见过它，见过它之后是否想过它，它都在那里不懈怠地轻荡或汹涌，那是整座湖面全部投入的恒久的运动。此刻远在拉萨，我也能感应到那韵律并在心底引发潮汐。

在坚硬干燥的西部西藏，绵软柔润如斯者，少而又少。它以特有的色彩和物质属性参与着这片被风干了的土地，显示了造化的无所不在与无所不能。

关于玛旁雍错的传说不胜其多。由于它与冈仁波齐一道同为佛教、苯教、印度教、耆那教所崇奉，所以每一宗教对于它都有不同的解释，并赋予它不同的功能。在佛教经典中，它被称之为“阿耨达池”：

“在瞻部洲之中心、香山之南、大雪山之北，周八百里，金银琉璃颇胝饰其岸。金沙弥漫，波清如皎镜。八地之菩萨，以愿力故，化其龙王使居之。中有潜宅。出清冷水，给瞻部洲。”（《佛学小辞典》）

在印度，它的名字叫玛那沙罗发尔——玛那沙湖，几千年前它就在印度的古老经典中被赞颂：

“凡是身体触及玛那沙罗发尔的土地，或在它的浪潮中沐浴过的人，将走进勃拉马的天堂；谁是饮过它的水的，则将升上湿婆的天宫里，并解脱百次轮回的罪孽；就是负有玛那沙罗发尔之名的畜生都会走进勃拉马天堂的。湖水像明珠似的。没有比得上喜马拉雅的山脉的，因为凯拉斯（冈仁波齐）山和玛那沙罗发尔湖都在喜马拉雅里。正如露水为朝霞所销毁一样，人类的罪孽也就因着喜马拉雅山的瞩望而涤除。”

在印度的许多古典名著中，也屡屡提到这座湖。著名的抒情长诗《云使》(公元 4 ～ 5 世纪，迦梨陀娑著)就有这样的诗句：

(天鹅之群)赶往玛那沙湖，
一路以莲芽为食品。

饮一饮生长金莲花的玛那沙湖水……

古印度人认为这儿是天鹅之王的住处。

在西藏，此湖古名为“玛垂错”。因为湖内居住着广财龙王，遂以龙王之名“玛垂”命名。后来佛教战胜了苯教，更名为“玛旁雍错”，意即“永恒不败之湖”。还有一译为“玛法木错”。

曲尼多吉所著《玛旁雍错概说》中依据藏传佛教噶举派的观点介绍了湖的形成：

玛旁雍错诞生之先，曾有一个心如菩萨慈悲的国王木崩，在去往丛林途中，看到了人们生老病死的苦状，便询问他的老师昌塞退波：这些痛苦难道应该属于贤明君子吗？老师回答：这些痛苦归于所有众生。国王便请教解除痛苦的办法。老师说，唯有布施。于是国王令人修了许多房子，邀集来所有贫苦受难者，提供为期 12 年的温饱。于是地面烧饭的灶坑越挖越多，倒出的淘米水越聚越多，12 年后变成了大湖。湖边有一棵树，树名

“赞木直下”，果实有陶罐那么大。有一天果实落在湖中，发出“赞木”声响，由于水和树的作用，落入水中的果实变成了金子。玛旁雍错有四条浴池口，东口有五种沙子，南口有五种香草，西口有五种碱料，北口是五种彩石。沿湖周围建有八座寺庙。每座寺庙各有来历……

1907 年 7 月到 8 月间，瑞典探险家斯文·赫定是在玛旁雍错湖畔度过的，从事此湖面积、水深的探测，考察与某些河流的关系。他在此住了一个月，走访了这一带 8 座寺庙。他在《亚洲腹地旅行记》中记录了工作，也记载了见闻，同时描述了寺中僧人：刺尔吉比（恰吉寺）庙只有一个孤独的喇嘛，当他早晚敲大钟时，听见钟声的只有他一人；钟身铸有六字真言，随着声波将其奥秘传布到整个圣湖。在丘寺（齐吾寺），12 岁的真挚而忧郁的少年活佛，过腻了单调生活，想要陪赫定出游山里，启程时却又缺乏勇气了。

斯文·赫定于那一年的 7 月 26 日夜间，划船到玛旁雍错湖心作业，看了月夜又欣赏了日出，连续工作 18 个小时。其后再次的湖面测量时，突然遇到飓风。惊涛骇浪中，小船被抛上抛下像枚核桃壳一样。斯文·赫定的旅行和事业总是充满了艰辛危险。在那曲地区旅行时，我就关注他的行踪；而今到了阿里，也处处与他所记述的相印证。为此，我十分钦敬那些为了人类事业甘愿吃苦冒险的西方人。我所看到的中国科学院青藏高原综合科考队的专著《西藏地貌》等大书中，还多处沿用了斯文·赫定当年的测量数据。

与玛旁雍错神湖相邻的是拉昂错鬼湖。前者为淡水湖，后者为微咸水湖。不知为何将同样美丽的拉昂错打入另册，大约出于湖水人畜不能饮用的实用心理；最根本的也许源于古老的二元思想。去普兰必得沿鬼湖岸走上老半天。此湖因其命定的厄运显得荒寂冷落，人们对鬼湖的过失总是耿耿于怀，斯文·赫定就记述了他听说的上一个冬天，有 5 个当地人横穿结冰的湖面，结果冰破裂，全部溺亡的惨况。普兰的老贡嘎也谈到，当年他表哥赶着牦牛走在鬼湖冰面上，3 头牦牛和 1 顶帐篷坠入冰窟，好在人没事。

其实神湖鬼湖原本一湖，由于气候变化湖泊退缩才一分为二。百姓们至今还说两湖之底是相通的，同时神湖、鬼湖之间有一河槽，神湖之水可沿河槽流进鬼湖中。百姓说，如果随水流入了金色鱼和蓝色鱼，鬼湖的水就可以饮用了。

斯文·赫定特意考察过这条河道，证明在雨水较大的年份，神湖之水会沿着河道流入鬼湖，虽然他此次与下一次（1908 年）的两次考察都只见干涸的河槽。

这条河槽就在齐吾寺附近。我们先就把车停在距寺庙不远的地方，准备生火烧茶吃早点。南希他们带上哈达朝拜寺庙。听说现今齐吾寺僧尼同寺，还听说那里有被称之为寺宝的稀罕之物，大约是彩石、沙子之类，可惜我们顾不得观赏，要去圣湖取水烧茶。但这湖岸水浅，无法取出水来，只得将车开到名叫“才”的地方，那儿砾石铺于水下，湖水清清。

用小小的塑料酥油桶打了茶，圣水将由此涤净我们今生罪孽了吧！一台东风车开了过来，敞篷车厢里满载着普兰的百姓们。神山朝圣归来，他们下车，各自举行祭拜仪式，喝湖水，洗脸，不似印度人洗沐得彻底：印度人总是穿得极单薄，妇人则披着纱丽全身浸入水中，如在恒河里一般——印度教极其重仪式重偶像崇拜。一位印度香客告诉我们圣湖的来历：印度人祭拜凯拉斯（冈仁波齐）而缺乏净水时，创造之神便用意念制造了这座圣湖。

我们在湖畔耽搁了很久。在这样壮伟美丽的湖边，无论做着什么或什么都不做，都一样的美好。回想起在那曲时，在那40余万平方公里的北方高原，总那么处处发现处处惊喜，这类发现和惊喜充斥着一整本《藏北游历》。而此刻的我，面对最该动心动容的圣湖景致倒是分外的宁静，静若止水。只感到内心融融着空前的安然怡然恬然适然。如果不是自己已进入了某种境界，就只能这样认为了：较之那曲，此前我把阿里设想得更为大壮大美；此际，它果然默契一般迎合了期待视野！

中尼边境小城普兰

普兰、普兰，听说了它十几年，总觉着就像童话里的地名，并非实在。现在到了普兰，还是很难概括出总体印象。从看它第一眼起直到当下，都有一种特别的感觉。它既不同于西藏其他地方，甚至也不同于喜马拉雅沿线应当类似的樟木口岸等地区；而且由于缺乏总体概括，那印象不免破碎片段。我想，一方面可能由于了解甚浅如蜻蜓点水；另一方面，可能归咎于县城建筑格局不紧凑：隶属恒河水系的孔雀河（马甲藏布）穿城而过，将县城与市场分割；由于地处河谷，高高低低布满了建筑物，不免零乱感。至今我的脑海就塞满了有关普兰的这类碎片：一些树、水渠，轰轰响的孔雀河，风蚀的山，山壁间洞穴的黑窟窿，桥头市场上的甘肃商贩，破烂的国际市场，古宫，云卓拉姆飞升的阳台，洛桑王子，外宾馆的食堂，朝圣的印度香客，漂亮的印度女郎，缠着头巾的尼泊尔人……

只能在描述中使它完整一些了——

总面积 1.25 万平方公里的普兰，地处东经 80°27″ ~ 82°30″、北纬 30°00″ ~ 31°13″之间，阿里地区最南端，西藏自治区最西南。境内耸立喜马拉雅和冈底斯两大山脉的西部高峰各一座，一为纳木那尼峰，一为冈仁波齐峰。普兰县平均海拔约 4000 米（县城将近 3900 米）。可耕地仅 1.1 万亩。余者尽为山地、荒滩、小片草场。年平均气温 3℃，年降水量 172.8 毫米。这在以干旱著称的阿里高原，尚算温暖湿润。农作物以青稞为主，兼种豌豆及小面积油菜和小麦。这一点与拉萨一带相似。[①]

① 根据 2000 年第五次全国人口普查数据，普兰县总人口 7919 人；2010 年第六次全国人口普查数据，普兰县总人口已近万，共 9657 人；2020 年第七次全国人口普查数据，普兰县常住人口 12242 人。

在当地口承历史中，普遍认为古代普兰气候温和湿润，森林茂密。一位有学识的人佐证说，从前普兰并非冰雪环绕之处，他读过一本古老经书曾写有“普兰是森林环绕的地方”。

请扎呷帮忙查阅一番，证实上述说法：《拉达克王臣记》和《五部遗教》两部经典均有“森林环绕”字样。

人们解释说，本来是这样的，但后来因此地运气不佳，森林才迁往印度的。森林家族的搬迁在某一夜间进行，黑压压一片翻山而过，有两株松树不慎落伍掉队，行至山口天已大亮，无法前行，就永远留在那儿了——现在边境某山口，仍可见这两棵松。

森林原址还留有痕迹。人们说，从纳木那尼峰直到科加村一带的山地，还能找见粗壮的树根；纳木那尼峰一侧的多油乡也能找见干硬的树皮树叶：当年建造气势颇宏伟的贤柏林寺、科迦寺时，木料就取自多油乡的山沟里。至于运送木料的方式，是利用河道放木排。

有关森林消失的另一种解释是：很久很久以前，曾发生过一次改变大地面貌的大地震。震后，四川低了，成为盆地；西藏高了，成为高原。所以普兰再也不见了森林。

不知人类记忆的触须可以深入多远。总之，我发现西藏的传说与真实之间总有或明或暗的关联：传说总是事出有因。例如，藏北某些淡水湖的来历虽然蒙上神话面纱，但一经考究，却发现这些湖是在地质史晚近到万年以来，由于地震等原因诞生的，而那时，进入新石器时代的游猎者或许目击过这一自然变迁，于是，传说便开始了。传说是走了形的记忆，记忆来自真实。加之气候环境或许发生过突变、人为的开发利用所导致的后果等等原因，此地千百年来自然面貌有过显著改观也不无可能。

当地人津津乐道于已逝的美好自然时，也一副听天由命的心安理得。

我们还被藏学家告知，古代的阿里高原并非我们想当然所认为的那样偏僻封闭：从前的时候，阿里仰仗着喜马拉雅与冈底斯之间开阔的绿色走廊以及南部的孔雀河、西部的象泉河这三条通道，开辟了阿里与外部世界的交往——此刻，行驶在阿里高原上的人们，由于举目皆荒凉，很难有所谓文化走廊的历史感觉了。在普兰境内，仅县城可见青枝绿叶的乔木。但这小片绿洲历来就成为令外来商旅心驰神往、望眼欲穿的好地方。毗邻印度、尼泊尔的普兰，早早就做了三国传统贸易市场，据说有 24 条古商道孔雀开屏般伸向喜马拉雅的每个垭口，从那里，再遥远地逸向南亚次大陆。

传统贸易市场有很强的季节性，经商者是“候鸟”群，原因简单：依据大雪封锁山道的时间，活跃的通商季节为每年的 6 ～ 10 月。

我们在普兰县城走来走去，时常见骡帮驮队往返。古商道上走动的，多是小规模边民贸易，以物易物的原始方式，从前仅限于丁嘎拉山口等少量大型商业通道。大队骡帮运进从印度组织的货源：毛料、红糖、日用品，日用品中包括首饰及各色化妆品。换取并运出的是藏地出产的湖盐和羊毛。大队骡帮走过，扬起半天飞尘，驮铃叮当，清脆悦耳，好像永远的喜悦欢快，其实驮运路极其艰难。虽是气候适宜的夏季，海拔 6000 多米的丁嘎拉山口依然严寒凛冽，加之缺氧，死在那儿的人，不是冻死就是窒息而死。

死者当然是可怜的下层人。尼泊尔商人一年一度往返此间，通常携带家眷，随同大批骡帮货物，当然要雇一批本国的背夫仆役。打听下来，被雇的长工每人年薪大致 7000 尼泊尔卢比（大约折合人民币 900 元）；按日计工者，每天折合人民币 7 元。在西藏南线边境所见尼泊尔人，一般皆贫困，我方百姓居高临下看他们，对经商者也不例外，所以尽管交往密切，藏族人也从不与其通婚嫁。

20 世纪 60 年代以前，普兰的国际贸易大户大都为印度商人，星散各处的商贸点也一度繁华。1962 年关闭的巴嘎区加尼玛市场，就曾有“纳木嘎玛”的别称。“纳木嘎玛”——天空星星，言其地帐篷如同天上星星一样繁多。按照 1962 年 7 月中印协议，印商全部撤回，普兰的国际贸易一度中止，直到 80 年代改革开放之后，方才重启边贸大门，渐渐兴旺。曾有一些印商意欲再度来此重操旧业，普兰县政府也表示了相应的积极态度，但直到 1990 年的今天尚未见其踪迹。有趣的是，现在有经验的尼泊尔商人，多为当年给印商当雇佣工的那批人。这些人当年吃得苦中苦，耳濡目染出了徒，方得今朝腰缠万贯。

穿城而过的孔雀河上架起一座铁木桥，称“东风桥”。桥侧沿河畔坡地而设的“桥头市场”，是国内小城镇常见的杂货地摊格局。经商者为 1985 年后陆续进入的国内小商贩：四川、甘肃、青海、新疆及康巴人。这些人各显其长：四川人经营川味饭馆，兼营电视机、收音机、手表、打火机的修理业；甘肃人则经销衣物百货，并屠宰；卖瓜果的是新疆人；据说康巴人专做大宗羊毛生意。在桥头市场浏览过，尽是些廉价小型商品。次丹多吉急需袜子，花两元钱买了双没穿就已褪色的线袜，看了一下印刷粗陋的商标，是男女二人肩扛镢头准备劳动的图案，像极了五六十年代出品，未知何故在何处库存至今。

后来在科加村，次丹多吉见到一位老人，拎着一双鞋不知该向谁质问：是什么人制造的这样不结实的鞋！

我们都感到百思莫解：从内地到边境，路途何其漫长！小商贩们花同样的气力、担同样的风险，何苦净弄些残次品、过期货敷衍边地人！

桥的另一侧，则是尼泊尔商人半永久居住区，傍着风蚀断崖，一层层用碎石垒起小房小门小院落。一家临街的房门用布帘遮起，内中有人嗡嗡嘤嘤念经，鼓、钹声声有节拍，说是正做法事，不得围观。老孙陪我到处走走看看，指点一些他采访拍录过的尼商。那些人见到老孙就讨要照片，他们不清楚录像和照相是两码事儿。

与尼泊尔北部、西北部人的形象不同，这些尼泊尔商人多属高鼻深目。一位看起来很精干的中年商人巴尔肯·日古登，其父母过去就在普兰做红糖、盐巴生意，用赚来的钱在加德满都盖了一幢挺像样的房子。子承父业，巴尔肯现在普兰独立做生意，还打算明年把两个儿子都带来学做生意。他说，我们祖辈都靠普兰啦！接下来一句是，没有普兰，哪有我们的生活。

还有一尼商名叫比丹，在普兰县银行存款超过50万元人民币。

穿过尼泊尔人聚居区，翻越一座极陡的坡，坡下面就是名叫“塘嘎”的国际市场了。一说国际，就有全球感，说了很久的国际市场忽然出现在眼前，不禁相顾失笑：哟！这大约是全世界最寒酸的国际市场了吧！极简，极陋，你看只有六七排卵石垒起的房框，上覆帆布大篷而已。挨着门走过，转眼间走遍了整个市场。各家门面与商品大同小异，大都为藏族人所需日用品：红糖、木碗、首饰，经幡所用彩布，机织物品等，卖主无一例外是尼商。我只买下一只奶桃，几串石头项链。所谓奶桃，其实就是饱含植物油的椰子，据说札达县底雅乡因海拔很低，盛产奶桃，次丹多吉那一年待在底雅，曾吃腻过，警告我们吃多了可要头昏胸闷的。彩石项链比拉萨的便宜，尽管便宜我们还是讨价还价，直降到6元钱一串。

整个市场真冷清，明晃晃的太阳使人慵倦。随我们的小伙子钻进阴凉而熏香的体面铺面里长时间流连。那里的女店主一定是位俏丽的尼泊尔姑娘，其中一位真真美得惊人：这位身披鲜艳纱丽的娇小女郎，勾眉画眼，些许顾盼的神情，鼻饰耳饰之外，花黄面饰星星点点闪烁，但又分明是娇媚而不妖冶，沉静而不张狂，眼神中总闪现一种藏而不露的光亮，仿佛等待。

可谓陋室藏娇了。我注意到凡有女店主的店铺，在用卵石土坯草草垒砌的房框内，总有一角收拾得讲究，铺着鲜艳华丽的地毯床具，熏着极浓极俗艳的印度香——令人恍然置身于某个已布好的舞台，那儿正期待着某个人物出现，将有些什么故事发生……

依稀听说过一个美女子的故事，大约一尼商富翁的妾，大约私奔之类，没刻意打听。

这么一圈走下来，越发疑惑：正值商贸旺季，咋就见为数极少的买主来逛，且不见采买的商品，这些商人靠什么赚钱呢？经人解释方才得知，此地不以零售为主业，而是靠批量订货，类似中转站、集散地作用。一些尼商还与阿里当地的外贸单位存在大宗交易诸项业务。

阿里因其地势高寒，所产羊毛、山羊绒质量很高，历来为重要的出口原料，而近邻的拉达克等地也历来视其为特殊利源。日土等地所产山羊绒，被深加工成名贵“开司米”[①]行销世界。尼泊尔人购进大批羊绒进行清洗梳理等初加工后再转手销出。20世纪60年代以来通道不通，一度阻隔了民间外流，但改革开放近

① 开司米“cashmere”其实就是克什米尔的另一音译。开司米特指优质山羊绒织品，原料主要产自西藏阿里地区及拉达克地区，克什米尔通常作为集散地和加工地。开司米披肩、毛衣等手工织物于近现代声名鹊起，遂以加工地而名之。

些年又由普兰再度外销。利益驱动之下，胆子大的个别康巴商人就以高于国家的收购价格收买羊毛羊绒，在偏远乡村与尼商私下成交，换回黄金、虎骨及名贵的水獭皮张等等。当然此类铤而走险的走私活动也在普兰县有关部门的严查打击范围。

沿着喜马拉雅狭窄山口骡马道上，还流入了一些涉黄物品：裸体画面扑克牌和画报之类，然后沿着那条通往神山圣湖的朝圣之路，往北流向新疆喀什，往东流向拉萨，再成为各地“黄”源之一和“扫黄”对象。

与通商口岸的特征相适应，普兰的机构设置中格外增加了海关、动植物检疫、边防检查等机构。但是开展工作之难是可以想见的。我们下乡住科加村那段时间，曾遇到驻谢尔瓦村的几位海关和检疫人员。每年 11 月中旬至第二年 5 月大雪封山期间，撤回拉萨或狮泉河镇，只在商道运行的 6 ~ 10 月驻站。根据尼泊尔的具体情况与友好关系，国家规定海关税收减免 90%。鉴于近年来札达县发现从境外传播而来的某些牲畜疫病情况，普兰县加强了检疫工作。当然，检疫只能抽查，每只牲畜检疫内容多达 20 多项，检疫收费很低，抽查的每只羊 2 元，牛马大畜 5 元。就这样，许多尼泊尔人还交纳不起。检疫是有成效的，最近在丁嘎就查到几只出现疫病症状的羊子。

海关与边防检查站有联检关系，协同缉私。1988 年查出价值 40 万元的皮张、虎骨和淫秽物品之类。

还是在科加，我们见到了前往边境线执行任务的县边防检查站负责人。这个编制极少的检查站，负责 210 公里长的边境线，二十几条通道。近几个月来，由于风闻有高僧要在印度讲经，一些信徒就擅自偷越国境，所以每月都能截获小批量的越境者。本次是在几天前的科加截获的 8 人：4 个拉萨人和 4 个康巴人。由一尼泊尔人担任向导，事先讲明：每人交费 200 元，安全抵尼境时结账。

等我们从科加返回普兰，集体应邀去边防检查站做客，喝咖啡，就见这位负责人真真操心透顶：所截获之人，管吃管住不说，还管开车把他们遣送回家——所有这些，都是在拉萨，在其他地方工作的人所体验不到的。不仅是工作繁重、麻烦事多——面对的都是各种各样的尼泊尔人、内地人，藏族尤其是康巴人，外加文化生活单调，副食、日用品价格昂贵。总之我觉得，常年工作在这里，特别需要奉献精神。

在县城还见到一位山东老乡，援藏不久的王副县长，从富庶的家乡茫茫人海中来到偏远县城，这落差也够大的。这些援藏干部与我们不同，我们年轻时进藏，大多在藏成家，西藏已融入生命，成为生活方式，他们则抛妻别子，怪不容易的。

现在该来说说普兰一大名胜——古宫了。从县城去往塘嘎市场的路上，贤柏林寺遗址所在山巅之下的山腰，蜂窝似的满布着窑洞，有古旧的木制楼台悬空探出，其上斜挂数条经幡迎风飞舞。此为传说中的仙女云卓拉姆的飞升处，神迹源自藏戏经典《洛桑王子》，据说经由民间故事后成为八大传统藏戏之一。故事梗概如下：

一渔夫（猎人）因救了湖中龙王的命，得到捆仙索，缚住了美丽仙女云卓拉姆。本想娶其为妻，但因身份原因，仙女不从。后经高人指点，将其献给洛桑王子，获封王妃。由于王子和仙女恩爱非常，遭到先前的五百妃子嫉恨。众嫔妃勾结一位巫师密谋陷害。先由巫师出面，谎称北方作乱，诱使洛桑王子出征迎敌，然后又怂恿老迈昏聩的国王，准备对云卓拉姆下手。万般无奈之下，云卓拉姆只得飞向天庭。待到洛桑王子凯旋，发现人去楼空，便追寻而去，一路披星戴月，历尽千难万险，终于找到天宫。随后又通过了云卓拉姆父王的种种刁难和考验，终于双双返回家乡。巫师和五百后妃受到应有惩处，例行的大团圆结局：洛桑王子继承王位，云卓拉姆做了王后，国家富强，人民幸福。

一个典型的真善美战胜假恶丑的故事套路。这类故事在不同的民族有相似版本，弄不清何为原创何为翻版，或从哪里舶来。还记得早年看过的电影《孔雀公主》，据说是取材于云南傣族民间传说，但两剧人物、故事情节几无二致。

普兰人以与洛桑王子同乡为自豪，但我认为这故事安排给洛桑王子500位妃子实在夸张，但是普兰人说，藏戏中的后妃数量还是少了，因为就在普兰县城，古宫一带的洞穴曾住过2500位后妃，现遗址尚存呢！另外孔雀河沿岸尚存洛桑王子多处遗迹，另有一个村庄的人们自称是那位捉了仙女又奉献出去的渔夫的后代——当年洛桑王子为答谢渔夫，曾免去他家全部差税。

沿阶登上数十米高的古宫，钻进供奉云卓拉姆塑像的洞窟，见满墙的壁画被烟熏得油亮。看守这座古迹的少年热心地描述当初云卓拉姆如何从此地飞升的情景。他也肯定地说，洛桑王子的确曾娶过嫔妃 2500 名。

我们尾随他又看过几间洞室。那洞顶经年烟熏，油烟已结成奇形怪状的黑极亮极之物，有如金属。看来从前的确住过很多代人，同时这片洞窟群早年距离地面似不应如此之高。就想到，如果古宫仅是附会，那么这数百眼洞穴曾住过什么人呢？象雄人？当地土王，还是百姓？

感谢少年的热心指点，把刚才在塘嘎市场买彩石项链时还价节省下来的钱，全都供在云卓拉姆像前了。

遇见印度香客

从古宫景点下得坡来，就见一印度青年身背简单行囊，身着单薄衣衫正迎面埋头往上走来。一看见我们，面带善意微笑立在一旁，为我们让路。旁边有人端起相机，他赶忙调整一下姿势，越发友善地微笑起来。此人个头矮小精瘦，头发蓬乱，面色青白，拄一根木棍。一旁有人告知，此为苦行者。

印度宗教中的苦修行为由来已久，源远流长。早在唐僧玄奘到印度取经时，就惊愕地目睹了印度教徒的苦修状况。他在《大唐西域记》中描述道，这些人“或断发，或椎髻，露形无服，涂身以灰，精勤苦行，求出生死”。

普兰外宾馆担任翻译的汪清格勒，去年曾遇见前往神山冈仁波齐朝圣的4位印度中年人，了解到他们20年来仅以苹果为唯一食物，并听他们说就这样坚持终生。

还有更残酷到不可思议的，不可言说的，就不说了。

我们对印度教不甚了解，那好像属于另一个众神世界和偶像崇拜世界。正因为不甚了解，所以经常少见多怪，至少从宗教艺术观感方面，难以相信两千年前就已开创了犍陀罗艺术，并将佛教造型艺术推向巅峰的审美目光，何以不在和不再了。当然，不在和不再的高光时代不限于此。

恰好一大群朝山归来的印度人与我们同住普兰外宾馆，男女老少都有，穿着都很体面。刚刚徒步转过神山难免疲劳，但看来人人难掩愉快兴奋，个个心满意足的模样。因为不论在印度，在尼泊尔，只要是“转圣山归来的人”，都会身价倍增，即便是犯过罪的人也将因此被认为洗心革面成为新人。从圣湖带回的水，要向亲友分赠：倒少许水于对方手心，先虔诚地喝上一口，再把剩余之水轻拍于头顶额际。

共进早餐时，请求格勒先生屈尊当一下翻译，我们去随便聊聊好吗？格勒不情愿，说他在国外见到的印度人都挺“那样的”。说话间，扎呷已起身向一位绅士模样的中年人打起招呼，扎呷的英语就那么两下子，居然还应酬了一阵子，不过看得出脸已涨红。随即，一旁好几位绅士闻声围拢来，清高的格勒只好充当翻译，友好热情的印度人争先恐后地发表他们的观感。

他们说，印度教所认为的神圣之地，喜马拉雅是最重要的；但越过喜马拉雅，有一个神圣中的最神圣，那就是凯拉斯（冈仁波齐），因为它是宇宙中心。

一位很有风度的大胡子说，神无处不在，并非只有凯拉斯才是神殿。但是凯拉斯太美了！所有的小神山在它面前很像莲花瓣环绕着花蕊，只有在清晨，带着虔诚之心，才能看到打开的莲花。

他们说，尤其是，今年（1990）月食。8月6日，月亮正在凯拉斯头顶上，天上有轮流旋转的多位神，今年君临的神是最好的。

我们就问，你们印度人是否有这种说法：今年马年，是冈仁波齐神山的本命年。马年转山，转一圈等于十三圈？

听者无不欢欣鼓舞，合掌称幸，说他们此前并不知道西藏人这一说法，现在知道了，只觉得万分荣幸，越发不虚此行啦！

这批印度人分属两个旅游团，乘车、骑马、徒步，各自用去十多天，才从出发地到达神山脚下。往年印度香客川流不息，这些年由于接待条件差，加之某些原因，我方每年限定进境人数。所以被获准放行者，此前已麻烦了许久：要通过印度朝圣协会许可；中国方面批准；到中国驻印大使馆办理签证，并从规定的中印交界处强拉山口入境方可通达。旅费也相当可观，大约每人要花掉3万印度卢比，其中交给中国方面400美元。获准来朝圣的人一般社会阶层较高：医生、律师、教师和教授等等，中产阶层以上。

旅游团团长萨仁山先生，曾任印度驻中国外交官员，还到过拉萨，他的汉语表达能力刚够介绍必要的专有名词。他用汉语认真解释了印度人信仰冈仁波齐的三大原因：

第一，它是宇宙中心。

第二，它是破坏之神湿婆居住的地方。而湿婆是印度人最崇拜的最具威力之神。

第三，印度人一向认为印度最著名的河流，包括信仰之河恒河皆发源于凯拉斯。

凯拉斯因此确立了它在印度信徒中永久牢固的神圣地位。

印度和尼泊尔现各有百分之十几的伊斯兰信徒，他们大约不会来朝圣，因为伊斯兰教并不主张偶像崇拜，连带他们的真主也无形无影。

与友善的印度人相互签名、合影留念，萨仁山在我们的本子上写下他的汉文名字。总之这群印度香客给我们留下了蛮不错的印象——愿他们归途平安，凯拉斯永存心中，且护佑终生！

普兰的服饰、歌舞和彩石

普兰这地方，我虽未能深入，但凭直观所得印象概括起来，却是它形式上的包罗万象，实质上的包容力。

它所处的特别地理环境，决定了它特有的历史文化现象；尤其它拥有着神山圣湖和国际市场，越发使它的社会自成体系——与西藏各地较为单纯的农牧区相比较，它具有了特别的整体形态。遗憾的是，普兰尚无县志，档案工作也尚待系统开展。尽管如此，尽管浮光掠影，在从事不同学科的人们眼中，仍如透过多棱镜一般，普兰可谓千姿百态，异彩纷呈。

韩兴刚已在阿里拍摄了上万张反转片，其中普兰妇女服饰就是一个专题。回到狮泉河镇之后，我们欣赏了这批幻灯片。由于贵重服饰只在节日盛典时才得以穿戴，一般无缘一见，那一晚可真是大开眼界！一套盛装，从头到脚，装饰有黄金、白银、松石、玛瑙、珊瑚、珍珠、田黄等珠宝，重达十多斤数十斤，价值十几万几十万，世代家产集于一身，同时充分显示了普兰人典型的审美观和价值观。穿戴如此盛装的妇女，尊贵俨若王后。但是我格外欣赏的，却是普兰一带妇女颇具古风的日常装束：红色氆氇的嵌花披风，羔皮衬里，长可及地，披上它，既端庄又潇洒，如同巾帼英雄，妩媚中透出英武。据说此披风可用于遮风避寒，席地而坐等多种用途，只是奇怪为何未推广到藏北广大牧区中去，看来，这或许能说明普兰人特别的生活情趣吧！

在音乐家边多的眼中，普兰是歌舞之邦。他年轻时经过艰苦而浪漫的赶骡帮生涯，就曾发现阿里的歌舞品种丰富、年代古老而且保存完好。1988 年，他带领一个小组在阿里 7 个县份选取 28 个点位进行普查搜集——

“人人都说西藏是歌舞的海洋，但说这话的人却不知这海洋有多深，有多宽！”边多说，“许多品种从未上过《艺术词典》！”

阿里七县分为东三西四：东面的措勤、改则的歌舞与那曲地区一样，属于牧区歌舞；普兰、札达、噶尔三县属农区风格；日土、革吉则是兼而有之的农牧区过渡。阿里地区歌舞大品种就达十几种之多。其中最古老原始的大型民间歌舞“宣”——在普兰、札达叫“宣”，后藏称“谐钦”（大歌），定日称“加谐”，日土称“协巴协玛”（男女歌舞）。“宣”舞只在重大节日和重大庆典时表演。早期的表演听说在古格时代，为迎请佛学大师阿底峡时举行过隆重仪式，古格遗址尚存壁画。歌词内容则固定得一字不许更易，那是有关世界形成、物种起源、风雨雷电等自然现象的一系列解释，是由歌者传递的传统世界观。歌舞由13大段组成，男女两队各16人，可演唱整整一天。

古老的“宣”舞能保存至今，真是个奇迹。这有赖于古已有之的保存方法：男女演员以支差形式参加，谐本（歌师，男女各一）为世家，代代传承。除口口相传的歌词外，还负责保存古老的服装和道具。需要演出时，谐本便负责敦促排练。当然，在所有的差税中，此为最令人乐为的劳役。

普兰婚礼歌则是藏地久负盛名的一大品种。这是一门综合性艺术：歌、舞、诵、表演。正式歌词13大段，吉祥插曲18小段。普兰县城附近的章介村，是个仅有几十户人家的富裕山村。边多在那儿导演一个模拟婚礼——选了一位模样俊秀的小伙子充当“新娘”，以便录像。但是除去假新娘，一切行头服饰、婚礼程序，都是真的，气氛也如同真婚礼一般无二——我在藏族人那里的一大发现是，他们的一切仪式仪轨乃至日常生活都富有表演性质，而在做戏时的角色投入则显得表演比真实更真实——此前村中精选的男女歌手们手捧厚厚的歌本紧张排练4天，以图规范再现古已有之的喜庆场景。婚礼中的许多歌词、称谓、仪式（例如驱邪气、招福气等），都保留了当地古老的苯教色彩。①

韩兴刚所在的阿里地区群众艺术馆，也曾在县城前方的赤德乡搜集婚礼歌。村中老人集结起来，逐段逐句回忆，用了七天光景，终将散落于各记忆之网的歌词全部捕捞归整。

普兰古今事物庞杂，看不尽，听不全，何况本人兴趣广泛。就时常觉得粗心大意，遗漏太多。例如，民俗学家次旦多吉先生说，若去普兰，他打算捡回三种小石头：一种色彩形状极像椭圆雀卵的，凑在耳边摇一摇，可以听见内中水响，并说这是一种名贵藏药：破卵石取其水擦洗眼

① 藏族婚礼歌是一个庞大的套曲系列，从规模到声势都相当可观。西藏文化厅边多先生在普兰和科加一带搜集整理出的整套婚礼歌，总共143首之多。一天唱到晚，连续4天才能唱完一遍。内容包括迎亲歌、送亲歌、路途歌、高潮80首、进门歌、请茶歌、敬酒歌、嫁妆歌、母女分别歌、夜睡歌、晨起歌、烧香歌、敬神歌、央古招福歌、戴上头饰歌、摘下头饰歌……据说其中一支赞马的歌可以唱上一整天，把马的每一部位一一夸遍。比如说，脖子像长寿宝瓶、耳朵像五佛神冠、额头像白银铜镜、眼像豌豆、鼻子像法号、脸庞像长卷经书、牙齿像海螺串串，前腿如箭、后腿如弓、脊背像帐篷……总之极尽夸饰之能事。

睛，有明目功效，他说曾在拉萨的藏医院强巴院长家见到过一枚，是阿里藏医丹增旺扎（即那位苯教活佛）赠送的；第二种四方黑色小石子，用于藏式数学筹算，同时在某种游戏中充当棋子儿；第三种为鲜艳红石，犹如珊瑚，但只可作为摆设观赏，不可穿凿成链：若在红石上钻孔，石子儿必会崩碎。

我就问哪儿可寻到这些有趣的石子，次旦说，它们分布在普兰，有个叫“托麻”的山上——因其山形像裤子，故名。

当然这只算是细节普兰。重要的是，厚重帷幕后面的普兰我仅见其一斑。按照格勒团队的工作日程，各县档案机构是必去之处，但是县政府档案室所藏档案较少，多为 1959 年民主改革以来部分文件、报告等，另外一部分还上交给了地区档案馆。不过话又说回来，单凭这些支离破碎的资料，也可从中获知前所未闻的一些特别情况，例如当地人与国外客商之间，居然存在着如此之多的有关契约、租赁、债权债务之类关系，体现着与别处不同的唯普兰独有的历史痕迹和人际交往，使从前的普兰社会内容纷繁而特异。

到此为止，我所罗列的普兰的方方面面已很庞杂，但仍不全面，也不深入：几乎每一段落都可自成专题，有待详察。此后我一直在想，纵横织就普兰地区广远深厚的历史社会生活的，一定端赖于诸如此类细而密的经纬。

第三章 永远愉快的科加

孔雀河畔有科加，天光山色俱缤纷

科加在普兰县城以南约20公里处，是个依山傍水的不小的村落，还是统管附近几个村庄的科加乡驻地。[①]按照我们的人类学家当初选点的条件要求，科加村是理想的考察田野：比较典型的农村，人口集中、有寺庙，文化氛围浓。另加交通方便：跟着这条边境公路走下去，可以走到与尼泊尔交界的地方。

但山路也陡也险。日前大雨冲垮了多处，两车跌跌撞撞前行或绕行，其间在一河滩爬坡地段无路可寻，大家相顾无措时，多亏了一牧羊人的指引：那人站在遥远的高坡上方，挥舞双臂呼喊许久，才被隐约

① 我们在阿里期间，正值各县完成“撤区并乡”，即撤除县政府派出机构的区级单位，将小乡合并成大乡，强化了基层建设。本书按照当时习称，仍称科加乡、赤德乡、多油乡等，实际它们现已改称行政村，同属普兰镇。现普兰县下辖1镇2乡共9个行政村，各行政村之下自然村若干。

听到，齐刷刷站定了遥望他。那人见状，索性将右臂固定指向一个方向，大天幕下一剪影，活像站桩路标。我们便沿了那方向前进，果然畅通无碍。但到底也没人看清楚那牧羊人模样。

曲曲折折下得山来，科加村在望。迎面一群尼泊尔行人由远而近，南希急令停车。就见她迎向一个极瘦极矮小的老太婆，然后手牵手双双落坐在路旁土崖上。听见南希教授称呼她“阿妈啦”，拿藏语絮絮说道着。干瘦的老太婆话不多，只不停地擦眼抹泪。这群尼泊尔人身着藏装，住家在尼泊尔西北山地，与这边的藏族其实同族同源、同文同种、同一信仰，此行是赶往冈仁波齐转神山。他们是南希教授尼泊尔考察时的“乡亲”，老太婆是她的房东，已被她认下做了“妈妈”；这位尼泊尔妈妈的两个儿子，由南希教授出资在加德满都读书。

天下之大，有过无数失之交臂的可能，而且地跨国界，她们偏巧就相遇了，若不以南希与此地、与藏族的缘分作解，简直就没有道理可讲。

看来选择科加这个点，有感情因素在内：这位学者在尼泊尔境内考察的四年间，肯定听乡亲们传闻科加许久，张望科加许久，此番终得成行恐怕也是为着一了夙愿。

科加村就坐落在这条宽阔的宜农耕的山坡河谷地带，清清亮亮的孔雀河不急不缓地打村前流过。这条雪水融汇成的河流对科加的存在至关重要，它流贯于科加人生命全程：不仅人生在世靠了它的滋养，它还是人生尽头的归宿地：由于此地少鹰天葬困难，村人故去多取水葬方式。前不久，村妇央加玛的侄子病故了，经人卜算说水葬为宜，便就将身体分解投入孔雀河。

村四周远远近近都是山，山势约略险峻。山色为西藏高原上常见的多彩，以暖黄调子为主，间以红棕灰白多色——类似那个广为人知的比喻：谁谁打翻了调色盘什么的。右后方一峰峦风化驳杂，溶蚀得嶙峋参差。打听下来，此山名叫森格热哇——狮子卷毛山。听人说它是鬼山，又有人随即否定，说它并非鬼山。这些问题需要耐住性子慢慢打听，多方考证。每一地都有口承的自然界史志，有生命的无生命的自然万物的档案存储其中，但时常版本不同，这是我遍访藏地的经验。有人进一步告诉我，这座怪眉怪眼的山曾被北京来的科学家考察过，结论是该山底有不成熟的煤。与此相关，相传该山土可与牛粪一道当柴烧，发出绿色火焰；而该山的泥炭土掺和尿粪水则可充当肥料，为此，附近的赤德乡就曾经办过小化肥厂。

科加村正面相向的一簇雪峰叫“康次仁”，它曾拥有尊贵地位，号称“长寿女神雪山”，不过现时这座神女峰已改变国籍，位于孔雀河对岸已属尼泊尔国境。据说转山的路线相当险峻。然而到了近现代，它就徒有神山虚名而不再有人转山了。我们得到的解释是：远有冈仁波齐玛旁雍错，近有科迦寺，不必再拜康次仁了。70多岁的高龄老人加羊记得，从他父亲那辈起就再也无人去转，它被冷落至少已有百年，转经的路也早已被冰封雪埋。正是由于无人朝拜，当地人认为，神性不再，此山落寞，终归平凡。[①]

但是康次仁仍是科加一带不可或缺的装帧，不仅因它的峭拔，它圣洁的一组数座尖锐地刺向青天的峰巅，一群人中唯有我最早注意到它身披晨晖时的壮丽辉煌。那天清晨，偶然透过木格子窗棂向外瞄了一眼，顿时全身一震，赶紧招呼正在梳妆的南希教授拍照，摸起相机冲出小院，南希紧随其后。后来每天早晨我都可以久久眺望那片金色山峦，只是第一次的发现由于雪峰之下的一抹淡灰并略带玫瑰色的霞云而格外具有了层次和韵味，才成为我此次阿里之行唯一得意的一张风景照。

此外，不能不提及科加的天象。我曾在那曲开阔的西部草原发现其天象之奇异：斑斓的朝晖，火红的半天晚霞，双道彩虹，不知由来的阔大扇形光带……应该说，那曲的西部草原与阿里同属西极，在阿里就多多目睹了诸如此类的天象。而在科加，应属司空见惯——科加人习以为常，科加人一定以为全世界尽皆如此，如同日出月落般。每当有奇异天象出现，我注意到只有我一个人傻呵呵盯住天空，而近旁的村民则浑然不觉的样子。在科加短短几天里，

① 康次仁的遭遇是神山衰落原因的极好例证，对笔者有启发：无论圣人还是圣物，需要被人持续地拥戴敬仰；缺乏人气加持，神性光芒不再。崇拜者和被崇拜者之间，互为依存与影响。

差不多每个黄昏，西天皆为峥嵘缤纷所渲染，其中接连两个傍晚，在大片黄灿灿的背景前，独有一道或数道青蓝之光自山后迸射而出，由深而淡、由窄而宽地直击天庭，明净鲜亮而清纯和暖。就想起中国古人多擅山水，那黑白二色图画如何包容得下这些光彩；尤其尺幅之卷更难得容纳高原的大千物象，许多讲哲学的中国人时常以山水画发端讲意境，讲哲理，如何展得开！

76 户人家的科加村就幸运地生栖在这片流光溢彩的高天阔地间，从前散布于各处，修建了科迦寺后，投奔寺庙陆续搬迁而来，四方的房舍院落沿向阳山坡铺排了大片。村后山包上是能为村民今生带来福祉的地方保护神庙；村前气派不凡的建筑群则是为来世带来利好的科迦寺。农舍是碉楼式石料建筑，高而坚固的两层，沿陡陡的木梯上到二层，是人的生活领地，楼下则是牛羊圈和放柴草的地方。与卫藏地区民房不同，此地窗户很小，黑色窗框上端绘有倒“八”字形的牛角。当地人说，由于地处交通要道，过往人很杂，高墙小窗有防盗功能。

科加人的过去时和现在进行时

科加村连同上方的冈孜村和下方的协尔瓦村合成一个科加乡，乡政府设在科加村。看似一体的科加村，又自上而下划分为一村二村三村，村前临近孔雀河与大路的是科迦寺。寺庙向东不远有一小院落，听说以前是小学，后成公房，专供上面各类工作组短时居住。出示了县上开具的各类介绍信：给乡政府的公函、给寺院活佛及退了休的贡嘎县长的私信等等，我们便入住到这个院落。一群妇女和姑娘踊跃前来，帮我们打扫房间。统共3间房，中间两根柱子的大房子是7位男士们的一排溜儿的通铺，紧邻的一间是女生宿舍。在南希教授坚持下，铺上足有一尺厚的麦秆草。见麦草有些年头了，散发着不良气味，村妇好心提醒说，这房间好久没人住了，倒不至于有跳蚤和臭虫，但若铺上草的话，可能就会有虫子咬人。闻听此言，平日里最害怕蚊叮虫咬的我浑身不自在，以夸张的表情表示了反对铺草，而那位老外有“恃”无恐，执意不听；小杨则比我更为惧怕那些小生灵，坚持独自睡在停靠院门口的小车里。

搬上搬下，颠沛流徙几千公里的白色金属箱子终于被打开了——这箱子一度成谜：主人的一应衣物全都放在另一只蓝色皮革箱内，这坚固沉重的金属箱内装着些什么呢?

我们这群黄肤色、黑头发的人丝毫不打算掩饰近乎乡下人的好奇，全都围拢来驻足围观，看那位白人女士怎样从箱子里一件件拎出令大家不住惊叹和扮鬼脸的物品，可真叫东方人看足了西洋景：先是取出一只精美小包，旋即抖落出一块双层的橘红色长方形塑料布，我们略作研究便搞明白了原是一顶帐篷，不禁大笑：这是海滨平野夏令营用的嘛，高原上一阵大风还不给刮到九霄云外去啦！南希不理我们，示意将它铺上草堆当床单——原来如此！随后，又取出她的筒状鸭绒被，说在尼泊尔乡村已用过好几年啦！扎呷忙忙地又要帮忙铺上，被及时制止，她找出一件织物，说是内套；又取来一件防雨绸面料的，说是外罩，叫大家帮忙里外套好。我心想，钻进去可就固若金汤，小虫无孔可入。又听次丹多吉一本正经地说，格啦（老师），当心您在鸭绒筒筒里待着的时候，被人扛跑啦！大家眼前登时浮现一画面：夜晚有歹徒进门，将睡梦中的她直挺挺扛在肩上就跑……满屋人笑得前仰后合，觉得这联想太妙，几千年前的海伦可能就是这样给掠走的。

还没完呢，那白人女士又从百宝箱里取出一物件，全塑制品，一眼没看明白，这位教授现场解说：这是简易淋浴器，上方打开可容一桶水，其下有喷头，在尼泊尔乡村就用它洗澡，挺实用的。对此格勒颇不以为然，这位牧童出身的学者，即使走遍了世界，接纳了许多西方生活方式，例如嗜好咖啡外烟等，唯独一处沿袭了牧人习惯：不爱洗澡，视洗澡为大负担。为此他妻子抱怨和敦促了他 20 年。他的两个学生扎呷和次丹多吉也如出一辙，在科加的某一天，我下决心烧好一大锅水，并亲自操作，清洗了这两个年轻人的脑袋。不过南希教授的淋浴器始终没能派上用场，因为房间地面为土质，又无下水装置，只好拿一方红布遮了窗为她作浴室，以盆水洗了澡。

那口金属箱后来不断被她打开，取出一批又一批药物作为布施。在偏僻的山区乡间行医，是联系乡民情感的最佳途径。这位人类学家在尼泊尔乡间肯定也采取这一方式。当然不只是手段，南希心怀的善意自是不待言说的了。南希教授原先的研究基地与此地素有交往，科加村有些人前几年在尼境内就曾见过她。巴桑，这个壮实的中年汉子，1968 年到 1984 年间在尼泊尔居住，他就听说过南希其人。巴桑会讲汉话，每逢打水时相遇，就向我感慨一番南希。断断续续听格勒也说过一些，心下明白南希只身深入藏族社区，多多地不容易了。尤其是，来普兰途经塔尔钦的那一晚，见一位醉了酒的尼泊尔汉子挺讨厌，喷着酒气同南希讲话，当时南希一面躲闪，一面尽可能不失礼貌地微笑。

我们在科加仅住了一周时间。然而即使再久一些，想要粗略完成南希近万字的调查提纲也非易事。对于我来说，如果不指望获取更详尽的素材细节，按照自己一向的感受世界的观点，一周时间于我足够。所以当我兴冲冲依提纲所示走访了一天，便就发现了令我大感兴趣的内容，从而转移了方向。

自以为了解西藏农村，十多年前，我曾在拉萨附近的一个村庄度过大半年时光，并差一点儿使藏语过关。后来我似乎是对于牧区更熟悉了，所以最先写出的书是《藏北游历》。西藏农牧业既然分属两大经济类型、两种文化体系，相应表现为两种生活方式，那是当然的。作为土地文化的农业千百年间形成了超稳定形态，于是我感觉农区是湖泊，牧区像河流；农区是历史的和文化的，牧区则属于自然和季节。

然而，科加似乎在此类经验之外。

西藏各地的社会生活千差万别，你很难想象局促如一县、一乡，居然会有如此之多的仅属一己的历史、传统和习俗。如果仅我一人惊讶，尚可谓之为孤陋寡闻，要是连格勒、南希，连扎呷、次丹多吉也大惊小怪起来，你就会意识到个中必有不寻常之处。实际上被访问对象的惊讶程度一点也不亚于我们，从前的乡长、梳着辫子的欧珠就说，这些年里本村来过多少工作组，只有你们才打听这些事情。

首先，科加村的历史就很独特，从前它算是不丹寺庙珠巴拉让的属地。[①] 寺庙管家每年前来监督秋收，收完秋再返回不丹，这期间全村各家都要出劳力忙农活。村民央加玛家世代为该寺庙做仆役。直到20世纪50年代初该村土地才被接管，只向科迦寺交税了。笼统说来，几十年间的社会变革给人们的生活带来极大的变化；但从另一方面看来，变化似乎又不太大。或者说，经历了一些尝试和周折，似乎又回归传统，或者在传统的基点上融入了某些更了新的内容。就农耕的人群而言，我看东方的天干地支、藏族60年一轮回（一甲子、一饶迥）的纪年法有道理，确如日

① 阿里三围多个村庄曾为拉达克和不丹保留宗教特权200余年，这在整个西藏地区也是唯一的。承蒙研究者扎洛见告，17世纪30年代古格全境一度被拉达克武力吞并，同时成为其信奉并扶持的竹巴噶举派势力范围；即便后来西藏地方政府驱逐了侵占者，恢复了对于阿里的主权管辖，但在1684年与拉达克签订的停战协议中，还是特许将门士村留予拉达克王，谓之曰“福田”，允其以该地税收作为冈仁波齐神山和玛旁雍错圣湖一带供奉佛灯、举办佛事活动之资。后来，随着不丹的竹巴噶举派不断扩张，塔尔钦、科加等8个村庄皆成其“福田”。西藏和平解放后，旧时约定废止。所以现在境外有人试图炒作此事，声索所谓“飞地”权利纯属无稽之谈。

月经天般，农耕者循着季节周而复始；西方的纪元呈线型，让人感觉时间是在照直行进。

按照调查提纲要求，我整理了有关性别与劳作、一年四季活路安排等两个表格（均为1959年以前）。

表一

主要由男性从事的工作	男性和女性共同从事的工作	主要由女性从事的工作
犁地 *	收割	耙（平）地、撒种
处理外事	打场	织氆氇、编织
去牧场放牛羊（短时不归）	积肥	捻细毛线
经商、盐粮交换	挤牛奶	打茶做饭
积肥挖肥	看孩子	炒青稞
缝衣服、做鞋子	砍柴	做青稞酒
捻绳子	短程放牧（多为8岁以下小孩子）	磨糌粑
修房大工		修房小工
木工		经商（家无男性者）
屠宰 *		积肥背肥、背东西

* 指必须由男性从事的工作。

表二

月份	农业	牧业	商业
1月	垫圈		
2月	农闲积肥		
3月	过年	接羔育幼	
4月	春耕、浇水、撒肥		
5月	种地		
6月			
7月	锄草、灌溉、磨糌粑	剪毛、抓绒	商业贸易
8月			
9月	收割		
10月	打场		
11月	农闲	宰杀	
12月			

表一既然是民主改革前的习惯分工，民主改革30年来有多少变化呢？人们数来算去，回答说无甚变化。为何非要男人犁地呢？回答跟汉族说法一致：女人犁地不吉利。

表二则主要依据季节安排农牧活动，当然变化也不大，夏季经商是受制于普兰国际市场的开放关闭时间，其余季节则无商可经。只是若在公社化期间，制作此表则有如下变动：一、冬季几个月农闲不闲，集体开荒、修路、修水渠等从事农田基本建设（现在农

忙过后也时有修路工程，但付给工资，非义务劳动性质）；二、禁止经商，禁止同尼泊尔边民以物易物；三、各种会议较多。

科加村的传统夏季牧场大都位于尼泊尔境内（同样，尼泊尔人也有牧场在西藏境内某些地方），牛马大畜远途赶了去，住下来。并非每家需要派人放牧，通常是亲戚朋友间的自然组合，代放牧、代制作酥油。惯例是每头犏母牛交回 18 ～ 20 斤酥油和相应数量的奶渣。

这种代放方式不会出问题吗？比如说，少交了酥油；比如说，宰杀了你的牛就说被狼吃掉了？

——怎么会呢？——科加人笑起来了。这些约定俗成的规矩，来自祖辈经验，合情合理，互助互惠，没有谁去违反它。酥油奶渣从来不会少交；即使有牲畜被狼吃掉，也要拿回牛头、牛尾、牛皮之类的销账。

除去长途长期放牧大畜，全村还统一进行每天早出晚归的短程放牧，按牲畜多寡计算各家轮流放牧的天数。计算方法：以山羊为单位，每两只放牧一天；牛马大畜均折算成山羊，1 头牛等于 7 只羊，1 匹马等于 10 只羊，例如，央加玛家有 8 只山羊、2 头犏牛、4 头黄牛，她家每回需值勤 25 天再轮到下一家。假如放牧不经心，走失、损害了牛羊，还有一系列惩罚措施。这种短程放牧方式，和平解放前就存在，现在仍沿袭旧制。

科加人拿公犏牛犁地，这种牦牛与黄牛的杂交物种差不多每户都有。不光犁地，它还可以充当驮畜，驮柴驮庄稼。全村家户中只有一户（一口之家）没有牲口，所以犁地驮物时就需要借牛。按规矩是拿人工去换，一个人工对等换一个畜工，对换畜力的，另加使用期间饲喂牲口。这个村历来亲朋间帮工换工是寻常事，尤其令科加人自豪的——我听人们一再说起，科加人盖房子不必打招呼，一听说谁家要盖房子，全村的劳力主动赶来帮忙。科加人说，一幢新房风快就平地而起——这是科加特有的好传统。[①] 说来说去，总而言之，我们科加村非常团结。

我们就这样试图进入科加的日常生活，从外在的生存风貌到深入的精神内涵，凡有可能，我们都想去耳濡目染，去亲手触摸，去用心体会。

科加人的奇异婚俗

就这样，科加的日常生活渐渐清晰起来：既恒定又恒新，变化总在不知不觉中悄然进行。也有令人纳闷的时候，我感到这个村庄对于传统的继承与改变似乎有一种与别处不同的随意性。由此我想过此地人性格浪漫（？）、潇洒（？）、漫不经心还是刻意精心？因为我们在科加最始料不及的发现是关于婚俗方面的。这一奇异婚

① 后来我在西藏各地农村了解到，村民之间互助盖新房是极普遍现象，且十分喜庆。房主虽不必付工钱，但需准备大量青稞酿酒，所以劳作场面且歌且舞，劳作之余像是盛大聚会。

俗包括了两方面：求婚方式和家庭过日子方式。

当地盛行过、又被曾经的“破四旧”革除了的求婚方式极具表演性质和戏剧色彩，据称是一种比较年轻的传统，“雪居巴”——“站门口”。新传统是从不文明的旧俗中脱颖而出的：从前普兰与世居喜马拉雅沿线的尼泊尔人、夏尔巴人一样，具有悠久的“抢婚”传统，时有不情愿的女方亲属操戈舞棒地追来，斗殴厮杀，流血牺牲，喜事变丧事，有鉴于此，便有某届普兰宗政府认定为野蛮风俗，予以废除，倡导“站门口”，以下过程是打个比方——

普布家有个儿子，拉姆家有几个女儿，普布家有意跟拉姆家攀亲，就由儿子的父亲、父亲的岳父及父亲的兄弟二三人，穿上新衣，戴上金花帽，手捧哈达和酒，于清晨在拉姆家的大门楣上点三小坨酥油点儿，在离大门口十多步远处摆上酒壶——向我叙述这一过程的退休县长贡嘎特意找来一只熏黑了的泥陶酒瓮：就是这样的一壶酒——求亲的人，便站定了恭候。待拉姆家里有人出门，赶紧脱帽致意。吃饭时间到了，普布的家人会送来酒饭；或者站门口的人轮流回家吃饭，行前要向拉姆家高声招呼，请吃饭的假。如此三天站下来，拉姆家要是还没动静的话，普布家又会增派一位亲戚来陪站。拉姆家吃不住劲儿了，家长只得出门答话：“我家姐妹三个你到底要谁？”有时也说：“大女儿当了尼姑，二女儿和三女儿还小着哩！”普布家的就回答：“有金子没金子都要挖一个洞，你们家的女儿我们要定了。”

只要站了门口，没有“站”不来媳妇的。除非提前走漏了风声，女方家早早把住了门，酥油三点黏不上，就丧失了站门口资格。如果女方家托词姑娘已当了尼姑，男方家要认真去寺庙查名册，确实在册，只能作罢，否则非娶了去不可，这也是当年的宗政府规定了的。除非男方是铁匠、屠宰户，或者有狐臭，不然没有任何理由让人家站了三五天、五七天甚至长达半个月的门口而不嫁女儿的。

这种站门口的“雪居巴”求婚方式可能已有百年史。贡嘎老县长掐算了一番，记得早年村中某位老太婆是被抢来的，那之后再没抢婚的了，据此他认为新传统已有上百年。

不过根据经验，此类推算，包括许多民间说法，弹性和水分都很可观，若有兴趣弄清这一求婚方式的缘起，需要做的调研还多。或许从前就有人作过记载而我们无所知；也许出于民间某人创造性的举动，别人效仿，宗政府因势利导；也许与这些推想毫无瓜葛。这一风俗由普兰而起，曾推广到相邻县份，据说噶尔县也有“站门口”的，“文革”时作为“四旧”范畴同样被革除。

对这种类似游戏的求亲方式既感好奇，又心存疑惑——你是个穷汉，可以去站大户人家的门口吗？青年男女从未谋面，女孩子会同意吗？我得到的答复是不必操心，此地历来讲究门当户对，“站门口”之先已然咨询停当，包括对方家产地位、是否五七代近亲等（此地百姓认为婚配者应在血亲五代之后）。很少出现尴尬场面，至于女孩子同不同意则无关紧要：女孩子是盘子里的水，迟早都要泼出去。

单凭这句老话，让人感觉科加人的性别观念跟别处没多大不同，殊不知科加一带妇女掌家的传统也是独树一帜并且由来已久。所谓“妇女掌家”，涉及夫妻分居的婚姻形态以及相应家庭构成，存在至今多少有些不可思议。所以巴桑不无遗憾地评说，夫妻分居很不好，却延续了下来；求亲方式很好，却没有继承。

站门口求亲一般在秋收过后农闲时节，顺利的话，双方家长将会商定当年冬季迎娶的吉日，然后着手筹办婚礼。普兰婚礼的排场、婚礼歌的纷繁富丽在整个西藏也是首屈一指，那阵势犹如王公贵族婚嫁。已有西藏文化厅系统、文联系统的两套班子分别采集整理过。

但那仅限于大户人家，贫穷百姓则一切从简，简化到甚至连夫妻家庭都被省略。

普兰农区夫妻分居的方式比较普遍，其历史显然要比站门口的求亲方式古老得多，源远且流长。前乡长欧珠大体匡算了一下，科加村 76 户人家，倒有 30 户分居着。谁也讲不清楚这一习俗源自何时，还将持续多久。欧珠的祖父母以及父母这两代人都是夫妻分居了一辈子。欧珠不是科加人，婚后本也分居，待自家母亲故去，加之妻子家仅有姐妹俩，方才搬来同住。小姨子卓玛央宗和她的丈夫尼玛结婚多年，同在一村却也一直分居，一双儿女跟着母亲长大。我们在科加期间，卓玛央宗 15 岁的儿子要去内地的咸阳民族学院附中读书了，父亲尼玛前来送行，送给儿子一套衣服，一些糖果一些钱。

这种婚姻方式并非普遍适用于一切人家。从前大户人家为了骨系的承袭、财产和劳力的集中，是要接媳妇进门的。比较贫困的人家则只要两相情愿，男人住到女人家一段时间就算成亲，然后男人仍回自家，只在逢年节、遇农忙或某些寻常日子里走动一下，帮忙做些活儿，农活和针线活。等添了儿女皆大欢喜，以后做父亲的就常来看望孩子，并为孩子缝制衣服鞋子。孩子长大后，经协商父亲可以带走孩子。直到 20 世纪 80 年代初、中期，普兰一带才陆续实施婚姻法，此前全凭传统观念、乡规民俗约束。好在以往的民间婚姻虽无文字契约，只要确定了关系，双方便都承担了相应道义责任，男人只能去一家。若被发现不忠行为，女方家有权责以皮鞭或罚款。女人若有同样行为，也将受责罚。

除了同村分居者，也有与上方冈孜、下方协尔瓦结亲的，最远的在 20 公里开外，生活的不便可想而知。就此我们询问过许多当事者和旁观者对于这种生活方式利弊的看法。回答是众口一词：有百弊而无一利——不利于夫妻感情，不利于养育孩子，父亲得不到孩子应有的尊重，女方生活负担过于繁重……总之家庭不家庭，夫妻不夫妻，将就了一辈子又一辈子。

老贡嘎说，节庆期间的传统歌舞，本来该夫妻对跳的成了兄妹对跳；跳到后半夜散场了，想起应该到冈孜、到协尔瓦看老婆，醉醺醺赶夜路，醉倒在雪地上一觉到天明……

欧珠除了养育自己的子女，还额外培养了妻妹的一双子女。欧珠说，他们当父亲的倒轻松，女方家可就困难了。这不，孩子长大了要跟父亲走，还要分去自家一份财产……欧珠的妹夫尼玛则有苦难言，他说并没感觉自己这辈子因此轻松，尤其是当了舅舅的。

巴桑从尼泊尔回国定居时带回了媳妇次桑珠，政府拨给他 3000 元钱盖房子，现在他们有了两男两女四个孩子，住宅像一座小庄园。他和两个弟弟合买了一台“东风”车，由弟弟开车。这两个弟弟都是婚后分居者，其中一个弟媳在冈孜村。兄弟家庭形式的不同使实际生活状况对比鲜明，别如天壤。巴桑现身说法，抨击不知为何仍然延续下来的陋习：“其他地方的人，包括尼泊尔人，没有不笑话的，说替别人养了一大堆孩子。”

这种习俗在西藏其他农区是不存在的，在近邻的尼泊尔同民族地区也不存在。科加人只知道普兰的赤德、多油、吉让等几个乡较普遍存在这种现象。科加人解释原因说，一是出于经济原因。古已有之的婚俗要花费大量钱财，不仅婚礼为时数日耗资巨大往往债台高筑，另一笔开支也不可忽视：男方要向女方家支付养育费，俗称“奶钱”，300 ~ 400 个卢比，有的多达 700 卢比。而一般人家日常仅存几个卢比（此地旧时通用印度卢比而不太常用藏币及其他货币）。穷人家拿不起，只有因陋就简：既不举办婚礼，也不用给付奶钱。

除去经济原因，还有人际方面原因。此地一般家庭中多由女儿掌权，如果兄嫂或弟媳进门再生养孩子，势必人多事多，容易造成家庭不睦甚至分家。而因处理不好婆媳、姑嫂关系导致分家，则是一件不体面的事情，所以宁愿维持血亲关系，舅舅充当培养者和监护人角色。即使夫妻感情好，想把媳妇接回家，出于以上原因，连提都不敢提。

也许还有其他原因，我们未深入，人家不便说——并非一切都可以向陌生人倾诉。热心的被访者也总会对某些敏感话题守口如瓶。偶或提及村中几户复婚制（一妻多夫或一夫多妻）家庭，也不肯细说详情。至于婚姻之外的恋爱种种，更是讳莫如深。

知难而退，且让我做个科加表层生活的介绍者。

婚后分居方式似乎还在延续，村民们列举了几对年轻夫妇的分居家庭。但相反例子也是有的，49 岁的齐美欧珠和 47 岁的曲格玛，俩女儿都已长成半大姑娘。这对夫妻是少见的感情好的一对，分开过了多年，终于下决心从各自家庭迁出，组成一个新家。我们在科加时，他们正在筹备盖新房。村民们对这类事听其自然，并无异议。

还有人列举了其他原因。譬如说，公社化时期无形中鼓励了分居方式，因为户口和土地问题。目前虽然分田到户实行承包制，但巴桑在冈孜村的弟媳就因带不来土地而无法搬来科加村。我们认为这一点不应成其为理由，因为全西藏都曾普遍存在集体化，现在又都承包到户。我们认为也许关键在于血亲观念，在于与此并行的另一些传统，例如妇女掌家主财。

社会文明进步到一定程度，女权往往作为标志之一，但在西藏却又另当别论。虽说一方面可以听到前述“女孩子是盘子里的水，迟早都要泼出去”的说法，但更多看到的却是因为西藏妇女的能干确立了她的家庭及社会地位。尤其相比较藏地四邻重男轻女的儒教、印度教、伊斯兰教等等，藏传佛教从未要求妇女为亡夫殉葬，也不会要求妇女束胸裹足，佩戴面纱等等。相反，本土宗教中的女性神祇倒是不少，威猛的班丹拉姆就是高阶的女性护法神。另有度母、卓玛、空行母、地方保护神十二丹玛等女神，个别还有女性活佛。藏族社会有一句谚语则是：“我是整个部落的头人，我的妻子是我的头人。”

普兰、科加一带妇女掌家的现象是否仅为西藏妇女地位比较极端的典型。

正是由于这些基本恒定虽然时常发生修改、创新、断裂、渐变的传统支撑起人类生活的脉络，形成着不同人群的生存外貌。至于内心世界，我发现了促成科加人心理平衡之点——其实并非新发现，支持西藏人精神平和心绪稳定的皆与此相关，科加村只是一个很好的说明和典型化例证。

科加人托付今生来世的方式

科加村前的孔雀河岸边，坐落着科迦寺错落有致的建筑群，周边有转经道和经幡丛环绕。村后山坡高高在上、依稀可见的是本村乡土神加日布休丹的小小庙宇。乡土神即地方保护神灵，藏语曰“赞”，主管人世今生、护佑村庄部落。而寺院的神佛则负责灵魂，导向来世。生而为人，无非今生来世，有了这两处可以点灯供奉的地方，需要操心的都不算大事了。

有关科迦寺的传说生动有趣。在没有村没有寺的从前，此地名为杰玛塘，实属人烟稀少的荒芜之地。后有一位德行高尚的大师来到北侧山坡修行，他的徒弟每晚打水时总能看到杰玛塘中央有一发光亮点，心中惊骇，但他总是忘记将此事告知大师。为了提醒自己，他将一块石头装进自己的袍兜，待给大师递茶时，石头滚落在地。大师询问其故，徒弟照实直说，于是第二天师徒二人实地察看，但见孤零零一块非凡大石。大师大喜，说，这便是神圣的阿莫黎噶石块！此石至为罕见，出现于此，预示着此地必成圣地，有一护法大神即将驾临。

这位护法大神即后来科迦寺主供的文殊菩萨。有关他现身的来龙去脉说法颇多，幸有次仁加布事先查阅过资料后又进行过实地采访，系统整理出有关科迦寺的史料可供查阅，否则的话，即便来到科迦寺，现场采访的也难以周全。

据《贤者喜宴》《红史》《西藏王统记》等记载，科迦寺创建于 12 世纪初上三贡（衮）的后裔廓日时期，到 14 世纪时寺名便屡见于记载。

吉德尼玛衮从前藏来到阿里，把普兰的噶尔东作为基地，并在噶尔东朗钦日（大象山）建造古卡尼松宫。廓日王（吉德尼玛衮之孙）承其祖业，相继建造规模宏大的噶尔东城堡及色康大佛殿。该王晚年请来瞻林扎巴大师，寻求佛法，有时还在扎木普里修行。

其时有七位印度云游僧前来从事传法活动，临别之际留下七大包银子。惊奇的国王请教大师如何处置，大师称，此为佛家佳礼，不得占为己用；它兆示着国王为众生行善积德。依照大师指教，廓日王将七大包银子供奉于噶尔东城堡的色康大殿中。

廓日王想要塑造世间罕见的护法神像，便携七大包银子到中尼边界被群山簇拥、山顶白雪皑皑、山腰松林繁茂、山脚岩石累累的协噶仓林地方，延请来尼泊尔工匠阿夏哈玛和克什米尔工匠汪古拉等，让他们塑造一尊价值连城的文殊菩萨银质像，还请来大译师仁钦桑布为塑像开了光。而后将护法神放在一辆木轮马车上自协噶仓林运往噶尔东城堡。沿途无论遇到大岩石山或密林或冰川或雪山，全都毫无阻挡，然而进抵杰玛塘与阿莫黎噶大石相遇后，护法神却不再前行。

当护法神不再前行，并声言："我有赖于此地并扎根于此地。"此刻平时表情冷淡的国王（人称"不笑的神仙"或"不苟言笑之王"）由于护法神的开恩启齿，便破天荒咧嘴笑了起来。大神开恩启齿、国王面露笑容是绝妙巧合，从此杰玛塘这地方也被称为"赖于此地扎根于此地"——科加。由地名及寺名，修建了寺庙"科迦寺"。[1]

国王在此地建筑了益兴伦珠大佛殿，并把文殊菩萨供于殿中稀有宝石阿莫黎噶之上。人们相继来此朝拜，科迦寺名远播千里之外。

到其子拉德王继位，又给护法神重建了一座精美豪华的宝殿（宝座）。其上绘有粗大的莲花根茎，以3条枝蔓盘绕，叶片碧翠，间有32朵花，大多盛开，其余的将开未开。何以至此？这里有个典故：鬼斧神工建造宝座期间，拉德国王曾严令7日内不得入内。该寺管理人好奇，到第五天时忍不住潜入殿内偷窥，导致没来得及盛开的花朵就此停止绽放。

文殊菩萨端坐于太阳普照、花朵衬托的宝殿上，为诸事如意世间平安，莲花根镶有装饰着七头蛇冠冕的龙王噶卧及久波；为使法音响亮，右首端坐着手执琵琶的艺术之神乾达婆王；为使法轮常转不止，殿座上绘有轮王七宝。

殿内大宝山，山上长满如意树、如意谷、如意宝串以及大自在天神、大梵天王、帝释天、毗纽天王、天龙王、凤凰大王等。他们左顾右盼，传神达意。

① 科迦寺亦写作科加寺，为全国重点文物保护单位。本节对于科迦寺的介绍，除来源于当地口碑传说以外，多引用自次仁加布文章。详见古格·次仁加布著《传奇阿里》"阿里古刹科加寺"。

到了朗德贡王时建筑了赞拉佛殿；到了赤扎西多赞德王时建立了扎西孜巴拉康大佛殿；后来又从卫藏带来《甘珠尔》及《丹珠尔》经[①]及萨迦法王全集，如此一来，此寺名声一度大于托林寺。仁钦桑布大译师曾在古格、芒域，以及比蒂、绒穷、底雅、卡赛、普兰、谢日、李密等21个地方建立108座寺庙时，据说科迦寺便是所有寺的母寺。仁钦桑布大译师也曾在此寺驻锡过，后来搬到古格托林寺的色康以后，人走政息，科迦寺遂失主寺地位。

我们到达科加村的当天下午，就去朝拜了科迦寺。在普兰遇见的那群朝拜神山的印度香客碰巧也在。但是科迦寺虽经修整也难现昔日辉煌了——且不说一座寺庙历史上的荣辱盛衰，即如那尊著名的护法神像文殊菩萨也往往自身难保，大型劫难据说曾经历过霍尔[②]兵作乱，把镶嵌点缀文殊的一应首饰金银宝石尽皆掳去。并且用金属锐器在文殊左膝上猛凿，留下痕迹至今犹存。“文革”浩劫也波及此寺，除大经堂用作公社粮仓幸免于难外，壁画遭损，佛像流失。“文革”结束后的某一日，时任普兰县长的贡嘎在狮泉河镇，到地区银行一位朋友家做客时，竟然发现文殊菩萨的

① 《甘珠尔》和《丹珠尔》为藏文大藏经的两个部分。《甘珠尔》即佛说部。据德格版统计，共收书1108种。编成于14世纪后半叶。包括显密经律，分为7类：戒律、般若、华严、宝积、经集、涅槃、密乘。《丹珠尔》即注疏部。据德格版统计，共收书3461种，编成于14世纪后半叶。包括经律的阐明和注疏、密教仪轨和五明杂著等。分四大类：赞颂类、咒释类、经释类、目录类。其中经释类又分为12类：中观、经疏、瑜伽、小乘、本生、杂撰、因明、声明、医明、巧明、世论、西藏撰述及补遗等。

② 霍尔，在历史的不同时期，藏语藏文中所指民族有所不同。承蒙研究者告知，唐、宋时指回纥，元代指蒙古人，也有人认为是指吐谷浑后人的青海土族、裕固族，藏北牧区则有自称“霍尔”的，或者藏北牧民被外人统称“阿布霍”。

手臂已做了这户人家的烟囱，再三说这烟囱是银质的，是文殊的胳膊，是科迦寺的文殊菩萨，人家还不相信。原来它被当作废铜烂铁卖给了收购站，辗转流落于寻常百姓家。

西藏乡间寺院差不多都遭遇过相同劫难。

科迦寺活佛陪同我们在新修复的大经堂内参观，特意介绍那些幸存的旧物，一角浮雕铜皮，一盏供佛银灯之类。其余殿堂正陆续修复，未完工的壁画，大红大绿的颜色，不光我个人认为，许多人，包括一些藏族人都认为，古迹其实是不可修复的，现在不少地方的所谓修复，无非对于宗教活动场所“修葺一新”。你看该寺门首顶端模仿大昭寺的法轮高矗，左右金山羊相向的形制，修复时因缺乏金属（或因缺乏铸造技艺），金山羊是以木料取代了金属——由此可见修复过程不易。

岂止材料、技术方面的困窘，其实在信仰佛教的地方，在中国大地上，已不复有佛教及佛教艺术最初传入、上升阶段的活力，今人已不可能再去创造乐山大佛、云冈石窟、敦煌千佛洞之类千古绝作了。愿不愿是一回事，能不能则是其本质所在。不全是技巧问题，而是价值观念、精神追求、气魄、胸襟、风度方面的变异差别。

值得缅怀的鼎盛岁月，科迦寺建筑格局大致是这样的：大经堂南边，有十方佛母大殿；西有弥勒佛殿，东侧是护法神镇魔威光殿，北有胜七杰佛殿；寺内外满布舍利塔……如果愿意，如此规模也并非不可恢复，信徒们由此会感到莫大慰安，却不免令人联想到，河床依旧，流水却既非昨日之水，也非顷刻已逝之水；你不可能看到并投入同一条河流中。

科迦寺于20世纪80年代中期修复，四方百姓赶来朝圣。除盛大宗教节日以外，藏历初一、十五多有来为佛灯添油并绕寺转经者。传统的西藏佛寺庄严，是具有政治、经济、文化等多重意义、多元功能的场所，尤其是形式上和实质上的凝聚力核心之点。确切具体形象化的说明，是寺前石砌小广场。它既是神圣的，又是凡俗的，既是神界的，又是民间的，既是科加人的，又是四方信徒的……活动场所。最盛大宗教节日当属藏历元月十二日庆祝寺庙落成的纪念活动，相当于藏历元月拉萨传召法会，全藏各地寺庙皆举行隆重聚会，表演戴各色面具、穿宽袍大袖服装的宗教舞蹈。该寺落成时间其实是在盛夏农忙时节，这一时段不方便聚众，于是将建寺庆典改为冬季农闲：届时普兰六乡人众皆着盛装前往观看神舞和藏戏。寺僧表演的金刚神舞开场之前，是群众歌舞；神舞结束之后，仍是群众歌舞：手拉手围成大圈，跳古老的“宣”，唱古老的歌——

吉祥神圣的佛祖，
一如既往佑我生命；
蓝天中行走的太阳，
给世界带来温暖和福运……

与寺庙有关的庆典还有“望果节”。这是遍及全藏农业地区的节日：青稞籽粒已满，将待收割的吉祥日子里，村人聚集寺前，由妇女背上从寺内取来的经书，全村人列队绕寺旋转一周后，再围绕全村及田野大转一圈。其意在于既感谢神灵赐予丰收，又提醒神灵继续护佑庄稼，在收割前免遭霜雹之灾。这种转庄稼地的形式既包含了对神灵亲切的敬畏，也捎带有戏谑之意。总之，望果节充满了喜悦快活的气氛。例行的大圈转过之后，在一处平坦绿茵的草坪上，全村人围坐一起，开怀畅饮，举行一系列体育比赛，拔河、摔跤——科加人摔跤也浪漫粗犷非同一般：上场摔跤手，每组为二女对抗一男——快乐的科加人有许多寻开心的创举。待到把经书交还寺庙后，又集中在寺前平坝上歌舞至后半夜方休。届时全村人差不多都醉了。

加尔嘎山坡有雪的锁，
开雪锁的钥匙是金子般的太阳；
在加尔嘎山坡骏马返回，
因为巴尔嘎地方水草丰美；
翻过山坡一两座，
就能望见故乡科加的山坡……

科加人能歌善舞，向所有前来采风的人唱歌，唱了一批又一批歌，总也没能唱完。小杨消停地工作了几天，就搜集到几十首。她问当地到底有多少民歌，他们回答说，没人说得清。

与正统寺庙相对应的是村后的地方保护神庙，二者各得其所，井水不犯河水。这种神灵藏语称“赞”，是本土生长的古老神，专佑当地一方百姓，既能致祸亦能造福，对人们此生影响甚大，它是村民急功近利、现世现报的神，因而要格外小心侍奉。寻常日子里，每月只需象征性供奉一点儿青稞，藏历二月初十则是一年一度奉祀地方神的大节，届时全村的家长们齐集土地神庙，向名为“加布休丹”的赞神焚香顶礼。这种仪式旨在请求神谕，预言今年收成，有何灾难。宣布神谕的人是该神灵的附体者，一般为女性。僧人盘坐于前排念诵土地神的经文，家长排坐其后。念经毕，两僧人便用一白布紧勒神谕者脖颈——通常认为勒得紧，神灵才能附体，才能开口说话。据说有关预言还是灵验的，不过有时应验在本村，有时又不在本村。有时神谕还穿插一些具体细节，例如，你平时偷过东西或做过其他不好的事情，神灵往往会通过附体者当场予以揭发——所以参加这种仪式，还是有人会心里发虚的。

为什么要勒紧神谕者的脖子呢？青年僧人欧珠加措解释说，这位护法神生前可能曾是一位部落酋长，后当上了比丘，因为与人打架，被人用绳子勒死。他的灵魂不肯投生，每天在这个地方叫唤不停，村庄不得安宁，直到来自后藏萨迦寺的一位高僧出现，成功将其封神，封为本地的保护神。

如上所述，地方神崇拜现象遍及藏地。佛教尚未传入之前，雪域藏地经历了多体系的众神时代，神灵们各司其职，各自为政。天空、地面、地下充满了司掌雹霜、疾病、祸福的神。赞神有些像汉地的土地神，人世间被瓜分为各赞神大大小小的势力范围。这些本土神各有其来历，均由当地土王、英雄等显要人物死后变化而来，还有一种具大悲愤的人，死后也有可能转化而为保护神。在藏工作将近30年的廖东凡老师是位民俗学家，他向我解释这一点时打了个比方：多年来你想拍一部全面反映西藏自然和文化面貌的电视专题片，并为此奔走准备了很久，但由于种种原因，心愿未达成即亡故，你就会因心有不甘而不愿使灵魂去往六道轮回，你就会成为“赞”。

由于这番话，就时常想自己的灵魂会不会在西藏的某处游荡。

科加村的这位加布休丹被供奉在村后山坡简陋的平房里，次丹多吉陪我爬了上去。寻常日子这一带不见人迹，小小的泥塑神被艳丽颜料涂抹得粗陋吓人。我做了几天科加人，还是满怀诚心在神像面前合掌默祷，恳请神灵佑我三点：一是归途平安，二是归途平安，三是归途平安。因为我乘坐的车已经完全没了刹车，在陡峭山道上行驶具有极大危险性，而且也切实地吃过几次惊吓。

这位青蓝面容的土著神祇所要附身的人，必得是出身于骨系干净、门户高尚的女性。向我们介绍加布休丹情况的僧人欧珠加措的祖母就曾被作为附身者。她死后，继之者为一位明叶家的女孩子。这是人们记得的最后一位神谕者。后继无人，现在每年二月初十所进行的仪式，神灵预言一项实际上是取消了的。科加人告说，没能找到附身者。我猜想可能是当代人没有认真去寻找，因为不再热衷此道而不再有人显现神迹。生活常规发生的渐变和突变，不曾使当事者明显觉察到，神谕者的消失，其实是被抽掉了祭祀仪式的实质内容，从而使相关聚会徒有其表了。

科加的男人节，我们的乡居生活

从祭拜土著神的次日开始，藏历二月十一日至十五日的五天里，是科加饶有兴味的节日——男人节。没听说吧？没听错吧？在我也是空前绝后地听说，世间居然还有以此为名目的节日：科加村小至 19 岁，大至 90 多岁的男性在这五天里集合于科迦寺前小广场，喝酒看藏戏，欢度属于自己的节日。过程如下：

首先是筹备阶段。事先由村中有威望的几位老人着手操办“集资”凑份子，规定每家所应提供的米面、酥油、肉类和柴草数量。过去或有穷人凑不起粮草只好弃权，现在当然不存在这问题，成年男性全员参与，最多一年达到 105 人。节日里看藏戏，男人享受坐在垫子上的权利，妇女儿童只能站着围观；每家委派女人轮流为之把壶斟酒。藏戏演员皆为本村人，八大传统藏戏中，科加人只会演《洛桑王子》《赤美滚丹》《朗萨姑娘》

《卓娃桑姆》，每一部都能演上好几天。

世上有妇女节儿童节，这类国际节日旨在提升妇女地位、强调保护儿童，说来都算是弱势群体。按照这一逻辑，假如哪里特设了男人节，是否同理，说明也需要提升地位、保护权益？所以按照这一逻辑，想当然地与本地妇女掌家传统联系起来。但是为什么思来想去，感觉此地妇女地位确实很高，但是男人也不遑多让啊，即便看似女子为家主的走婚家庭，其实还是舅舅当家。

这个节日充满了人情味。对年事已高的老人来说，尤其为晚年增添了光明与吉祥，提升了幸福感那是确凿无疑的。有老人满意地告诉我们，感谢一年一度男人节，今后能参加一次也好，再参加一次更好。男人节成为充满情趣的在世人生的象征，琢磨一下主题歌的歌词，也是给足了“面子”——

东面山蓝，西面山青，
家中以我为主的男子壮健如鹰；
在人群中开怀畅饮歌舞取乐，
犹如神骏在马群中显露威风……

我们就这样走进科加的日常生活，沿途领略。时而困惑，时而惊喜；时而峰回路转，犹见鸟语花香。在这儿，我们看到了每一社区都存在着的整合、平衡本群体的天然功能和惯性机制，科加村尤其井然有序。科加人差不多个个怡然自得，并不掩饰优越感，是油然而生的，也是比较出来的。科加乃至普兰一带的富足是有目共睹的，去过阿里的人不约而同谈到这一印象。边多他们在县城附近的章介村拍婚礼，全村老少盛装打扮，令人眼花缭乱，一套由金银玉石装饰的服饰就值数十万元，足够换几台东风车，更不待说文物价值了；诗人摩萨曾在普兰过了一个节，看见盛装歌舞的老太婆神情傲然俨如皇后。而那些朝圣的、经商的、卖艺的、乞讨的尼泊尔边民则衣衫单薄褴褛，形容憔悴畏葸，对比实在明显；褴褛者不时过往于此，差不多每天都有个比较，难怪科加人油然而生优越感。他们说，从前向尼泊尔边民换大米，现在颠倒过来，尼泊尔人要从这边换粮回去。现在科加人吃的是新疆那边运来的大米。

这个村庄邻近中尼边界，距此数公里之遥的协尔瓦村是其前缘。但是通往协尔瓦的公路于6月间被雨水冲垮了。我们只得弃车而行，一直走到中尼边境6号界桩处，这地方的名字叫济沟。国境线以孔雀河中间为界，沿同一条河纵向划分一家一半。过去山坡上是梯田，因为缺水，久已荒废。河畔低处有5亩地，是协尔瓦人开的荒；河对岸可见的17亩地，是尼泊尔底哇村两户人家的耕地。南希教授从前生活过几年的那个尼泊尔北部村庄，沿着这条山道前行，徒步四五天才能到达。此刻，南希正久久望着那一方向，目光被重山叠岭阻断，我注意到她沉思的神情，不为我们所知的往事可能正萦绕于心吧！

贡嘎老县长陪同前往。此前，有关这一带的历史地理情况大多由他介绍。山那边尼泊尔境内边民，讲藏语，信佛教，吃糌粑。印度边境还有9个村庄曾属于藏地，名为“强哇九区”，尼泊尔境内叫作里密的这一片过去均由普兰宗管辖，中间有地名“洛朗”——藏语的“告别之地”：从前有“下方印度、上方西藏”之说，1961年划归尼泊尔。

此前我曾读过有关吐蕃王室后裔所建亚泽王朝的历史资料，还看过日本人所拍纪录片《天葬之国——木斯塘》，便无师自通地认定亚泽王朝和木斯塘地区就在邻近普兰的这片地区。问过老贡嘎，果然。[①]

自12 ~ 19世纪初生存了7个世纪之久的亚泽小王朝，本为吉德尼玛衮的后代所建，何以灭亡于尼泊尔廓尔喀，藏族学者尊胜曾引证《雪山圣迹志》的分析，过程是这样的：首先在于王朝内部争夺王位而分裂为五个小邦，尔后连年内战不休，并把战争费用强加在臣民头上；亚泽的最后两代国王甚至贸然改变群众信仰，提倡信奉邬摩天女、自在天、遍入天等（印度教）“外道”，导致内部人心涣散；外部又受到廓尔喀人侵扰，可谓内忧外患，终致亚泽小王国全部领土于1801年被尼泊尔的

① 历史上的木斯塘和亚泽均为沿喜马拉雅南侧分布的土邦小王国，位于现在的尼泊尔境内。其中木斯塘主体与西藏日喀则市仲巴县和萨嘎县接壤，与藏族同源，同属一个文化体系。早期历史曾隶属象雄和吐蕃，之后相继或反复为亚泽、贡塘等地方政权所占，1440年正式从贡塘王国独立出来，同年大败普兰香巴军队，从而将普兰和古格等地纳入治下。15世纪中后期阿贡王统治下的木斯塘曾派遣尼泊尔和克什米尔工匠修复包括科迦寺在内的普兰寺院的壁画和佛像。这位阿贡王的孙子还曾娶过一位古格公主。至16世纪中期，木斯塘政权衰落，宗木朗势力崛起，但最终还是被后起的廓尔喀收入囊中。亚泽即宗木朗政权，同为历史名词，最早与普兰一带关系密切，然而随其疆域、族群变化，构成多元，政权更迭，后来的土王大君不再是讲藏语的人，要求信奉藏传佛教的属民改信印度教也就可以理解了。

廓尔喀王率兵占领。

据说当时本有一个机会也许会改变亚泽地区命运：由于当时的驻藏大臣和琳受个人情绪支配，即他满意于当时廓尔喀对大清王朝的（表面）恭顺，而不满于亚泽这一边界小邦不听调遣，当亚泽危难而求救时，竟然作出“任凭廓尔喀处理”的草率决定，无可挽回地抹去了亚泽的地理和人民。

当然这只是后人一种说法，认真分析下来，其时背景太过复杂。山川大地无从言说，是是非非总难明断。不像太阳，每天按时起落，不像季候，每年如期往返。也不像科加村的水磨房，一年两度的磨糌粑时节。

清亮的孔雀河在阳光下泛着银光，恍如金属薄片甚至依稀着窸窣之声。孔雀河畔水草地，水草地上一长排石砌水磨房。按村规，每 5 户人家合用一盘水磨。正当磨糌粑时节，每一间水磨房无不发出隆隆声响。准备秋收的人要磨好足够吃到秋收打场的糌粑，待到秋收后再磨上一次，可以吃到来年夏季。

多么美好的一派田园风光！信步走进一间水磨房，老眼昏花的 70 岁的加羊老人安详地席地而坐，往磨眼里续青稞。老人从小出家，终身未婚，现住妹妹家。妹妹全家 12 口人，有的在拉萨当干部，有的在狮泉河镇上学。加羊老人曾走过西藏许多地方，见识也广，就认定了一个科加，就选择了科加作为归宿地。他说科加是阿里最好的地方，科加的糌粑也是西藏最好的糌粑——山南的糌粑黑，日喀则、拉萨的糌粑粗，唯有普兰、科加的糌粑又白又细又香，藏北牧民不惜千里之遥赶来此地以盐巴、畜产品换回科加的糌粑。

我们吃到了科加的糌粑，果然香极。后来我们还带它上路，吃着它转了神山，一直吃到阿里之旅结束。一向食欲不振的我，科加期间感受到自然风光陶冶和开朗情绪感染，杨成的烹调技术尤佳——杨成这小伙子车开得好，歌唱得好，饭也做得好——胃口豁然大开，一不留神就作饕餮状，让大家取笑了，你啊就是下乡的命。

就是就是，心情好的明证。

大家心情都还不错，科加七日忙碌、充实，各人大有所获。在西藏乡间的格勒如鱼得水，在他所归属的本民族的土地上自由自在。是个学者，但首先是牧民之子。他自身为高原所塑造，他的身世也承袭了那片康巴土地的风格。记不得父亲的模样，那位正值盛年的康巴汉子，是在康地司空见惯的部落械斗中牺牲的，被乡亲们视为英雄。接下来则是这位文化名人特别的成长之路：童年格勒与小伙伴们一道捡牛粪，远远望见一头黄白花牛翘起尾巴，便欢呼一声："花母牛——我的！"抢步向前，双手捧起热腾腾的新鲜牛粪，俨如胜利者。少年格勒，去甘孜县城上学，刚刚学说汉语，还曾闹过笑话。40 多个男生集中住一大间宿舍，睡在窗下的格勒起夜，站在窗台上方便，于是窗外地面结了冰。查夜的汉族老师摔了跤，喝问："谁尿的！"格勒只好承认："我。""什么时候尿的！"本想回答昨天，但脱口而出的是"明天"，惹得在场师生哈哈大笑。

这是格勒轶事中作为保留节目的段子，每回说起无不引发现场轰动效应。自那时起20年间，格勒已用汉文写得一手好文章，他的博士论文《论藏族文化的起源形成与周围民族的关系》洋洋数十万言，当然他还同时装备有藏文和英文。

从高原本土生长起来的人类学家，就这样走在西藏乡间坡坡坎坎的小路上，从一个家院走进另一家院。那些不肯向我们这些外来人透露当地一妻多夫、一夫多妻情况的人，倒是十分乐意向他提供有关别称为"打狗"[①]的一种男女之爱的风俗，这一方式的由来及某些情节细节。再由他转述给我们。这是他独享的优待。

冲荡着"酒神精神"的康巴土地塑造了此君品格：高傲，善良，激情和固执。他独来独往于科加，此际他与南希由时常的争执发展到不愉快，索性怄气不理人家啦！工作狂南希只得依靠扎呷和次丹多吉协助，但是也有问题：那位次丹多吉由于缺乏耐心很不适合当翻译，更何况他所翻译的经过他的改编再创作已加进自己的观点。聪明的南希很快识破了这一点，怨声载道。她更喜欢由恭顺能干的"干儿子"扎呷陪同，遗憾的是，康巴小伙子扎呷理

① 打狗婚：藏北一带牧区的一种婚姻恋爱方式，比较自由浪漫，有试婚性质。藏语称为"乞董"，直译为"打狗"。指夜间来访者首先要对付的是帐前牧狗。

解西部藏族地区的藏语格外吃力，也不免叫苦连天。就这样，大家还像上紧了发条的钟表，只知工作和工作；而且由于水土不服，大家普遍感到不适，肚子胀。这是一种令人难为情的毛病。一天傍晚，南希觉得不舒服，硬拉上扎呷、老孙和我陪她去山坡散步。行至田野上，发现豌豆将熟未熟正处于最佳生食状态，除南希外的三个人大喜过望，遂弯腰采摘。南希说，豌豆虽然好吃，但不能偷呀！扎呷赖皮，还她一句，你承认好吃就行啊！南希夸张地大喊“古玛（小偷）”，我们嬉皮笑脸地塞满了每个衣袋，方才班师回朝。第二天，拿新鲜豌豆烧罐头，南希和大家一样吃得好香——请科加人原谅这群流浪者，我们只偷袭过这么一次。

我们在世外桃源般的科加村小住期间，国际上一场局部战争正在进行。先是我们在拉萨动身时，全世界已是充满焦虑地注目于海湾地区，一系列呼吁和决议、斡旋和制裁，局势依旧紧绷。旅途中格勒博士对此还在侃侃而谈——人类文明发展至今，以暴力手段解决问题的时代就将过去，当今国际争端更多以政治手段、经济制裁和世界舆论等更有效的方法为主，总之战争是可以避免的。然而人类学家描绘的美好愿景不久后便被证实不过是一厢情愿：我们到达狮泉河镇的第三天，伊拉克以武力轻取科威特；随后没几天，在科加村那个明媚的清晨，头戴耳机的老孙向迎面走来的南希教授说，你们美国出兵海湾了！南希教授听罢满脸的不可置信，她把脑袋抵在土坯墙上，久久地不动，不语。

西望海湾的战火，立足科加的乡土，格勒博士说他正在准备将发展进程中的科加村和阿里地区作为一个范本，思考传统文化和现代化的关系，扬弃什么，注入什么，最终建构一个怎样的理想模式，云云。但是他的某些观点不久后却受到了挑战，挑战来自他的同乡，斯塔。当年格勒工作在色达草原，犹如“部落酋长”时，年轻的斯塔正在德格当副乡长，人称“德格王子”。这二人曾经同乘一辆敞篷大车，一路颠簸在川西高原的风尘中，后来又相继走向北京，走向更远。阿里之行结束后我们去瑞士参加国际藏学会，见到了时任我国驻苏黎世总领事馆副总领事的斯塔，在相关问题的讨论中，他并不待见格勒博士模式设计中的某些内容，例如，唯恐失掉传统而影响经济发展就是不对的，任其贫困就是不人道。每逢这样的讨论场合，我想到的却是，所谓现代化首先是人的现代化，而格勒和斯塔的成长经历正好提供了颇为出色的样本。

这都是后话了，回到我们的科加村。韩兴刚一进村就荣幸地接受了一项工作：按原件复制一幅忿怒莲花金刚的唐卡，并且绘制过程中还要带出一位徒弟：老县长上中学的儿子，此刻暑假在家，作坊就在老县长贡嘎老先生家中。这是一件极工笔精致的活儿，直到临行前那一刻，才画完最后一笔。

记者小杨热心于搜集民歌，身后总跟着一群十多岁的女孩子。她教她们唱歌跳舞，说这是以长辈们为榜样：从前一位女工作队员去某地开辟工作，教当地孩子们一首歌，那些孩子因此终生记住了她。小杨也想让科加的孩童记住她，于是科加村便响彻了孩子们欢快的童声：请把我的歌，带回你的家；请把你的微笑留下……明天明天这歌声，飞遍海角天涯；明天明天这微笑，将是遍野春花……

次丹多吉无论到何处都是自来熟，只要有机会就单独行动，去寺庙或被人邀至家中。夜晚回来，蹑手蹑脚行至院门口学狗咬狼嗥，吓唬在车里睡觉的小杨。几天后他又打探出此院门口曾发生过械斗出过命案，这样一说小杨才害怕了，搬回我们房间。这算是一个小插曲。[1]

愉快的科加提供了欢乐。村民们不时送来炒青稞、糌粑酥油和新鲜菜蔬。我们迅速熟悉起来并建立起感情。南希教授兼做了医生，她的金属箱子里备有大量的止头痛治胃痛的药，以及外用药品。巴桑的妻子次桑珠的拇指一月前被刀斫伤，发炎化脓，被我发现，特地领她面见南希，换过几次药。由于这些行医、作画之类善行感动了村民，将要离开科加的前两天，他们纷纷送来食品和铺床用的毛织卡垫，分手时颇觉难舍。

在科加村一住七天，说不上深入到何

① 同行阿里之后未几年，工作在拉萨的次丹多吉意外身故，令人无比痛惜，至今还不时想起。南希教授仍然在做藏学研究，前几年参加在北京召开的国际藏学会，还曾与她相见。截止到2020年，笔下这群人变化挺大：格勒博士是在中国藏学研究中心副总干事岗位上退休的，但兼职西南民族大学教授，还在带领学生们从事藏地经济文化发展的课题。扎呷后来担任藏研中心下属西藏文化博物馆副馆长，这之前他被调派驻外使馆工作多年，英语是大大地过了关的。仍在拉萨工作生活的是小杨，她不当记者了而是在经营文化产业。杨成调至拉萨，在西藏自治区文化厅工作。久未联络的是孙振华。韩兴刚有时会在北京，十多年前他曾组织人手临摹过阿里一座洞窟的精彩壁画。

种程度，但有胜于无，总比飞车观花瞄上一眼就离开印象来得深刻。况且这种不深不浅的接触也恰到好处：科加的风光人事都使我们感觉到犹似宁静美好的世外桃源。你看，天地间无风晴和，阳光总是明媚；天光山色多姿多彩，庄稼地里的青稞豌豆颗粒饱胀，即将黄熟。不久后，将要举行环绕庄稼地的望果节仪式，将要收割打场，那之后，将迎来藏历新年，跳起世俗的和宗教的舞蹈，将要进行应酬土地神的仪式，过男人节，将要赛马，摔跤，听藏戏，歌舞升平；耕地，播种，盖房子；婚丧嫁娶，生老病死……然后，又到了明年的今天，永远的青稞豌豆又是颗粒饱胀，即将黄熟，又要翘盼望果节……

只是，明年此时的注视者和冥想者不再是我。在科加村前的黄土路上，走过多少古今行人，我是它的一位既寻常又不寻常的过客。在它一年四季、年复一年的生活之轨上，也许只有我感觉到了一种悸动与活跃，注意到严整有序中富有诗意的变故在潜移默化地进行着。我看到这些变故几乎充满了每一领域：百年来婚俗的变迁仿佛还未结束、尚未定型；神谕现象的消失仿佛出于无心：没能找到一个神灵附体者罢了；寺院的被毁与修复、形制与内容的变更；诸如男人节、男女摔跤之类科加人的首创；科加已唱遍拉萨的流行歌曲《昨天的太阳》，我们的到来则使全中国孩子的流行歌曲《歌声与微笑》传唱开，使我们也成为变迁中的科加的参与者……这一切，无不使我感到犹如自然地理中“活跃的边缘地带”

一样，科加，乃至普兰也是人类学上的“活跃的边缘地带”。时时感觉到在科加，源远流长的传统时常改道，致使宽阔的河床上尽是枝杈流脉，从而使传统因了这些随意性和可塑性不再像座冷冰冰的石雕，从而显得平易随和多么亲切。

总之，科加诸如此类的生活现象使我着迷。在我梦想做一个学者的那当儿，我下决心在不很久远的未来重返科加，深入了解这地方。为了巩固这一信念，也是同科加打招呼，行前我明确地回答了围观的青年和少年们的提问，告诉他们，北京吉普车首的两根金属棒叫天线（我们的步话机用的），我的名字嘛，马丽华，我还要回来的——于是，兴奋的年轻村民们大声地有节奏地重复着：

“天线——马丽华！天线——马丽华！”

后来，在转神山的那一天，我顿悟到我不可能做学者。要是不做学问，我还去不去科加呢？

科加自然不去理会某个人的思量，照样我行我素，一如既往地进行。太阳仍然每天从东方升起，仍把康次仁雪峰染成金黄，只是眺望这一情景的人变了。孔雀河水长流不息，但彼时之水已非当下之水。

我们的科加就因生活内容的充盈且恒变恒新，而永远愉快。

附记

科加村的存在的确是作者遍访西藏所见一特例，“永远愉快”是其留存于记忆的突出印象。我曾想当然以为这愉快古来皆然，是科加人与生俱来的特质，直到多年后读到南希教授的相关论文，方才意识到感知有偏差，从而引出一个经验：即便亲临现场，你所见闻的，更可能是当地人愿意呈现的、希望你接受的。那么，有哪些“不愉快”的过往是科加人避而不谈的呢？

南希教授的课题成果体现于论文《西藏阿里传统税收制度之比较研究》（格勒、玉珠措姆译，《西藏研究》1993 年第 1 期）。借助田野考察和档案查阅，大致勾勒出阿里农区旧时税赋徭役状况，其中科加村数据比较翔实：1959 年民主改革前，科加村总计 56 户，约 500 人，2000 多亩耕地。其中 34 户“差巴”（佃农，仅 1 户承租政府土地，另 33 户隶属塔尔钦寺即不丹寺院）；16 户“仲穷”（小户），系依附于“差巴”大户的“再租户”兼长、短工；其余几户为地位低下的铁匠和一无所有、只能在富裕之家做奴仆的人。因此可说是举村皆奉不丹噶举派寺院为“主人”：年复一年缴租纳粮之外，大规模劳务活动包括从喜马拉雅山那边到冈底斯山下塔钦寺，年复一年春季“迎来”、秋季“送往”，科加人每每出动至少 90 头牦牛、12 匹马。“主人”驻留塔钦寺期间，随时提供所需人力物力运力。除此之外，科加村还承担了为当地寺院服务之义务，近有科迦寺，远有贤柏林寺，为前者提供茶叶酥油及帮工，向后者提供日常燃料即负责捡柴火。另外，虽说全村唯有一户官府属民，实际上从地盘到人群仍在官府治下，实物差和劳役差照样支应，所以科加村赋税种种特别是徭役负担其实是多重的，加之生产力低下，从前乡村生活困苦，以至于直到1959年民主改革划成分，全村最大一户“差巴”也仅够格“中农”；而其余世代为不丹寺院耕作的32户，全部沦为欠债户，在土地权回归之前最后一年，所谓“主人”还从村民手中收缴了高利贷本息上万斤粮……

贫困被普遍视为“不体面”，从旧时代过来的“两世人”不愿提及，即便说起也往往加以粉饰。例如，从前村民秋收后纷纷举家南下，多在尼泊尔境内温暖地区打短工以糊口，甚至乞讨为生，但对外口径却说得轻松浪漫，美其名曰农闲季节外出“朝圣”。当年他们是这样跟我说的，30年后跟我们单位的年轻同事也这么说——承蒙中国藏学研究中心社会经济所扎洛研究员相告，鉴于边境村庄科加村新农村建设的成就，特别是有了格勒博士和南希教授当年的调研基础，该所已将该村列为长期观察点。由此我也从图片中欣赏到科加村焕然一新的面貌，而补充了这段附记的文字，本章或可勉强算得上接近了真实客观。

第四章 环绕神山冈仁波齐的愉悦之旅

先从域外神话说起

作为支撑青藏高原地貌骨架的巨大山系之一，冈底斯山脉从阿里到拉萨，与喜马拉雅大致平行，之间为雅鲁藏布中上游河谷地带。清康熙年间绘制青海西藏舆地时曾称之为“天下之脊，众山之脉皆由此起”。

一般人说到冈底斯，即便不是特指主峰冈仁波齐，脑海里也会浮现出那个金字塔形状的黑白相间的峰影。冈仁波齐即“雪山之宝”，藏语。冈底斯之谓一般解释为藏、梵语组合：冈是藏语之“雪”，底斯为梵语之“雪”。藏学界前辈、意大利学者图齐教授则认为“底斯”为象雄语，他曾于20世纪30年代前后两次来阿里考察。

从地质地貌学角度分析，冈仁波齐的雄伟壮观在于“近于水平的冈底斯砾岩（旧称凯拉斯砾岩）是西藏少有的构造变动微弱的始新世地层，这里群峰争雄的塔式和古城堡式的山岭也是西藏罕见的构造地貌类型。”[①]

从文化学角度讲，作为精神之山和信仰之山，冈仁波齐则是数千年间青藏高原、南亚次大陆不断积累叠加的文化堆积层：一座文化之山。

迄今仍有四种宗教：印度教、耆那教、苯教和佛教的包括沿喜马拉雅及周边国家地区数以亿计的人群，尊奉它为世界中心而虔诚信仰它。冈仁波齐是这四种宗教的万神殿，奥林匹斯山。

佛教的须弥山即指此山，为一小世界之中心，其顶上为帝释天所居，其半腹为四天王所居。[②]与此同时，前佛教时代的象雄苯教时期，作为苯教圣地，冈仁波齐被称之为“九重万字（卍）山”，为雪域藏地之灵魂。相传彼时有苯教的360位神灵居住于此。苯教祖师敦巴辛绕自天而降，此山为降落之处。苯教僧人历来在此修行，其中一位曾于冈仁波齐山洞中修行12年后，其身如光一闪即逝。有关这座神山的苯教原始形态，阿里唯一的苯教活佛丹增旺扎应当知晓吧，可惜与他一再失之交臂。

公元前5 ～前6世纪，在南亚次大陆

① 这段话引自中国科学院青藏高原综合科学考察队编著的《西藏地貌》。此书为西藏地貌的第一部专著，完成于1973 ～ 1980年间，科学出版社1983年1月出版。有关冈仁波齐海拔高度，多年沿用6656米，本书修订版改为海拔6638米，引自《青藏高原及毗邻地区冰川湖泊图》，中科院青藏高原研究所和寒区旱区环境与工程研究所合编，西安地图出版社2008年3月出版。

② 查《佛学小辞典》：须弥，山名，一小世界之中心也。译作妙高、妙光、安明、善积、善高。凡器世界之最下为风轮，其上为水轮，又其上为金轮即地轮也。其上有九山八海。即持双、持轴、担木、善见、马耳、象鼻、持边、须弥之八山八海为铁围山，其中心之山即须弥山也。入水八万由旬，出水八万由旬。其顶上为帝释天所居，其半腹为四天王所居。其周围有七香海七金山。其第七金山之外有咸海。其外围为铁围山，因之称曰九山八海。瞻部洲等之四大洲，在此咸海之四方。

帝释天即因陀罗，早在3000多年前古印度吠陀时代，因陀罗即已高居众神之首，司掌雷雨和战争；佛教时期则为护法主神，之后印度教重振，仍为高阶神明。

与佛教同时兴起的耆那教也信奉此山。这个耆那教在汉译佛典中被不那么友善地称之为“尼乾外道”“无系外道”“裸形外道”。该教曾于公元前后分裂为“无衣（裸）派”和“白衣派”，并在中世纪得以传播，存续到现代。在耆那教中，冈仁波齐被称作“阿什塔婆达”，即最高之山，并且是耆那教创始人瑞斯哈巴那剎获得解脱的地方。

印度人对于他们的“凯拉斯”——冈仁波齐的情感源远流长，经久不衰。无须学者论证，凭感觉应能理解这情感的由来：在南亚次大陆开阔的低谷平原上，北望是一整列峻奇壮美的冰峰雪岭，颇具视觉冲击力，崇高感和神圣感怎能不油然而生！更何况北来之水灌溉着田园稼禾，涤净了人们的身心。于是，山川崇拜贯穿于古印度精神之园。早在数千年前的梵文文献《吠陀》中，河流即被一再赞颂：“啊印度河，其他河流像哞哞叫的奶牛跑向自己的孩子，用自己的奶汁喂养它们。当你来到这些奔流而下的河流前时，你像战场上的王，领导着自己的左右。”“光芒闪耀、绚丽多彩、不可战胜的印度河，率领千川百河横过原野，快中之快，就像一匹美丽的牝马一闪而过。”

古代印度人在对能为人们带来基本生存条件并涤清污浊罪孽、向上导往天堂的河流，感恩之余，对于神圣河流的进一步思索，即河流的由来，诱惑他们溯流寻源，穿越喜马拉雅，并大致寻访到冈底斯山脉。冈仁波齐高耸的积雪山巅神奇非凡，五体投地的印度人分明看到了印度河源于此山，而恒河，也如绸衣滑下。印度人就这样发现了宇宙本原和生命本原。他们把自己信仰的诸神安置于冈仁波齐——凯拉斯山，数千年来对它顶礼不已。

古代印度人认定了冈仁波齐为世界中心，众水之源，日月星辰皆以此为轴心往复环绕，并各行其道。在河流方面，西藏人与古印度人说法类似，认为神圣的四条大河：狮泉河（森格藏布）、象泉河（朗钦藏布）、马泉河（当却藏布）、孔雀河（马甲藏布，印度人则称其为黄牛河）尽皆源自冈底斯—冈仁波齐周边，除孔雀河现经考察为源自喜马拉雅山兰批雅山口（在普兰县境）附近，另有作为雅鲁藏布江上游段的马泉河的源头之一为冈底斯外，狮泉河、象泉河确切源自冈仁波齐。这些河流自阿里发源，沿途汇集各路小水，最终造就了各大跨境河流，或西去或南下，浩浩荡荡：源于冈峰北坡的狮泉河成为印度河上游；源于冈峰西侧的象泉河称作萨特累季河，经印度，在巴基斯坦境内汇入印度河；发育于喜马拉雅北侧与冈底斯之间的马泉河—雅鲁藏布进入印度叫作布拉马普特拉河，在孟加拉国与恒河相汇；源于喜马拉雅的孔雀河，则成为恒河支流哥格拉河的上源之一。这四条河流在相距不远处同时出发，然而大相径庭，蜿蜒跌宕千里万里之后，却又在同一归宿地——印度洋中相聚。人们在这一神奇事实面前，大惑不解之余，又仿佛于冥冥中获得了神圣意味的某种启示。

于是，作为神圣中的最神圣，古代印度人安排他们的至关之神居住在冈仁波齐。吠陀时代和佛教时代是因陀罗，因为在早期《吠陀》中，因陀罗即是古印度主神，是万能之神，且是万神之中最受崇敬的神。听说在后来的印度教中，因陀罗依旧承袭着天界众神之王的冠冕，主管风雨雷电。可是不知从何时起，在印度教徒眼中，冈仁波齐的世界中心地位未变，居于其中的主人却已是另有其神。

印度教拥有多位主神，其中湿婆法力最大、地位最高。虽然身为毁灭之神，但他尚有无数各具特色、各司其职的化身，既可毁灭，亦能创造，所以又称再生之神。他还是苦行之神、舞蹈之神——世界因了湿婆的舞蹈而运转律动。有关湿婆的故事，在印度教经典中，在印度的民间传说中比比皆是。印度和尼泊尔的湿婆庙内不设偶像，只以牛或男性生殖器模拟作为湿婆的象征而向之祈祷祭祀。在文学艺术的描述和塑造中，他则是一个额上有目、颈缠蛇饰、头顶新月的形象。

作为印度教主神之一的湿婆，其宫殿理所当然被设置在神圣凯拉斯。在那儿，他或者坐在莲花座上处于冥想状态，或者在山巅显现慈祥面孔；而他的妻子乌玛女神，则坐在他的膝盖上与他一起度过未来。另外一个说法是，乌玛女神每日在玛旁雍错湖中沐浴，他俩千万年的交媾使精液积为雪山。由于众神的不满和诅咒，此地才成为缺乏生命的雪线荒漠。印度古代诗人则认为湿婆的笑是白色的，冰峰雪岭由湿婆的大笑积累而成。

生活在公元 5 世纪上半叶的古代印度伟大诗人迦梨

陀娑，曾在著名的抒情长诗《云使》（我看到的是金克木译本）中，详细描画了这一圣地。该诗拟一药叉的语气，请求北行之云为爱妻捎信为全诗主线。药叉小神是掌管财宝之神俱毗罗的侍从，同住于大神湿婆的凯拉斯宫城。因药叉怠忽职守，被贬谪南方树林一年。他拜托云使前往家乡传达口信以解念妻之苦，为给云使指路不免多处谈及这座神山的特征，使用了大量的有关传说之典。这是不胜其美的诗人的冈底斯——

因积雪而皓白的高山，仿佛刚刚折下的象牙，白色夜莲一般皎洁地布满天空。有湿婆的坐骑白牛拱堆起的山峰，有十面王用臂震开的峰峦关节，有纪念持斧罗摩名声的天鹅门山口，山石因怀有脐香的麝常卧而芬芳扑鼻，岩石上印有湿婆的足迹永远成为信士献祭之地……头戴新月的湿婆取下颈间蛇饰，正手扶乌玛以步行为乐。

《云使》把神山宫城描绘得优美香酥，临摹了诗人当代的世俗风情：上触云霄，珠宝铺地，宫殿美女，图画音乐，悬在丝络上的月光宝石点点滴落，有天上恒河冰过的凉风缓缓吹送。药叉们走上水晶铺就的宫顶平台，台上星光辉映缀成花朵；女郎手执秋莲，发间斜插冬茉莉，应神仙们的请求常做一种游戏，寻找那些藏在金沙里的珍宝；多情药叉每天与仙女班头倾心谈笑，朝欢暮乐；而唇如频婆果的女人松解的罗衣，被情郎用鲁莽的手扯下，一心想要鸾颠凤倒——

那儿，因走动而从发上落下的曼陀罗花，

贝多罗的嫩枝片片，从耳边落下的金色莲，
一些珠串，还有碰撞乳房而断了线的花环，
都在日出时显示女人夜间赴幽会的路线。
……

再来听讲本土传说

难怪有人说印度教是一种快乐宗教！冰清玉洁的冈底斯予山那边的文人以灵感。古印度对于圣山神殿的想象，在西藏人看来是不可思议的。面向同一座山峰的感觉和描述，印度人的华美飞动、妩媚浪漫与西藏人稚拙淳朴、粗粝实在恰成鲜明对照，是全然不同的两类风情画。

西藏本土有关冈仁波齐的传说多乎其多，如同断了线的珠宝，随处散落。幸有迄今还住家在冈仁波齐峰下塔尔钦的曲尼多吉辛勤地串起了它，写成藏文的《冈底斯山简介》，发表于佛协西藏分会主办的藏文刊物。内容包括：马年转冈底斯为何重要，世界和冈底斯山的形成；内部世界的形成；佛经中的冈底斯；噶举派对冈底斯的解说等。此专刊出版短短时间里，已发行 2.7 万余册，作为藏文版已是相当可观数目。阿里采访中，凡谈及神山圣湖者，莫不列举此篇作为权威依据。我们在狮泉河镇讨得一本，在科加村的土坯房里，就着微弱烛光，由亲爱的次丹多吉口译，我们一群记录——真够难为他的！这小伙子三年前还差不多不会使用汉字写信，要翻译如此艰涩的古典与术语，多亏了他的聪明过人。

本书动笔前我曾打算摘要这一译述和采访所得，以便显示藏地人心目中的神山概貌，待到翻看了记录，立即放弃了这一事倍功半的打算。首先因为它们琐碎，难成系统；其次因为各教派间说法各异，令人无所适从——介绍过此说，必得介绍彼说；再次则是这类传说中牵涉到难计其数的各阶各类神灵、半人半神、僧俗人等。每一人皆典故，势必造成头绪繁多，大大增加讲述及阅读障碍。概而言之，面对同一座物质的山体，不同民族、不同年代、不同宗教和教派所罗列叠加其上的文化地层，令人首先就感到了人类想象力的空间无限。这一雪峰之巅如何就承载了这么多不同的宇宙观、人生观、道德观和民族心态与风格。试举一例：转山道上有座卓玛拉山，是朝圣者必经之处，曲尼多吉搜集到有关传说为——

卓玛拉的岩石上有度母化身的狼的脚印；米拉日巴脚印；将到卓玛宫殿时，有仁增的脚印、涅拉朗活佛脚印；在卓玛宫殿右边是洛桑王、云卓拉姆的宫殿；左边则有大女菩萨塔、护法神宫殿等。卓玛拉山上还有苯教僧人色巴拉玛的脚印，有空行母作为浴池的小湖。印地语称其为“果日察”，是印度教乌玛女神的浴池。1940的铁龙年，湖水溢出，被认为不吉利，果然，第二年阿里就出现了从新疆方向流窜而来的盗匪，许多地区包括一些寺院遭到抢劫。而现在，这座湖很小，预测当年收成可看湖水高低。

……

《冈底斯山简介》的主要内容和行文风格据此可见一斑，显然地，有别于古印度的风流文采。

这位住家在塔尔钦的作者曲尼多吉，曾经有过长达十年的牧羊经历，但他精通英文、藏文、印地语和汉语，现在是西藏旅游部门的工作人员。他长年住在塔尔钦，神山多多转过，对这条转山道的一石一木了若指掌，就在这篇“简介”中费神地罗列了沿57公里转山途中所发生过的所有故事及遗留的圣迹。仅脚印一项，上至释迦牟尼、观世音、菩萨、度母、罗汉、空行母、护法神、英雄格萨尔及王妃珠牡、洛桑王及王妃云卓拉姆、藏传佛教各高僧活佛，法王，普通僧人，一一留下脚印；乃至毫无地位可言的普通妇女——这位妇女在饥寒交迫中背负着孩子坚持转完了全程，神佛便留下了她的脚印以示褒奖。

从文化学现象看取这些传说，无疑很有意味。转山之前，我也曾迫切想要了解有关它的一切。然而当转山开始，震撼与沉醉之中，我却立即放下道听途说，全身心投向了作为纯自然的冈仁波齐！且在两天的转山途程中，能够迅速整理好自己的思想和心态，贯穿起个人的以往并未来。从转山开始生发直至今日，我愿意相信冈仁波齐乃至阿里首先是一个感受领域的世界，环绕神山是精神的旅行，是灵魂对于自我的检视过程。就这一意义而言，一切外在的、附加其上之物皆可视为与己无关。

为了完整地心无旁骛地表述一次精神灵魂之旅，仍需将有关神山的概况尽可能介绍明白。特别要补充的一点是米拉日巴的故事，这是一个转折点：自他与苯教斗法获胜后，冈仁波齐才由苯教圣地转而为佛教占据主导地位的圣地。

西藏历史上确有米拉日巴其人。他的生卒年份为1040 ~ 1123年。他之所以被奉为尊者并成为传奇人物，是因他较之其他高僧有两个显著之点。其一是他本身即反转人物：自黑业转而为白业。早年为报仇雪耻，他从师学习黑巫术，一度咒杀仇家35人之多并降雹毁稼令全村颗粒无收。为此他悔恨不已，改投佛教大师玛尔巴门下，由于心诚得其真传。其二是他的骇人听闻的苦行。在山洞修行的多年间，他赤身露体，以荨麻叶充饥，及至后来，连毛发、肤色悉成绿色。相传他曾在冈仁波齐哲日普洞中修行过，传说中的米拉日巴与苯教修行者那如本琼斗法获胜的精彩场面就发生在这里：争夺神山的比赛进行了多日，起初以歌斗智，随后比试神变，苯教师那如本琼接连受挫仍不服气。最后说好二月十五日那天以谁先抵达山顶决定胜负。

决定胜负这一天，那如本琼一大早便骑着鼓飞向冈仁波齐峰，而米拉日巴还在睡觉呢！太阳即将升起时，米拉日巴穿好僧衣；当太阳的第一道光芒迸射，米拉日巴乘着光线瞬间抵达山顶。而此刻，那如本琼刚刚飞至神山脖颈处。当他眼见米拉日巴端坐山巅，一惊之下，作为乘骑的鼓脱手而去，骨碌碌滚至山脚，将山体划开一道垂直深壑——至今不仅肉眼显而易见，一般照片上也清晰可辨。于是那如本琼愿赌服输："既然你赢了，这块圣地从此属于你。只有一个请求，这圣地也有我派居住的权利。"米拉日巴回答说，不看僧面看佛面，你可以住在那一边。说话间抛一团雪在东山，从此那山叫作苯日山——苯教神山。

自此，神山易主。在藏传佛教的一统天下里，苯教虽有立足之地、一席之地，但显然位居边缘。

这一时期恰值藏传佛教发端，各宗各派创立、各创建者涌现的年代，神山圣地冈仁波齐易主是一标志性事件，意味着米拉日巴身后的噶举派势力将在阿里地区的强势传播，影响经久不息。

然而对于神山的崇拜未必来自佛教创始人的初衷，因为转神山怀有明确功利，其动机也未必符合佛教教义，但这一现象非常有意味，既象征了佛教本土化的演变，同时为信徒大众提供了一个增强信念和凝聚力的简便形式。这其中直白体现的功利或说承诺，是指转冈仁波齐一圈，即可洗清本次轮回中的罪孽；转十圈，可洗清一"该巴"（劫）罪孽；转百圈的话，今生可以成佛。当然，这仅是众多说法之一种。

至于马年转山何以一圈等同于十三圈的说法，也有出处。一般人会认为神山有生命有灵性，拟人化，自然也有属相，冈仁波齐神山就是属马的。另一更有学问的说法来源于《时轮经》：释迦牟尼诞生于马年，每逢马年，四面八方加上下两方总共十方的诸佛菩萨、人与非人、神与非神，全都汇聚于此，共同庆贺加持。由此，在佛的本命年转山可以额外增加一轮十二倍的功德。

而每年藏历四月十五日的佛诞日，是为神山大举更换经幡的好日子。今年的马年竖经幡活动十分的隆重。届时转山帷幕拉开，塔尔钦五六百顶帐篷形成集镇规模，除西藏百姓外，青海、四川各地也开进好多辆卡车。不肯乘车以步行表示虔诚的四川阿坝藏族百姓，徒步走来历时一年有余。竖起经幡这一天，先由僧众吹号击钹念经做法事，长达 26.5 米的经杆上事先缠裹好了布质经文，其中佛协西藏分会敬献了经幡，各地、县百姓代表也各献一方。待僧众在经杆顶部洒圣水、撒青稞粒以示吉祥祝祷之后，再由朝圣的汉子们以简单工具将巨大经杆垂直立起并固定好。这场活动据说总计有 6000 多人参加。

我们没能赶上这一仪式，上述程序都是在塔尔钦访得的。完成普兰县的工作到达山脚准备转山时，今年的朝圣高峰其实已过。过了也就过了，重要的在于我们终于如愿，环绕向往已久的冈仁波齐神山转过一圈！

仰视冈仁波齐的冰阶雪梯

这是一个好日子，晴朗而多云的天气。越过灰蒙蒙的开阔草坝，邈远而巍峨的纳木那尼雪峰一线最早承接了金色朝晖，连同上方任意随形的云丝云团，连同山前平地而起的蓬勃云体。浅蓝的苍穹背景前，浓浓淡淡的烟色云影游移。空气清凉宜人。无风。准备当天完成一圈的人们早在四五个小时之前就动身了，像我们这样于此刻上路的，是打算在路上宿夜者。执意不肯同行转山的格勒送出我们好远，约略显出些不安地嘱咐了又嘱咐。快要转过前面山坡了，回头瞧瞧，他瘦长的身形还在。

我们一行七人，南希、小杨和我三女士，扎呷、次丹多吉、杨成和韩兴刚四男士。不约而同地，我们全都脚踏那种善走的富于弹性的鞋子，恰好都是白颜色。当我们依次行走，就像一列欢乐的小白鹅在脚前脚后扑腾。

浅黄色转经小道，在铺满砾石疏草的山基斜坡上曲曲弯弯、高高低低伸延。心中壅塞着大片喜悦，脚下也轻松如生风。迅速超过了磕长头的朝拜者，他们是剃了发的年轻僧人，绛色僧装外，特意以白布围起前襟，特制大手套上面，再额外套一副木板，于是山道上便就有节奏地响起木板擦划地面的声音。我回身拍下匍匐者的身姿和一张张无表情的面孔，心里想着他们将要如此这般行进十数天才能转完一圈，不由感叹。远道而来并非只为一圈，这要依据个人心愿去周而复始，很有可能，如此这般已经好几个月了。

个头瘦小的曲尼多吉先生拄杖健步走过。从其走姿，便可知何为健步疾行，何为健走者。今天有印度旅游团队转山，他既要先行一步安排食宿打前站，又兼朝圣者。对于这位《冈底斯山简介》的作者，自然会有无数问题请教，但是实在跟不上，又非聊天的场合，只好紧追几步，请问他今年转了多少圈了，他准确回答了一个我此刻已记不起的惊人数字，迅速赶到前面去了。

转经路上第一个停步磕头的地方是一很大的嘛呢堆，南希他们在此停留，如同虔诚信徒一般在那儿磕起等身长头。这面山坡蓬蓬簇簇生满了小灌丛。下得这山坡，可谓渐入佳境：沿山溪进入神山西南侧谷地，两厢水平岩层的山体峥嵘峭拔，山色红褐铁黑相间，山崖壁间，竟有水流如链径直而下，不止三条、五条，待汇入眼前清蓝的涧水，紧接着轰轰响动着急流奔涌而去，在河心岩石上撞击成纯净的白色浪花。这个多云的晴日里，清悠的微风拂面而过。在这壮伟的神山之侧，谷底上方长方形的蓝天与云朵令人目眩且沉醉。心境平和，灵魂酥松，渴望独行，一个人去领略宇宙和人生——而此前，居然还曾一再地深恐足力不济而脱离人群呢！

就是这条砾石的路，草坡的路，山崖的路，这条冬雪夏雨的路，阳光季风的路，走过了多少人啊，那些操着不同语言心怀不同信念的人，那些已逝者和此在者。我就走在无数人已走过、未来还将有许多人走来的山道上，内心平和，步伐轻快，生平第一回感到了步行的韵致，节奏，频率，风度，快感。

冈仁波齐的冰雪之冠在转山途中第一次闪现，是在沿山道行进了两个小时以后。就在不经意间，金字塔般的形态就在路侧两座岩石山崖之间蓦然呈现，近距离的仰视与遥远处眺望的观感差别大极：冰雪覆盖下的水平纹理如整齐的台阶叠砌至峰顶，峰顶则在疾行的浓云间隙忽隐忽现。其上冰川流痕泼洒淋漓，使凝固的山体平添动感。已可感到凛冽寒气扑面而来，这是转山全程中最近距离的仰视：黑白相间的庞大体量咄咄逼人，追在眉睫！已可感到它坚硬牢固的质地，俨如金属与水晶的合成，阳刚、洁净、峥嵘、沉静的雪山之宝！莽莽苍苍浩浩淼淼的高原山族中，它以非凡的形态和气魄傲踞山结峰峦之蕊。山族中芸芸众生们，那些草的山、顽石的山、积雪的山，一致朝向它，如众星拱月般。

冈仁波齐的存在是大自然的非凡创举，为之赋予精神光辉则是人类的非凡创举。早在比象雄更古老的年代，也许早在曾把粗陋的石器遗落于玛旁雍错湖畔的先民时代，最早望见了它的那一刻，就已心有所属，匍匐于它的脚下，冀望着神山之力护佑。而那些沿河上行的古代印度人，从第一眼望见它时便已五体投地了吧，几千年了也不肯起身。早在吠陀时代，就已被奉为神圣中的最神圣。

直到近代，它继续被发现。这一次是被另一半球所发现。那些赌了命前来探险的人们用刚刚发明的摄影机和黑白照片把它介绍给了全世界，由此又引发开来多少感动和神往。

一位杰出的当代中国作家，就曾经由一本中亚探险史插页凝视过它。作家忘记了山名，记忆和描述也略有走形，但在他成千上万的读者中，独有我读破了他的困惑——

他追忆道，“那山是在一个山结正中，四面八方耸矗着著名山脉的顶峰主峰。它并不高于那些群峰，但它却浑圆怪异地从那山结央心升起，像一万只茫茫白羊中蜷着一头漆黑的驹犊。群峰都披冰肩雪，只有它如黑玻璃黑水晶，刻着坚硬光滑的纹理线。群峰峥嵘如吼，只有它静若处子，群峰组成一片山的狂涛骇浪，拥戴着神秘肃穆的这异情异色的它。”

——的确冈仁波齐无疑。遍走世界，唯它风骨姿态神情独具。

由于无以得知该山方位，作家简直不知如何到达。他说他曾幻梦般感到应当登上天山西部的某一座主峰来眺望它；而且若想看得真切而激动，非要经特克斯溯水而上，绕过玄奘西行的经路——木素尔冰岭关隘，从清朝卡伦（哨所）的波马边界攀缘，紧贴着苏联国土靠近雪线，最后，在伟大的汗腾格里冰峰之巅眺望它，才行。

还有些感慨：“如果鲁迅的环境是在这群山之间，我想先生就不会再用匕首去攻打粪土了。而且，中亚会增加一个虔诚的信者和一批绝好的赞美文。”

这位自豪地声称拥有内蒙古草原、新疆文化枢纽、黄土高原三块大陆的了不起的作家，至今未能到达最高的一块大陆，未能如我置身于神山脚下，任寒气扑面，任情感升沉。

每个人都有他的不可能。只有冈仁波齐，是无限至极。

谁来到过这里，谁就懂得了神圣永恒的含义，就理解了中、南亚多神崇拜何以源远流长。

转山途中的雨雪之夜

转山途中，时而迎面遇见按逆时针方向转山的苯教信奉者，每回遇见，都忍不住询问来自哪里？被问者总是友善地回答，是从工布（林芝地区）来的，是从（昌都地区）丁青来的，是从（那曲地区）巴青来的。总之差不多都是来自西藏东部传统苯教地区，却不见阿里本地人。说来挺有意思的，在苯教发源地的阿里现仅存一座苯教寺庙，仅存一位苯教活佛丹增旺扎，不多的信徒不是冲着他的教义，而是信赖他高明的医术。在冈仁波齐这座原本苯教大神山之侧的那座黑色小山，正是苯教神山，当初米拉日巴斗法获胜后应苯教请求保留下来的。好在多神教的各宗派间天然包容，允许苯教徒以反方向绕行冈仁波齐朝圣。

沿途高高低低的嘛呢堆，客观上成为路标。荨麻丛青翠招摇。只背了一个相机包的我，轻松行进，不与他人为伍。偶尔坐在山涧石崖上小憩，殷切地注视对面山崖那一线飞瀑，它飘飞如雾，它就这样岁岁年年。云遮雾障，不见神山。近旁棕色山峦钢铁一样沉默无语，我没带那个记录神山一应传说圣迹的本子，不打算核实沿途那些穿凿的典故，不去辨认附会的圣迹——转山就是转山，纯粹感受，视觉的和内心的。

我们的南希教授状况不佳，她新近感冒了。忠实的扎呷不离左右，随时背上她脱下的棉衣，又随时为她披上棉衣。杨成不当车夫，独自跑在最前头。次丹多吉和韩兴刚两个自有其秘密，不放过沿途每座寺庙。女孩小杨正跟小伙子们赌气，临时寻了位憨厚的南方青年为伴，这青年在普兰做生意，也来转山。走兴正浓时，次、韩二位两手叉腰挡在路旁，说现在就改道，过河，去招待所住宿。用手指指西北方，一排石头屋。余者哗然，高声叫嚷不累不累，真扫兴！次、韩分辩说，马上就要上一大坂，翻卓玛拉山，难走极了，直到转山结束也没有第二个招待所啦，过了这村，没那店啦！①

我和两位小杨坚持要走，南希开口了，说她需要休息。

招待所一排数间平顶小房，位于哲日普寺庙下方。哲日普寺庙的来历是这样的：相传当初郭仓巴②开辟转经路，行至此处，忽见一头硕大形体的雌性野牦牛现身。惊惧间意识到此野牛正是森东玛（狮面空行母）的化身，郭仓巴便跟随了这位引导者前行。待行至一巨石前，野牛不见了，只见到山洞口留有一蹄痕（至今犹在）。郭仓巴进得洞来，嫌洞太矮了吧，拿脑袋顶了一下，留下头印（至今犹在）。郭仓巴在此修行九年九月零九天，放帽子的地方留下了帽子印（至今犹在）。我们就去

① 1990年转山，的确仅见这家简陋至极的招待所，30年后的现在，听说山后那地方建成“冈仁波齐朝圣客栈”（曾用名“希夏邦马宾馆”，听来颇觉玄幻，好在作了更改）。除此之外，现在沿途可见一些季节性帐篷营地，包括到达山后之前有三处季节性帐篷区、翻越卓玛拉山口前后有四处季节性帐篷区，均为塔尔钦当地百姓开办，提供宿营并售卖食物饮料等等。

② 郭仓巴·贡布多吉（1189～1258），竹巴噶举派高僧，年轻时曾抵达冈仁波齐神山和玛旁雍错圣湖朝圣及修炼，其后曾于后藏郭仓地方修行并建寺，故有郭仓巴之称。晚年在神山一带传播佛法，与八大著名弟子一起创建上部竹巴噶举派，并亲自在神山周围探路，首次开辟了环绕神山的朝圣之路，沿途留下痕迹传说种种，例如，哲日普寺的发现和创建过程，转山途中最艰险的卓玛拉山口的开通等，总之后世的转山者无不感恩于郭仓巴大师的开拓之功。详见古格·次仁加布《传奇阿里》之“神山冈仁波齐史话”。

哲日普寺内朝圣，该寺殿堂相当简陋，最神圣的地方是内中名为“哲日普”的修行洞。寺中僧人介绍说，此为神圣母牦牛以角所抵之洞（而非郭仓巴以头顶洞），我们果然看到了洞顶留一长长弯弯的痕迹——哲日普，名字里面就含有“母牦牛角”的意思。洞内供有郭仓巴大师的塑像，是慈眉善目白面佛像。而供台上则有不知何人所献的足有一米多长的牦牛弯角，单侧的一米多长啊，不知那牦牛有多么硕大呢！

韩兴刚兴奋癫狂。前一次他来转神山时艰辛备至，尤为惨痛的是当车行至神山背后的大水中，被急流冲翻，险些丧生。车在水中浸泡了七天才被人救起，他在那七天里饥寒交迫，都不知是怎样熬过来的。还记得那一次也住过此地，风雨声中他居然做了一个五彩缤纷的梦，梦见身处一处金碧辉煌的佛殿，有多得数不清的金光闪闪的众佛分列两侧。正疑惧间，位居其中的主佛面向他开口，清清楚楚说道：萨朱觉！自此，韩兴刚如获真谛，又如入迷津，逢人便请问这三个音节是藏语、是梵语还是汉语，什么意思？当然，没人能解答。与次丹多吉初次相逢但一见如故，又听次丹多吉念得一口好经——次丹多吉念经的声音之浑厚之纯正，连专职僧人也惊诧——又听说次丹多吉五年西藏大学藏文系接触了许多宗教经典根基不浅，早在札达时就迫不及待将此梦抖落开来。次丹多吉听罢大惊：韩做梦处正是传说中的千佛殿呀！然后眼睛眨都不眨一本正经地说：“萨，是萨迦派的萨，朱是（噶举派）帕木朱巴的朱，觉在藏语是佛之意，在汉语里是觉悟之意。佛的旨意暗示你与苦修之道有缘。今后你要走苦修精进之路，方成正果。”

那时我正在一旁，听罢这一牵强附会之说，笑破了肚子。韩兴刚却钦敬复加惶恐地请教具体之法，鼓励得次丹多吉越发信口开河，自此他们逢寺逢洞便拜。之所以坚持下榻此处，也是他俩早已密谋好的：朝拜郭仓巴—米拉日巴修行地是其主要目的。

真的是无巧不成书。韩兴刚在此地所做佛殿众佛之梦，正应了一个传说：郭仓巴为此地看风水，但见天呈八瓣莲花，地呈八宝吉祥，背后是千佛神殿，前面的三座深色山分别为三怙主的文殊、观音和金刚手。

心诚则灵。信则灵。吉兆对于幸运者来说多多地有了。小韩激动地告诉我，刚才去山上那座庙，顺便向僧人提及他为今年春天刚降生的宝贝儿子所取的没意义的名字，叫加太。寺中老僧听后答曰“有意思”：今年是大吉之年，马年。又是铁马年。铁和马在一起上上大吉，藏语的“铁马”正接近“加太”此音。小韩听罢惊喜得险些昏厥过去。

还没完呢！我们在这简陋房舍享用简陋晚餐时，来了两个抱孩子的藏族妇女。小韩热心地为她们倒茶，递食物，关心备至。吃罢，喝罢，一妇女从袍襟里面摸索出一镜头盖，递到小韩手上，说是刚才在河边捡到的，四望无人，但一想就觉得应该是这位身穿红蓝尼龙绸、长着大胡子的人的。

小韩夸张地表示惊异，连称“缘分”。

大家格外开心，独有南希一人不悦。脱离了虽然时常争执吵架的格勒博士的监护，南希教授显得落寞。尤其令她不满的是，她所喜爱的做甜茶的印度黄糖和奶粉忙乱中居然没带上，此刻便像小女子那样抱怨起来，连说酥油没有，奶粉没有，肉也没有。方便面？没营养！肉罐头？不吃！“你们自己喜欢吃的都带来了啊！”一赌气，拿着次丹多吉在普兰桥头市场为她买的带壳花生，坐在门口顾自吃了起来。大家面面相觑，又忍俊不禁，感觉这位美国学者真正是放下了架子，向我们这群年轻于她的人们撒起娇来。趁她听不懂，声讨美帝，历数美国人的自私、蛮横和霸权之类。随后，杨成教她学汉语，五官。南希就故意压扁了嗓子大声疾呼：“鼻子！”“眼睛！”“耳朵！”

于是众人捧腹，眼泪都笑了出来。

黄昏时落了一场不大不小的雨雪。当雨止雪霁，雪水便不紧不慢地从房顶渗漏，小房间里不久便聚起几汪水。别无去处，就这十多平方米的一间房，九个人挤作一处。以南希在西方一向的生活方式，能与我等同甘共苦不免令人心生敬意。她在美、法、瑞士各有一套住房。其中洛杉矶那套是花园别墅，院内小桥流水，南希教授具有部分犹太血统，先后毕业于美国的大学和英国的东方非洲学院，在瑞士学了藏语。起初研究尼泊尔，正是在那里，她发现了藏族，就从生物遗传角度研究藏族人骨系，从经济、心理等多角度研究藏族人婚姻家庭方式，已有多部著作问世。在多年的学术考察中接触到藏传佛教，潜移默化中，不禁虔诚起来，她不仅坚持转神山，转山途中，逢圣迹便跪拜，逢寺庙便布施。后来，她还把取之于玛旁雍错的一水壶圣水，带到地球背面的家中，倒进院内水池；归途中在萨迦寺她获得了一根加持过的红布条，数月后在洛杉矶，格勒见她仍系在颈间。

神山给予的加持

神山脚下这一夜，无分男女，连同两位年轻背夫，全都挤进一间小屋。鸭绒被底下是赤地，冰冷，坚硬，硌得无法入睡。黄昏时分那阵子风雨雪花，渗透了房顶，一整夜持续滴滴答答。夜间忽觉肚痛，又千辛万苦小心翼翼从肢体间细寻放脚的地方才走出屋门。又是满天星光。前方三怙主的山越发的黑，冈仁波齐峰顶融入星光夜色，可见峰顶之下一段黝黑山体上层层雪阶。我视力稍差，夜间尤甚，后来听同伴们说可以看到峰顶轮廓。

翻来覆去直到凌晨5时，西部天亮得迟，比北京晚两个小时还多。好不容易敲打起小伙子们，点汽油喷灯烧茶，吃糌粑，背起行囊上路时7点整。依旧夜色深沉，唯有星光幽冥。手电筒小如萤火，烛照方寸之地。延续着昨日的兴致，又因今晨的道路当属全程中最为艰难的一段，反而格外兴奋——意念单纯，心无旁骛，只剩下赶路。

所谓最艰难之路，山道本身算不上难行，主要由于上坡，加重了缺氧感觉，待翻越这一段多石的漫坡大坡，登上海拔 5700 多米的卓玛拉山口，最难走的路就将结束。这一路我花费了 2 小时 40 分钟，从黑夜到天明到迎来初升的太阳。这一路我们走散了，小韩和杨成无牵无挂早早上了山顶，次丹多吉最健走，由于负责照应南希教授，无奈走走停停。我以较慢频率匀速行进，感觉得到胸闷气短，脚下绵软，但受着精神的鼓舞，一直勉励自己，感觉尚有余勇可贾。仍有兴趣回忆一个单词，想不起，便询问走在身后的人：扎呷啦，藏语的“风景”怎么说来着？

半晌没见回音，回头一望，天哪！此人已面无人色，嘴唇发青，将要昏倒在地的样子，坚持说了一句话：“我……实在不行了，下了山……再说吧……”

这个一向逞强的小小康巴汉子，做了学者就变了质，一丁点儿强悍之风也没啦！急忙招呼高处的次丹多吉，帮着背行李；招呼康巴背夫，拿氧气瓶来。在体力方面，扎呷比之次丹多吉差远了。次丹多吉说，上一回他陪一位汉族同事来转山，这 56 公里的山路一天完成。那位同事累个半死，次丹多吉将所有衣物行装水壶干粮全部背上，还要搀着同事下山。看来瘦弱的次丹多吉从小练就了一双铁腿：在家乡萨迦农村，他 11 岁起就边读书边挣工分。去山里捡柴，早晨三四点钟出发，翻山越岭；往返六七十公里，天黑之后背回五六十斤柴火。上了大学，去了北京，要做学问了，还是个山野的孩子。在他的人生词典里，就从无“艰苦”二字。在西藏下乡村是他最乐为的事情，吃糌粑喝清茶，宾至如归的感觉。

此刻的次丹多吉像个背夫，原先的背包上面，额外增加了从扎呷背上卸来的分量不轻的摄影包，那是南希教授的3台相机，分别拍摄黑白、反转和彩色负片。背负加重了依然显得轻松，次丹多吉一路指点围绕神山的3条转经道：冈仁波齐雪山隐约可见，你看离山顶不远，那一圈转经小路是空行母所行之道；再往下，中间的转经路是五百罗汉所行之道；最下方沿着山脚的大圈转经路，是我们正在走的六道众生所行之道。

看看卓玛拉顶峰在望，索性走得更慢了。一群老老少少转经者20多人从后面赶上来。一位与我年龄相仿的妇女打量我好半天，目光里透着友善。我也冲她笑笑，于是她便问我从哪里来，我乐意攀谈，提问和回答。她就说她叫冬米，冬天的冬，大米的米。说她在改则县气象站工作，家住县医院，让我们路过改则时一定去找她。这群人来自改则县，乘东风大篷车前来，6天里转了3圈。不打算久住，再转两圈就回去。

因为今年马年，来转山的特别多。据说阿里有关部门不提倡干部职工参加转山活动，但还是来了很多人，有些单位派车是以“春游”名义。我觉得来转山没什么不好，如同参加民间聚会和节庆，至少没坏处。凡转山者无不怀有虔诚善良之愿，心情像阳光一样灿烂，总之很美好。

正当我这样感叹的时候，忽然听说了一件匪夷所思的事情：就在前几天，就在卓玛拉山顶一座袖珍小湖旁边，有一来自川西的康巴姑娘被害，首饰被洗劫一空。此案本身就已令人震惊，居然发生在至圣之地，太简直了！听人议论说，在神山杀人越货，罪孽将是加倍的，将会永世沦入地狱无间道，不得进入轮回的。

这座小湖，据说就是神话里湿婆之妻乌玛女神的沐浴湖。

太阳升起时，到达卓玛拉山顶，转山此行制高点。山顶冰雪覆盖，寒风料峭，红红绿绿的经幡交错，垂挂如网。在同伴们的高声敦促下，我从一石缝中爬钻过去。这是转经路上必须进行的一项仪式：相传这个石缝是一关口，专门检验有罪与否，无罪之人顺利通过，有罪孽的会被卡在其中。不过一般说来，比较胖的人也可轻易过关。

看到了山上的湖，碧绿色小巧如镜面，湖畔是斑驳的雪。太阳明亮地照耀在上方山间，山窝的湖则在阴影中。难以忍受卓玛拉山顶的凛冽寒气，大家拍了照急忙下山。上山路为缓坡，下山却急陡，狭路险且不说，融雪冻成冰，一步一滑。只好临时结伴，手拉手在峭崖石区一步步寻找落脚的点。其实这才是转山全程中最难走的路，但毕竟是下山，心里轻松多了，不止我一人，所有人都轻松。

此刻已转至神山东侧。但见画风大变，远不及昨日，满目所见皆为风化严重的碎石山，整座山仿佛一触即溃。就这样的环境依然附会有许多传说，某某神、多个神的殿堂云云，没有刻意去打听，听到了也没记下来。

乱石山寸草不生，东边的宽谷地带却有河水流淌，有草泽，偶见远处帐篷羊群。在神山脚下吃草的牛羊有福了！以前此地肯定发生过泥石流，硕大石块密布谷底，已被流水磨去棱角，我们就在圆石上跳跃前进。选择一处草坪，烧茶，野餐，欢天喜地好开心。从这一侧所见神山之巅，形如馒头，主体部分则被一旁世俗之山遮挡。明净的自然之中，心境如此姣好，真是罕见。直到现在我仍惊奇于当时的感觉，总想着此生再没有比转山的那两天，更轻松更愉悦的心情了吧！

总是激动地诉说的次丹多吉一路同我交谈，文学，艺术，他的民族文化习俗，他所能想到的多个研究课题，他的焦虑——“我看到土林的流痕，就觉得它们是我祖先的眼泪；我看到山野荒风中的断壁残垣，就觉得它们是我们民族文化的眼泪……”他就是这么说的。他还说了一句令我印象深刻的话：“我觉得我的躯体属于这个世界，而我的灵魂，则属于另一世界。”

在一处山崖下，土红色的河水汹涌而下。次丹多吉就说，神山另一侧的清溪是神水，这一侧的浊流是药水，可治多种疾病，因为它是冲刷了神山的红石崖而来。随即，他就用这冰冷的水洗了头，我则洗了手脚。于是我们便远远落伍了。

太阳还高，时间还早。转过这个山弯，就是几公里长的汽车道，平平坦坦可以直达塔尔钦了。次丹多吉眼睛一亮：“好像是我们的车在等我们吧！”随即他又欢呼起来：“看，格勒老师来接我们啦！”

我们立即加快步伐，已能辨清格勒快步迎来的身影。一向对自己的老师崇拜得五体投地的次丹多吉，这时忍不住语无伦次起来，“我觉得，我们老师太伟大啦……看着他的动作，听着他讲话，都让人觉得……多亲切，多好！”

格勒满脸是笑地迎上来。我像小女孩似的大叫大嚷：“老师！快亲我们一下！”

身穿天蓝色鸭绒服的格勒张开双臂，把我们一左一右揽进怀里，再一左一右贴了脸——昨天早晨才分手，怎么就有隔世之感哪！

格勒说，本意是想车接一段，但前面那几位都说不能功亏一篑，余下的路坚持步行，谁都没上车。当然，我和次丹多吉也是同样，安步当车，就迎着夕阳走回去。

然后就是一路的感慨，转山之前自己的一切担心都是多余的，以往极不善走的我，居然一圈下来竞技状态尤佳啊！我觉得，这是神山给予的加持。

当然，神山的馈赠远不止这些，今后还要慢慢体会。

两百年间哪些西方人来过，来做什么

此前一两百年里，来过冈仁波齐神山的西方人不下百人，几乎皆为“非法”入境者。这个数字还是被人记录在案的，不知名者更多。基于当时殖民时代背景，担心外来势力渗透，当地官府奉命在普兰沿喜马拉雅加强防守，严禁外人进入，违者驱逐甚至处死。即使如此，潜入者依然不绝于途，这些人的功利目的包括：其一为绘制地图、为探测河源、为采集标本等带有科学考察探险的性质；其二为商贸活动；其三为打猎和登山——西方人总是捕食动物一样历史性地扑向自然。以上内容是由一本英文书籍《神山》披露的，而这本旧书是在普兰外宾馆见到的，我们很感兴趣，央求南希教授拣重要处读来，请格勒先生几乎同声传译，要言不烦极简化。于是仅用几个晚间，我们就弄明白了两个世纪以来，有哪些欧洲人来过神山，来做什么——

第一批到达阿里并转了神山的有两人，时间在1712 年。

1808 年，有个叫莫尔的人前来阿里购买珍贵的山羊绒（经克什米尔加工成毛衣，当时每件价值 200 美元）。此人印度人装扮。他转过神山，经噶尔昆沙去往拉萨，返回时买下大批羊绒，用山羊作驮畜。行至玛旁雍错时，驮羊死去很多，当他试图经尼泊尔返回时，被普兰官府抓获关押。

1846 年又有人来到神山，打算考察象泉河的源头是否在妖湖拉昂错，结果虽然分别找到了妖湖、找到了象泉河，但未找到连接处。因为他必须小心翼翼以免被发觉，在普兰考察期间只能夜间活动。

两年后此人的兄弟沿着象泉河进入西藏到达拉昂错。这个人首次发现了神湖玛旁雍错和妖湖拉昂错之间连接的小河。他的另一贡献是在冈仁波齐一带采集到大量花的标本。

1860 年，有人携带船只前往玛旁雍错，但被普兰宗本（县长）发现并杀死。

1864 年，有 5 位欧洲人在 60 个尼泊尔兵士的保护下顺利越过边境。他们的任务是先行探路，以便将来在这儿修公路。宗本惧其人多势众，只好放行。这群人去纳木那尼，猎获了大量野羊野牛；随后去冈仁波齐猎杀许多野物，然后经普兰返印度。

一年后又有两三人来塔尔钦继续行猎，其中一人在玛旁雍错钓鱼。这些人也想寻找象泉河源头，但由于对地理学一窍不通未获成功。这样多的人来神山圣湖渔猎杀生，宗本很生气，便把其中的一位关进监狱。

1904 年，占领了印度的英国人进军拉萨，并在西藏开办了 3 个市场，其中之一是噶尔雅沙。3 位英国人 25 位印度人并 46 匹马 100 头牦牛从江孜向阿里进发。他们得到西藏地方政府最大的乌拉牌，沿途可支差。这是一群奇怪的人，因为他们冬天来阿里。他们从事地理工作。先后去过冈仁波齐、噶尔、古格和托林，然后返回印度。

这期间有一法国人试图攀登纳木那尼峰但未成功。

1907 年一些贪婪的英国人去了嘎尼玛（市场）。因当时他们在噶尔设有办事处可以大量收购羊毛（绒），并向强巴人索取羊毛作为税收。

瑞典的地理学家斯文·赫定，得到了中国的护照所以能去新疆、西藏等亚洲腹地旅行。他仅仅用了 80 天就从新疆穿越羌塘到达日喀则。当地官员同意他经阿里去往拉达克。后来他荣幸地发现了雅鲁藏布江源头，并乘船游览了神湖玛旁雍错和妖湖拉昂错。那年正是马年（1908年），他转了冈仁波齐神山，然后去了狮泉河——他是到达狮泉河源头的欧洲第一人。

1926年，一些登山队来到西藏，其中有一对夫妇转过冈仁波齐。他们的野心很大，企图登上神山，但山壁难行，加之雷鸣电闪非常可怕，未能如愿登顶。

还有一位欧洲人企图攀登纳木那尼，便把头发涂黑，着印度装束。但他不会讲印地语，晚上到达普兰时假装肚子疼，未被发现。自此他便不讲话，只是经常登山。当地人感到奇怪，以为他是神，并差点儿告诉宗本，后来这人放弃了纳木那尼而去转了神山。恰巧此时阿里最高长官噶尔本也在转山。这位欧洲人最大的问题在于蓝眼睛，幸亏他低下了脑袋，噶尔本只看到他的头发是黑色的……

《神山》一书提到的来过阿里或转过神山的还有二战期间的奥地利人，1935年来过的著名意大利藏学家图齐教授。另外，来过此地的东方人还有一位日本人，自称汉人，僧人装束，围绕冈仁波齐转了一圈儿，没遇到麻烦。后来他长时间在西藏为人治病，写了一本很不错的书《西藏三年》，最终他被发现是日本人而被迫离藏。还有一位印度人，自1928年起连续7年每年都来转山朝圣，每次待上几个月；在1943年逗留的6个月内，转神山冈仁波齐23圈，转神湖玛旁雍错25圈，他后来写出两本关于神山圣湖的书，对于旅游、朝圣都是极好的参考指南……

后来在苏黎世，一位高个子瑞士学者送我一本有关冈底斯的画册，英文版，同样名为《神山》。我以有限的英文能力从中辨识试译了这样的一节——

凯拉斯在清冷的月光下闪烁，永恒而难以理喻。香客们误以为它仅为朝圣所设，而作为信仰的凯拉斯是一面镜子：雄伟壮丽并反映着投射其上的神性灵光。它本身不具备更多，除了石头和冰雪，但通过对它的凝视，它给予的一瞥成为无限。

第五章　荒原小城狮泉河

阿里及其三围名称由来

阿里地区面积 30 多万平方公里，总人口 6 万多人，算一算，差不多平均每 5 平方公里 1 个人。[①] 下设普兰、札达、日土、噶尔、改则、革吉、措勤七县，其中后三县为纯牧业县，自然地理方面隶属羌塘，即藏北高原。历史地理概念中的阿里，藏北高原是不含在内的，而是专指被称为“三围”或“三环”的普兰、札达、日土三地，分别为雪山环绕、岩石环绕和湖泊环绕之地。三地先属象雄，复归吐蕃，元代行政划归纳里速古鲁孙宣慰司，明代则在俄力思军民元帅府麾下。

古代阿里高原经历过的历史称谓，汉

① 6 万多人口来自 1990 年数据。据 2020 年第七次全国人口普查数据，阿里地区常住人口 12.3 万人，而总面积却有 33.7 万平方公里。可能地广人稀也是原因之一，进入 21 世纪以来，西藏各地区包括昌都、林芝、山南、日喀则、那曲纷纷改地为市，独有阿里地区一地依旧为自治区派出机构，称行政公署，领导称专员，行署驻地仍为噶尔县狮泉河镇。狮泉河镇在后文中或简称狮镇。

文的，最早可查到大小羊同（羊同为象雄转音）。到吉德尼玛衮其子孙开创古格时代多个地方政权，或称“领域三部”（纳里速古鲁孙之意译）。由于“阿里”本意为“属地”“领地”，有学者考证早在吐蕃征服了象雄，阿里的名字就出现在古藏文里。但在一般人看来，是在甘丹才旺之后，清朝初年才明确出现“阿里三围”之称，是从甘丹才旺的一番话里决定了三围各名称。

如前所述，拉达克王系与古格王系的源头出自同一血脉，但是选择了北方玛隅建起拉达克王室的兄弟，由于地理远与古格和普兰交往渐疏，后来的几百年里关系时好时坏，古格渐弱而拉达克渐强，强势的拉达克终于在 17 世纪 30 年代灭了古格，半个世纪后，又以支援同为噶举派的不丹法王的名义，举兵东进，侵犯后藏，西藏地方政权不得不出兵反击。

甘丹才旺是清廷敕封的西藏地方最高行政长官（蒙古族）达赖汗的堂兄弟，身为出家僧人，应召出山时还了俗，亲率 3000 名藏蒙骑兵西征，一举收复阿里，并乘胜追击至拉达克境内。大获全胜的标志性动作，是将战马拴在首府列城王宫前的石狮座上。由于他的军功建树，遂成阿里人有口皆碑的最著名英雄人物，相关传说堪与格萨尔王相媲美，阿里人至今津津乐道。

传说这样描述：甘丹才旺骁勇异常，拉达克人闻风丧胆，某将领落败后逃回列城，正在召集残部时，甘丹才旺从阿里边境的扎西岗一箭射中了该将领头盔。有人问你是神还是人？甘丹才旺说，我是人，但衣冠穿戴与众不同。于是拉达克人效仿甘丹才旺的穿戴，据说直到现在。

获胜后的甘丹才旺并未占领拉达克，心悦诚服的拉达克人送来许多杏干，甘丹才旺转呈拉萨的地方政府。拉萨人不知来历，想当然以为阿里特产，取地名阿里是“甜山”的意思。

甘丹才旺驱逐拉达克、收复阿里有赖于三场战役。在呈送拉萨的战况报告中，甘丹才旺描述了三战役情形：第一次战役在雪山环绕的普兰，歼敌像“拔一根毛发一样”容易——普兰，即一根毛之意；第二次战役在岩石山环绕的札达（扎布让），歼敌像“拔一根草一样”容易——扎布让，一根草；第三次战役在湖水环绕的日土进行，歼敌较为困难，像“啃骨头”一样——日土，啃骨头。

——此为有关“阿里三围”名称由来的另一版本。

阿里百姓与屡屡进犯的拉达克人不共戴天，杀死包括俘虏在内的拉达克人无算。在普兰多油乡，建有 3 座佛塔，名曰“崩莫切”，意指塔下埋有 10 万尸骨，为之超度——10 万是虚数，极言其多。该塔现已残破但遗迹可见。

甘丹才旺此前为扎什伦布寺僧人，率兵征战的需要才还了俗。虽然战功显赫，毕竟造下杀孽，于是战后在普兰县城建一贤柏林寺以赎罪。

当我沿着象雄—古格—近古阿里的脉络检索一番，自以为已大体明晰并尝试作以粗线条勾勒之后，不意却在西藏自治区档案馆发现明代档案原件，为明洪武六年（1373），明太祖朱元璋敕封搠思公失监为俄力思（阿里）军民元帅的圣旨。圣旨称，因搠思公失监“久居西土，闻我声教，能委心效顺，保安境土”，特敕封为俄力思（阿里）军民元帅。

问及搠思公失监其人，无人知悉，就连档案馆资深整理人员一时间竟也无从查找其人生平事迹，仅能由其名猜测大约为蒙古人吧！

问及明代俄力思军民元帅府这一政权的驻地、施政情况，及其与阿里诸地关系，一时间也是无人答对。

这件事情提醒了我，对于阿里尚有未知的许多片段。或者说，我们已知的古代阿里，恐怕仅是少许的片段。

阿里首府的变迁与沿革

甘丹才旺光复阿里，揭开这一地区的新纪元大幕，时值 17 世纪 80 年代，距离古格灭国正好半个世纪；新纪元开启，同时意味着此地此前的相对独立地位不复存在，西藏地方政府嗣后在此设立了比较正规的行政建置，据说是由甘丹才旺亲自选定今噶尔县的噶尔昆沙和噶尔雅沙作为首府（分别为冬、夏季驻地）。藏地称其长官为“堆噶尔本”，驻地称“噶大克”。噶尔本下设四宗六本。噶尔本官员由拉萨直接派出。由于阿里地处边境，噶尔本官员的品第较高为四品官，每 3 年轮换一次，甘丹才旺就任第一任噶尔本（相当于专员）。按照西藏政教合一体例，后来的噶尔本配置亦照例为一僧一俗。僧官名次在先并不主事，俗官名列其后但掌握实权。这些官员品第虽高，来阿里任职也只好住帐篷，“帐篷政府”。各宗（县）官员及头人前来拜会噶尔本，称阿里的最高行政长官为“乌固”。乌，帐篷；固，对上级的尊称，合起来便是“帐篷长官”。

据说就因为这第一任蒙古族长官带来游牧民族生活习惯，从象雄到古格象征王者尊严的王城宫阙就此废弃；而遍布象泉河谷各个高高在上的建筑群，恐怕早已随着古格的衰落而荒芜——总之史册已经翻页，甘丹才旺之后，换成藏族官员“阿里公”也是一样，无人打算重修王宫作府衙，直到20世纪50年代初，噶尔本留在噶尔昆沙的官邸，还只是一排夯土平房。[①]

从拉达克手中收回管辖权之后，阿里地区大部时间里和平安宁，贯穿清代两百多年，仅仅发生过规模不等的两场战争。第一场算是阻击战，是在1721年，康济鼐担任“阿里公”期间，出兵拦截了自拉萨溃逃过境的蒙古兵将。其时背景是：蒙古准噶尔部侵占以拉萨为中心的卫藏地区整整3年，终于在清廷派出的各路大军围剿下一败涂地，残兵败将意欲取西路逃回新疆伊犁老家，却不料在地广人稀的阿

① 噶尔昆沙现为噶尔县昆沙乡，阿里的昆莎机场就建在这里，2010年通航。除拉萨航班外，陆续开通成都、乌鲁木齐（经停喀什）的航线。

里遭到围追堵截。阿里公康济鼐功勋卓著，受到朝廷嘉奖并被任命为首席噶伦，即西藏执政者第一人。

相比这次占有一边倒优势的战役，1841年发生在阿里广阔大地上的反侵略战争更加惊心动魄，最终险之又险取胜，史称“西藏森巴战争”。其时背景是：印度道格拉人（藏语称其为“森巴人”）在短短几年时间里，一举占领巴尔蒂斯坦（现今巴基斯坦北部地区，别名“小西藏”）、拉达克，然后长驱直入，一路开赴札达、普兰。这期间被入侵三地都曾奋勇抗击，结果大不同：阿里保住了，巴尔蒂斯坦和拉达克失守，迄今沦陷于印巴克什米尔争端地区。这一场阿里保卫战的胜利意义深远，在中国近代反侵略战争中写下光彩一页。①

西藏和平解放后，阿里分工委、专员公署所在地就设在噶尔昆沙。现在与我同在文联大院的《西藏文学》主编李佳俊，1964 ~ 1967年间曾作为西藏日报、西藏人民广播电台派驻阿里地区的记者，正好经历了噶尔昆沙—狮泉河镇阶段。每当他谈起生命中最艰苦的这一段岁月，总是格外动容。

① 关于这场战争，次仁加布曾查阅大量藏文资料，写作硕士论文《试论西藏森巴战争》，详述战争始末（详见中国藏学出版社2000版《西藏森巴战争》，陈家琎主编）。简介如下：

道格拉人，西藏称其为森巴人，本在克什米尔查谟地区，锡克王国治下。野心勃勃的统治者古拉伯·辛格在占领了巴尔蒂斯坦（汉文古称大勃律，别名小西藏，今巴基斯坦境内）后，又在1834年（道光十四年）入侵拉达克。拉达克王曾向驻藏大臣求援，未遂，终致沦陷。在巩固了对拉达克的统治后，为了阿里的黄金矿和“软黄金”山羊绒，更为图谋建立所谓的“中亚大帝国”，古拉伯·辛格派遣猛将倭色尔于1841年初，以武力迅速夺取了从日土到普兰的整个阿里地区，所到之处，烧杀抢掠。此时的驻藏大臣名叫孟保，一闻敌警，即会同噶厦，派遣藏军代本久曲杰布和噶伦才丹多吉领兵驰赴阿里。由于倭色尔误判了局势，以为拉萨方面不会在隆冬季节出兵，所以就在当年12月，藏军突袭，在格尔东短兵相接，初战大捷：一举歼敌数千人，消灭敌帅倭色尔。但是随着战事的进展，藏军遭到暗算，被水淹军营，也打过败仗。1842年，双方谈判议和。最终结果是，双方停战，各自维持旧有边界。阿里虽然重回西藏，但拉达克就此析离——正当此际，英印征服了锡克王国，拉达克被纳入英印“保护”范围；而“旧有边界”本是一模糊概念，致使相关边地的争议延续至今。

1964年噶尔昆沙的建筑物，仅有一个大院落，内设分工委、行署、军分区、贸易公司等若干小院，房间狭小，土质墙却厚达一米。室内安放一张小床、一张铁桌及一只铁皮火炉后，再放一把椅子都难，全城干部职工400多人都住这样的房间。烧柴就烧驻地周围的红柳。这种植物根系极发达，又耐烧。难以挖掘，就绑上钢丝，拿拖拉机硬拽。海拔4300米的噶尔昆沙不产蔬菜，就吃野地里生长的野葱野菜。能干的主妇们用脸盆发豆芽，那是顶好的食材了。偶或有人从新疆带来点儿青辣椒和洋葱之类，总要欢天喜地请来三朋四友分享。李佳俊最怀念的是在山西人家里吃的“阳春面”，即以野葱野菜并油、陈醋、胡椒之类佐以面片，成为李先生阿里生活的最高享受，至今不能忘怀。他曾告诉我说平均每人每年“吃”一件毛衣的意思，夸张了，是指米里面里常见牛毛羊毛。物质的贫困倒在其次，邮路不畅通对于识文断字的文化人来说真是痛苦异常。每年11月开始到次年5月这一漫长冬季里，通往新疆的大坂雪封路阻，报纸、书信中断半年。这样冬季是难熬，对于那些恋爱之中又异地而处的年轻人可就加倍难熬。书信不通的季节，只好用明码电报互诉衷肠，哪里还有秘密可言呢！有一天，报务员收发这样一份电报：“我昨晚做了一个美梦趁你妈妈出去买菜我啃了你一口。”此事被当作笑料传播开来，领导认为是“资产阶级思想泛滥”，发报的小伙子和报务员双双挨了批评。

翌年冰消雪融的春季，邮局在5月初接到无线电波传来的消息：邮车已从新疆喀什出发奔赴阿里！这消息又经由电波飞传各县。这是一整年里最令人兴奋不已又坐卧不宁的时刻。数日后，当邮车抵达日土县，距噶尔昆沙尚有一天路程时，噶尔昆沙收到第二封电报通知，便做好了全面“迎驾”准备。第二天下午，按捺不住的人们全员出动，公路边，土墙上，引颈遥望的人们焦灼、激动，望眼欲穿地盯准了西北方向。当遥见烟尘陡起，人群便开始骚动，拥抱，呜咽，抽泣，啼哭声与欢呼声汇成一片。

二十几年过去了，李佳俊谈到这里时，还忍不住哽咽起来。我们几位在场听众也不免鼻子上部酸酸的。

年轻时还是多经历一些艰难困苦才好，它会成为终身财富，时间愈久愈有光彩。我们对安适的生活总是既向往，过后又总是无话可说。

但是，人不能终生艰难困苦，那会被生存问题淹没而难再举步前行。几十年间阿里人为生存进行了有成效的工作，然而付出的代价也够大的。后来我从杨松对于阿里的介绍中深切体会到这一点。

由于噶尔昆沙燃料困难，加之春夏雨季“翻浆”严重，房屋易倒塌，公路为噶尔河阻隔，车辆通行受阻，等等，早在60年代初便议论搬迁之事。搬到哪里去呢？李佳俊有幸追随当时的阿里军分区政委刘少雅，当时的专员，以及地委办公室主任李德普，乘坐一辆北京吉普，带上望远镜和军事地图，北到日土，东到革吉，周游各方，勘察新址。今狮泉河镇所在的狮泉河七八十公里长的河滩上，密密生长着西部高原的原始丛林——红柳。红柳是一种耐干旱耐贫瘠的植物，因其枝条呈紫红色故俗名之[①]。红柳丛林首先就吸引了这群风水宝地探寻者的眼睛。加之此地有山有水，拥有东西长40公里、南北宽10公里、面积大约400平方公里的大平坝，尤其是新（疆）—（西）藏公路、黑（河）—阿（里）公路交会点，交通便利，十分理想，虽有距国境线近且驻地无群众等不足，也都顾不上计较了。

后经北京批准，阿里的政治、经济、文化中心就这样转移到郁郁葱葱红柳丛中。然而红柳林并非永远的风景。如今那片风景只依稀存活于狮泉河镇中老年人的脑海。他们眯起眼睛赞叹说：多么茂密的红柳啊！站在大卡车上的两车人相互望不见！至于年轻人，则像听神话一样懵懂，这片风景在他们眼前压根就没存在过。外人所见的狮镇，是灰白色漠漠荒原，在西藏最强烈的阳光照耀下，空间大地干燥得透彻，乔木、灌木一应全无，绿色全无，犹如火星和月球。

这座晚近新生的小镇以其所依傍的狮泉河而得名。狮泉河是印度河上游，源于

① 红柳的学名为柽柳，柽柳科名下多属种。据了解，阿里地区的柽柳科自然植被主要由水柏枝属构成。

冈仁波齐山北侧。我们一行第一次走向狮泉河镇，是在拉萨出发后的第四天。公路在将要到达目的地的数十公里路段，傍着狮泉河而行。某处绿如毯、花锦簇的河畔草地，是远道归来的阿里人约定俗成的休整地。他们将在此一洗四五天来的旅途风尘，尤其需将他们的三菱、丰田等越野座驾开进水浅处认真洗刷，以便明光锃亮地驰入狮泉河镇大街。这心境这情形犹如我所熟悉的那曲下乡干部返回那曲镇的招摇过市一样。如月球也好，如火星也好，一旦心系于此，它便就是伊甸园。同行的洛桑，阿里地区经济计划委员会副主任，不过 40 岁出头年纪，已在阿里工作 18 年，而妻小都在拉萨。他很自豪地告诉我们，这条通往拉萨的线路开辟，从勘察路线到竣工通车，都是他一手负责的。当下我便想，藏族不仅是万物有灵论者，还是物活论者，其古典思维认为一切有机物甚至无机物的石头之类也有历史和行为，也有谱系传承。据此，道路也就有了族谱，高大魁梧的洛桑当是此路之父。

首次到达狮泉河镇的那一天是 1990 年 7 月最末一天下午。我们与阿里的 3 台三菱车同在狮泉河畔休息洗车，并拆换了左后轮胎，就此出现问题：轮胎中央 6 个螺丝至少有一半没拧紧。上路后即将到达目的地的喜悦使满车人兴奋：“狮泉河——How do you do! Love you——阿里！”不料乐极生悲，就在即将拐过山弯，狮镇在望的刹那，满车人都亲睹了我们的左后轮胎怎样从容不迫地径自滚向路基下方十数米开外。后面几辆车上的人也都看见啦！好在刹车及时，不至于在转弯时倾覆。驾驶员气急又无奈，抱怨扎呷在帮忙上轮胎时未能拧紧。后面车上的大胡子藏族驾驶员则回走片刻，寻捡回两颗螺帽，又从自家车上找到一颗，看看轮胎上面原有的 3 颗螺母未断，重又安妥轮胎，空车前行，我们满车乘客只得在刺目夕阳下，徒步前往狮泉河宾馆。

最偏远的最尖端：阿里的太阳房和光电站

夕阳下的狮泉河镇娴静地铺排在广阔的滩地上。四分之一个世纪前的小镇规模仅限于目前镇中央一小片地方。1966 年搬迁来的地区首府，是按 800 人规模设计的：迁来 400 人，预留 400 人发展余地，这在当时还算是大胆设想。全镇当时拥有一口井、一家商店和一间发电房、一台 84 千瓦发电机。修建的最大建筑物为 650 个座位的大礼堂——为此，当时主管基建的李德普在随后的"文革"中受到冲击批判，罪状之一是"好大喜功"：盖了座那么大的房子！

但是，阿里的发展速度超出了所有人预想。这个按 800 人容量设计的城镇，8 年之后闹起房荒，10 年之后只得盖起大量简陋的临时建筑供办公栖身。到 20 世纪 80 年代末期，伴随着改革开放进程，狮镇大规模发展，充起气来似的扩张。杨松在担任阿里地区计委主任和副专员期间所从事的重大项目之一，便是大力推广太阳能采暖房。凡新建公民建筑除去仓库，一般均按太阳房设计。这是一项地区的决定，不得违反。所以阿里地区就成为国内利用太阳能最好的地区，太阳房面积最多的地方。所建 7 万余平方米的采暖房，占全西藏同类房屋的一半以上。

1981 年 6 月 29 日，中共中央总书记胡耀邦同志给西藏自治区党委书记阴法唐同志来信专门谈到能源问题。信中写道："西藏这样的地区，必须从现在起就一步一步解决能源问题。"还说，"西藏这样的地区，很可能适宜搞太阳能。"我们将要来阿里的前几天，恰值早已离任的阴法唐书记正在拉萨访问。听说我要去阿里，特意找到我并嘱好好了解一下狮泉河镇太阳能利用的情况。这位戎马一生的老将军，在藏任职的最后几年里，致力于西藏能源事业的开发，以造福于他深爱的西藏人民，离休了仍念念不忘。

当然满口答应。到达狮镇看了看，只见到黑色墙体的新建筑平地而起，可惜时值夏季，未能体会太阳房的优越。当时杨松副专员在北京出差，未遇；随后他又调离阿里。直到前不久，已担任自治区人民政府"一江（雅鲁藏布江）两河（拉萨河、年楚河）"治理规划办公室主任的杨松才应请介绍了修建太阳房的前前后后。杨松是 1976 年与我们同批进藏的大学生，十几年间正好经历了阿里的一个转折时代，而他自己，远不仅仅是个参与者。我采访了他，以下是基本不需要整理的录音——

说起阿里太阳能利用问题的提出，实在是为生存所迫，万般无奈，别无选择。

由于阿里高原特别的自然、气候、地质条件，一向缺乏常规化石类能源的煤和石油，也缺乏传统燃料的薪柴。此前阿里的社会结构为封闭体系的牧业经济，仅有少量农业，为游牧、半定居和少量定居的格局，能量的简易循环即可满足生存所需。而现代社会的城镇化趋向，则对能源问题提出了较高要求。

搬迁至狮泉河镇之前，新疆、西藏两个自治区都慎重地考虑了这一问题，认为解决能源的根本措施是利用狮泉河建起水电站，解决取暖、做饭、生产生活一系列问题。为此曾设想过多种建站方案，并报请中央批准，由中央各有关部委参与论证研究。1969 年 12 月，由毛主席、周总理亲自批示的中共中央中发某号文件正式批复。但这个 1200 千瓦的水电站没能建起，主要原因在于阿里地层条件差，80 米深处仍属第四纪覆盖层，且该地又是 8 ~ 9 级地震区，勉强建起的大坝将是极不牢固的大坝，只得放弃。由于同样的原因，各县水电大多失败。普兰县建于孔雀河上的 150 千瓦电站是成功的，但也仅供照明之用；札达建一个 24 千瓦的、日土建一个 18 千瓦的，只能算是微型电站吧！门士所建 150 千瓦电站，总共发电不足 24 小时，一场洪水下来，堤坝被冲垮。

烧牛羊粪其实也是间接烧草，仍属对植被的破坏。且因阿里地广人稀，粪便收集困难；收集起来运输线长，得不偿失。

在门士发现煤层让我们兴奋了一阵子。倒是层状分布，但煤层薄，最厚的1号井不过40厘米，其余煤层薄到20厘米左右。产量低，煤质差，海拔高达5105米。勉为其难坚持开采下去，当然不能根本解决燃料问题。

本地看来没指望了，就把目光瞄向外地。从新疆方面运来原油——南疆发现石油，尚未建成炼油厂，将井喷后流到戈壁滩上的原油收集起来，5元钱1桶出售——为烧这难弄的原油大伙儿绞尽脑汁：用砖块在油中浸泡两天后放在炉内点燃，或用罐头盒戳个洞，接上管子让它缓缓滴进炉灶中……一时间，狮泉河镇最清纯的空气给弄得乌烟瘴气。后经查资料不得了！这种未经提炼的原油燃烧后对人体大有损害！烧柴油也是，因为没有配套的炉具灶具，效果事倍功半。

随后就是从新疆调运原煤和焦炭，从拜城运到狮镇，足有2200公里。山高路险，运输线长，尤其进藏路段运费50元一个吨公里。算一算，运来的每吨焦炭折合近700元。

再后来又打地热的主意。自治区以巨额投资重点抓了朗久地热电站。有人曾建议修一个30多公里长的管道将地下热水送至狮镇供取暖之用。可是也不行：朗久地热的热值本来就低，仅有90℃，远程输送到狮镇，那还不成了凉水！

寻找能源，一寻十多年。这期间只得依靠烧红柳解决饥寒温饱问题。耐烧的根部很难挖掘，只得动用推土机开路，再以钢丝绳捆绑，最后用汽车强行拽出。实在难搞的，就钻上眼，放进炸药轰炸。与此同时，各县也大显身手，烧红柳，烧刺柴、爬地柏，札达还烧过珍贵的沙棘丛。十多年过去，狮镇上下游差不多80公里的红柳滩被剃成光头。现世现报，我们随即遭受到大自然的惩罚：由于植被破坏，土壤保水土能力差，每年春夏之交，雪山融水使狮泉河水明显加大，洪水曲线显著上升，而冬季的风沙更加凶猛。1978年的洪水危及狮镇，全镇人奋起抗洪——后来每年春季植树，我们总要调侃当年挖树毁林的老同志：既有今日，何必当初？

烧光了红柳，日子越发难耐。狮镇海拔4300米，气候干寒，采暖期长达9个月，至少也在半年。冬季绝对低温达 −34.6℃，夜间连暖水瓶里也结冰。我们真正体会到冷的滋味：白天在办公室里冷得坐不住，夜间在宿舍里冷得睡不着。那位黑龙江来的李德普，在札达县当县委书记时，晚间就去有家室的职工家围坐炉前聊天，可到该睡觉的时候只得告辞。回到冰窖般的小屋，就点两张报纸左右挥舞，待意念中感到寒气已被驱散，便迅速钻进被窝——冬夜，人们千万不敢脱掉毛衣毛裤钻被窝。

烧饭也成问题。由于缺柴，机关食堂停火。单身职工度日如年，时常因无柴而饿肚子。那时，每位干部每年仅分配半车柴，哪里够烧！在县城，在狮镇，就有人拿报纸烧饭。只是报纸特别不耐烧，需高度集中注意力，一刻不停地往灶内续报纸——做一顿饭真紧张啊！

一年 365 天的报纸，正正好好可做一顿饭。

这问题也成了揶揄人的话题。有个干部叫王继武，被别人戏称为“烧别人的柴不烧自己的柴，戒自己的烟不戒别人的烟”。前半句的意思是，王先生时常去别家“蹭”点儿暖和气，打扑克，聊天时热情地帮人家添柴；待到别人到他那儿串门聊天，他可就袖着手陪着别人挨冻。

阿里的部队、机关，基本生存都出现了危机，谈什么保卫边防、发展进步！这个问题折磨得我们食不甘味，夜不安枕。

此时已进入 80 年代。一个偶然的机会，我从一本科技杂志上看到了加拿大的太阳能采暖房并附示意图，心里一动：狮镇的太阳辐射强度高于拉萨，在世界上仅次于埃及开罗，为何不如法炮制，也利用一下太阳能呢！

随后就是去上海的太阳能所，去甘肃的能源所，再后就是甘肃的专家来阿里考察，最后是 1983 年底，阿里首批 1800 多平方米的太阳能取暖房建成。大功告成！当年冬季的测试数据：室外 −25℃，室内 9℃，室内外最大温差达 34℃！

1985 年，我担任地区计委主任，便借助有权有钱的优势，说服了地委、行署支持这一事业，下发文件，强力推行。规定今后凡新建公民建筑，除库房外，一律建成太阳房。就这样，这些年来阿里建成 7 万多平方米的太阳能取暖房，大大改善了办公和生活条件。其中有地区自筹资金300万盖成的地区中学教学大楼，藏式建筑风格，全套电化教学设备，到20世纪末也不会过时的。学生的学习条件真有翻天覆地的改变：从前学生的手冻得红肿溃烂，握不住笔，现在教室里明亮温暖，学生、家长、社会都满意。

至于这样的好事为什么还要硬性规定，强行推广？有几点原因。其一是造价较高，每平方米较之常规建筑要高出100多元。其二是许多人囿于传统生活习惯：非用炉火取暖不可。其三是燃料大锅饭：各单位拉煤来，无偿供给。对于第一个问题，一算账就明晰：从新疆拉煤取暖，平均每平方米办公室在整个寒季需开支100元，按10平方米计算，每人每年取暖费达1000元。太阳房一次性投资偏高，但办公室百分百节省燃料，仍然合算。对于燃料大锅饭问题，坚决打破它，改为个人燃料包干——一个太阳房，涉及了思想观念、生活习惯、经济体制、分配制度等等方面的问题。太阳房既是科技问题，又是建筑问题，也反映了观念问题，还有美学问题……于是太阳房迅速普及，百花齐放，根据不同的建筑物功能，采取不同形式，有采暖房、保温房、被动式太阳房、主动式太阳房，还有主、被动混合型太阳房，共达十几种，其中有三种最成功，有推广价值，不仅在阿里，还想在全藏推广……

以上过程还只是关乎温饱的基本生存，往下的访谈内容则更多涉及发展进步——

阿里成功进行了太阳能采暖房的尝试。为从根本上解决能源问题，在1985年大规模推广太阳房的同时，又瞄准了光电机。光电池，被视为20世纪科技奇迹，并且有望在21世纪成为世界各国的主要能源之一。杨松捕捉到这一信息，下决心要使阿里越过明线电缆、微波等一系列常规发展阶段而直接跃入卫星通讯时代——短短几年过去，他至少部分做到了这一点：当代尖端科技移植成功，现代文明在阿里初露端倪。

西藏自治区提出要在阿里建一广播电台，杨松说不，要干就干电视台。他认为，越是偏远地区，越应率先发展电视事业，因为电视是改革思想观念、缩短本地与先进地区差距的有效途径。关键在于能源问题，首先排除柴油机发电。柴油机发电电压不稳，难免不烧毁机器。只能建光电站！ 1986年，率先在地处藏北高原的改则县城建成644瓦小型光电站，发射3个频道。结果，光电系统非常成功，收视效果相当漂亮！

索性一鼓作气，继改则之后，又于1987年开始在同属藏北高原的另两个牧业县措勤、革吉相继建成以光电为能源的电视卫星转播站，其中革吉县的设计功率较大。此事由杨松代表阿里地区提出，经由国家计委西藏经济工作咨询小组办公室主任王海大力支持，国家有关部门通力协作，利用国内现有技术设备，终于建成国内目前最大的光电站。1990年5月18日正式发电，供应全县电视收视和大半个县城的照明。设计规模为10千瓦，但经实际测量，功率已达11.8千瓦。超额是因为采用国际通行标准设计，但阿里的阳光突破了这一标准因为它更加强烈。

看来阿里要走光电之路是确定无疑的了。今年（1991年）革吉所属四区都将建起小型光电站，明年（1992年），改则将要建起20千瓦的较大规模的光电站，西藏自治区规划要在“八五”期间消灭无电县，阿里的经验对于解决藏北等地能源问题提供了样板。杨松结论说，越是不发达地区越需要采用最先进技术。因为就管理而言，越是先进的反而不复杂。例如太阳能光电站的管理，就是所有电业设施中最简单的：只消定期检查线路、为电瓶注水、保证光电板清洁就行了。

多少年来，西藏及各地领导层为能源问题愁肠寸断，基层干部百姓为了用电需求可谓望眼欲穿，看来阿里的实践提示了解决的希望与可能。但目前光电系统价格仍然高昂，阿里以其经济实力作后盾——自1983年开始，阿里的经济就搞活了，利用本地畜牧业资源和矿产资源大赚其钱——领先于西藏乃至全国的光电事业，使阿里这个中国西南端的偏远犹如“界外小邦”的地区，就这一意义来讲，成为最荒僻的也是最先进的典范。[①]

① 多年来阿里地区致力于解决电力问题，可谓千方百计，但是最终还是需要仰赖国家力量。2020年7月26日，西藏阿里电力联网工程全线贯通投运，一举解决阿里长期孤网运行和严重缺电问题。不仅使得西藏统一电网打通“最后一公里”，同时意味着国家大电网从此覆盖中国大陆所有县域。这项世界海拔最高的超高压电网工程，还被誉称为“最美电力天路”：大规模采用景观塔电力线路，羊头形状，美观也壮观，富有现代感。

整个70年代，阿里地区的行政人事由新疆代管，所以虽属1976年同批进藏大学生，只有新疆的同学们直接分配在阿里地区；而除新疆以外的全国各省学生，则相继集结在拉萨，分配至除阿里以外的西藏各地市。所以说，杨松跟我是同批进藏同学，同学们以能干的杨松为骄傲。想当年，杨松乘车沿新藏公路进阿里。这是一条海拔最高、气候最恶劣的公路，它在连接喜马拉雅、冈底斯、昆仑山、喀喇昆仑山等著名大山脉的山结间穿行，山高路险，冰封雪裹。年轻的杨松眺望着连绵峰岭，茫茫戈壁，心想大自然如何可能战胜啊！但当他注目于曲折起伏的山路以及路旁的电杆电线，又不禁想到，虽然有限，但人对于自然还是可以有所作为的；在阿里下乡日久，目睹牧民们特别的生活习俗，感觉到人和自然并非对立关系，原来是可以和睦相处、融为一体的呀！经过十几年的工作实践，尤其是从事太阳房、光电站事业的成功，使杨松自信而豪迈地想到：人与自然可以在更高的层面上和睦相处，大自然提供了广阔的开发舞台，可以尽其所能地利用自然为人类谋求福祉！

四十年前的一桩往事

新疆与阿里关系密切，渊源深长。在介绍阿里和狮泉河镇的时候，一件往事不该被忽略。

我们到达狮泉河的当天，7月31日，阿里行署与阿里军分区联合召开“进军阿里四十周年庆祝大会”。阿里的当代史自40年前这一天开始。

1950年初，中央确定了由川、滇、青、新多路向心进军西藏的战略部署。为配合西南主力，西北局命令新疆派出一支部队进军藏北，解放阿里。为此，组建了进藏独立骑兵师。同年7月，李狄三同志接到命令：率领由汉、藏、蒙古、回、维吾尔、哈萨克、锡伯等7个民族136人组成的先遣连先行进入，其主要任务是侦察道路、了解情况、宣传群众、争取上层，为大部队进藏创造条件。8月1日，先遣连从昆仑山脚下的新疆于田普鲁村誓师出发。

阿里历史就此掀开新的一页。与这一时刻同时列入史册的是李狄三同志，他是革命英雄，也是传奇人物。

李狄三，1914年出生于河北省无极县城道村一户贫寒人家，1938年入党，次年参加八路军。延安抗日军政大学结业后，分配至南泥湾三五九旅，参加过保卫延安的战斗。解放战争中随大军西进于田。待亲率先遣连南下阿里，开始了他人生中最艰苦、最辉煌的最后一段经历。

翻越冰峰雪岭、荒滩戈壁，克服了高山反应、雪盲、各种疾病的困扰，先遣连到达今改则县的扎麻芒保地区驻扎下来。此地海拔高达5000米，荒寒野地里瘦草疏落，唯见刺柴蓬生——扎麻芒保，正是“毛刺很多”的意思。此时，阿里噶尔本派员前来接洽谈判，一个名叫才旦彭加的秘书心存偏见，又不知高低，居然要同解放军比试枪法。

消息传开了，比赛那天远远近近的藏族牧民赶来观战。大片开阔地作了靶场，摆放牛羊骨当靶标。藏兵们射击时子弹去向不明，引来哄堂大笑，而先遣连战士举手之间，百发百中，围观者喝彩不绝。才旦彭加想挽回面子，要求与李狄三单挑较量。那好吧！李狄三出列，掏出驳壳枪连射 3 发，弹弹命中；才旦彭加连射 5 发，无一命中。随后，作为表演项目，李狄三命令炮手炮击，作为目标的石堆顷刻间被炸得碎石纷飞——不过雕虫小技而已，但是壮了军威。此后，解放军格萨尔王般的神勇传说与秋毫无犯的好名声一道飞遍了草原。直到今天，阿里人还乐此不疲地谈说当年这场富有戏剧性的比武，尤其炮击。

随后的日子对于先遣连来说却就暗淡下来：道路为风雪所阻，后援完全断绝。扎麻芒保艰苦卓绝的一个冬春里，马匹倒毙，粮、盐告罄，仅靠清水煮野驴肉维持。尤其糟糕的是纷纷患上一种无药可治的病症：全身浮肿流黄水直至死亡。很可能是当地水质有害所致。李狄三未能幸免，但他长期隐忍着病痛，顽强地支撑起全连的精神。直到他昏倒在地时，战士们才发现他的绑腿早已深深勒进浮肿溃烂的肉里。硬是凭了那种精神，李狄三屡屡挣脱了死亡的纠缠，直坚持到 1951 年 5 月 28 日大部队开赴扎麻芒保之际，他亲眼见到后来者，才欣慰地闭上了眼睛。第二天，部队为李狄三和他的 55 位战友举行了隆重的追悼大会。20 世纪 60 年代，他们的遗骨迁葬于狮泉河镇的烈士陵园中。

寻找李狄三遗属的工作颇费周折。他只在离开于田时给家乡亲人们发过最后一封信；牺牲前既未留下家址，也未向父母妻儿留下遗言遗物。直到 11 年后，1962 年，组织上才设法找到他的家乡、他的亲属。

先遣连以其壮烈的气概、非凡的功勋，被新疆军区授予“进军阿里先遣英雄连”称号，每人荣立一等功，每人获得“人民功臣”“解放西北纪念章”各一枚。

死者长已矣，生者为之长唏嘘。我们已铭记。历史已铭记。无论时代发生怎样的变化，李狄三所标举的那种纯粹精神仍然是一面旗帜。

新兴小城的现代拼贴

被掀开的阿里崭新一页也已成为历史。狮泉河镇迎来当代，迎接改革开放后的八方来客。虽然依旧年复一年地经历漫长的风季，短暂的雨季，有限的下雪日和无休止的骄阳。

20 世纪 80 年代以来再次开创新时代。直接的大气候大背景在于全国范围内实施的改革开放。狮镇风景最显著的变化之一是集市的扩大繁华，位于镇南狮泉河北岸的贸易市场，带着仓促潦草的痕迹，几条纵横斜向的狭道旁，挤满了高高低低半临时性建筑的铺面。与西藏其他地区大不同的一个景观，是经商的新疆人大量出现。此外，决心把川味推广到天涯海角的开餐馆的四川人，走遍全国从事裁缝修鞋业的浙江人，遍布藏地经销民族日用品的青海、甘肃人，出卖劳力的汉族人以及无所不在的康巴人，等等，倒是同其他地区类似。

人口多寡也往往是繁荣与否的晴雨表。当初按800人设计的城镇规模，仅占现今镇中心一隅，四分之一个世纪里已是多少倍的扩张。1980年之前除在职干部职工外，仅有城镇居民一人——此人实为游牧至此，后被某单位招收做了临时工——但到了1980年，狮镇常住人口已达3000人，暂住人口2000人。这之后，每年夏季流动人口超过常住人口，1990年暂住人口5000人，同年全年流动人口达4万人次，居然接近整个阿里地区总人口数目。从前流动人口大多为“候鸟”型，到冬季便会急剧减少。1990年常住一年以上者100多户，而狮镇居民则不足300户，这些数字都是1991年进行人口普查时，行署下决心，拉开人网，每一角落都搜索遍了，方才得到的。连普查人员也甚感惊奇的是，有十多户竟连续居住达10年以上，并且还有外来妇女在狮泉河的医院生小孩的情况发生；另有改则县一位建筑队成员，与当地一牧女结婚定居了。阿里干部感叹说，要说阿里艰苦可真艰苦，可就是有不怕苦的人争着抢着来；新藏公路上几乎年年都有人因缺氧而亡故，但更多的人却涌了进来。一是建筑施工，二是经商——都想赚钱，而国家集体个人果然都赚了钱。改革开放，商品流通就是这样不可思议：究竟是谁赚了谁的钱？

藏民族传统观念里面缺乏商品观念，传统生活中的农牧民不信任、不情愿借助商品流通媒介，而宁可世世代代赶着牦牛驮羊进行农牧盐粮交换。整个西藏直至近现代才出现了几大商人，也有贵族家户经营商贸运输业，但经商者普遍地位不高。在拉萨等地，最活跃的商人是回族人：世居拉萨的从前来自西部克什米尔等地的穆斯林，来自青海、甘肃的回民等。在阿里，则是新疆维吾尔族人。穆斯林充当了当代西藏商品流通媒介的一支活跃而重要的商旅。

伊斯兰教本就有着深厚的商业背景和经商传统，重商主义的传统进入西藏高原已久，从事国内外、地区内外的商贸活动已久。拉萨八廓街的佛像法器甚至大都为回民所制作——而伊斯兰教教义原本是反对偶像崇拜的，是不提倡对于偶像物的制作和销售的，但是向佛教徒提供其宗教及世俗生活的一应物品，似乎另当别论，是不是体现了回民经商的灵活性。

前两年在北京大学，结识了年轻的社会学家周星。身为费孝通先生的博士后，正在按照费老要求做着“回民怎样上高原”的课题研究。去甘肃省临夏回族自治州做调查，他看到临夏的作坊里加工的是地道藏货，不久便会在拉萨八廓街出现。仅临夏一州，就有上千辆个体车往返于青藏高原。周星极其赞赏回民在农牧之间、地区之间、民族之间致力于沟通的努力，他转述了费孝通先生一个观点：高原牧区必须走现代牧业道路；每一文化模式的发展都须借助启动因素，而回族的努力有可能构成这种启动机制。[①]

在狮泉河镇，我重又看到在拉萨所见情形，从青海、甘肃回民到新疆维吾尔人，代表了一种以商品经济为突出特征的异型文化，从拉萨城到狮泉河镇，对于藏民族传统经济观念进行着持续的又是空前猛烈的冲击。

此前从未去过新疆，因之对新疆的“吃”文化（羊肉串除外）当是首次接触。他们以肥羊、黄萝卜制作的抓饭具有异乎寻常的浓烈膻香。还有那招揽客人低沉的嗓音、浓重的鼻音、短促的音节同样给人留下深刻印象。新疆人烤羊肉串摊位，已经伸展到拉萨。新近见到一位，生意极好，拉萨人认准了新疆的羊肉串，说比汉族人烤的地道。因此这位制作羊肉串的师傅大获收益，每月收入保守说来也有好几千元（他自己承认的），足足一位普通的国家干部职工当时全年工资收入。

当代阿里的北大门始终敞向方便和富有的新疆，虽然20世纪80年代以来行政重归西藏，但是不仅阿里的边防由新疆部队镇守，地方干部的衣食住行也差不多端赖新疆，就连干部本身也多为新疆所派遣。干部休假，总是沿新藏线北上，走喀什，飞乌鲁木齐，再乘火车去往各省。阿里干部们说话，不由自主带有新疆人的鼻音；阿里的市场也沿用新疆人习惯的公斤

① 2006年9月间，笔者去甘南路经临夏，街头店铺所见，俨如拉萨八廓街，一应商品皆有：金属的宗教用品，石头料器的各类饰品，棉线毛线的氆氇和挎包，等等。店主人说产地比拉萨价格便宜。当地干部自豪地告知，仅临夏一州即有10万人奔走在青藏地区，经商和劳务输出是当地脱贫的主要途径。

制。例如，目前狮镇市场上（从新疆运来的）猪肉、羊肉已卖到每公斤二十几元了。听说新疆人所卖羊肉，往往取材于本地：每年9月前后，草场将要黄萎，羊子正是最肥的时节（阿里羊子最肥不过四五十斤重），新疆人便以较低价格大批收购活羊，边放牧边赶路，走上月余回到家乡。经过一冬收圈饲养，春季里羊只体重可较前增长3倍，重达一百四五十斤。待把其中一部分返销阿里，当然有钱可赚。

以往阿里干部吃肉多为本地牧区收购，约10元钱1只羊，只在年节采办年货时从新疆成批运来肉类副食。但改革开放以来，全藏范围内取消了农牧区税收派购任务，牲畜私有私养，加之商品经济来势迅猛，有关管理部门措手不及，吃肉率先就成了问题——此为当今狮镇一个小插曲。

新疆来的商人们拥有天时地利优势，生意做得好，能干的康巴人不甘示弱，也充分发挥了自己的优势——语言相通，了解农牧民需求，不怕吃苦，不嫌麻烦，生意做得活：开着装满货物的东风大车，在阿里高原一个帐篷一个帐篷地流动推销兜售。农牧民向无讨价还价习惯，加之送货上门，购买能力仍然可观。

阿里虽有边境贸易传统，但多为以物易物小额贸易。当地百姓中少有职业商人，仅在普兰有坐地商户；我在狮镇采访中得到一数据：领取营业执照者为600余人，基本为外来经商者。

文化应当是在故乡风景中生长的。现代类型的狮镇格局、建设风格及生活方式则是引入的。我对于熟悉的藏北那曲镇的评论尚且是“大草原的异己风格”：大自然的异己分子，违心之作，存在得似乎没有道理。狮泉河镇除上述诸种唐突荒诞感外，还远不及海拔 4500 米的那曲镇尚有历史，有寺庙，有居民，有牧场。狮镇则既无历史，也无寺庙，因为干燥的砂碛土地难以生长牧草，农牧民皆无。该镇的存在及其一应风光均属人造。

所以有些西藏之外的旅游者不能够喜欢狮镇也在情理之中，他们感到它像是从别处撕下来硬贴在此处的粘贴画，一切都不谐调，别扭，无根基……诸如此类。

人生之缘各有分定，不能强求他人爱你所爱。这个荒原上突兀而起的小城镇，确实难以让人一见钟情。但我不去说不喜欢它，这基于一个理解：狮镇的出现以及现有面貌，正是阿里身处急剧变革时代，一切都还“来不及”的现身说法：来不及深思熟虑，来不及过渡植根，来不及协调融合，来不及从容不迫，以至于来不及取悦于人。

阿里三围之所以在漫长历史中不时成为独立王国，原因在于这一范围内农牧兼有，自成生存体系。历来的阿里生长了植物般的农民，羊群般的牧民，由于它的位置所在及生存必需，它还季节性地生长着帐篷贸易集市。但它不会自发生长很多东西，例如现代化种种。在它的历史上也多多引入并非本土生长之物：佛教及其艺术，天主教堂，噶尔本政府，羊肉抓饭……阿里自会鉴别选用，择其善而优者以从之。

狮泉河镇已然存在，作为地方中心已经显现作用和影响。它逐渐化入那片荒原，汲取并散发，改变着先前面貌，为之增添了新的景色与元素。社会生活呈现着生机，而大自然，也以某些信息给狮泉河人提供着安慰：十多年前看似“斩尽杀绝”的红柳，以其顽强坚韧、不屈不挠的生命力，从残存于大地深处的根须中再次萌发，拱出地面——这种耐高寒干旱的植物植根之深、蔓延之广是自然界的奇迹，非如此它不能吸取到地下水——它们被消灭掉茎枝和根部主体之后的 5 ～ 10 年之后，仍能抽枝条、吐叶瓣，但愿它们再生为莽莽丛林，重现昔日辉煌。[①]

① 1992 年本书初稿中曾对 20 世纪末的阿里有过展望：上万千瓦级别的大型电站，飞机通航，口岸开放，与内地联合办厂，等等。2006 年在此加注为：明年开建机场，大约 3 年后通航；狮泉河上水电站今年建成（第一台机组发电）；口岸开放未能如愿，边境贸易仍在小规模进行。已经实现了日土的优质山羊绒深加工，正在打造“金哈达”品牌；狮镇的植树造林有了成果，马尾柳成活了。2012 年再访阿里，是从拉萨起飞的，降落在阿里昆莎机场；再访狮镇，但见满街红柳花开。

欢聚在狮泉河畔

不知道这个陌生小镇对我抱有怎样的态度，是不欢迎呢，还是由于太欢迎而格外让我留下深刻印象——继第一次迫使我们步行进入该镇之后，8 月 26 日凌晨，当我们从普兰再返狮镇，相距十多公里处，它再次让我们当了“团长”。

早在前往普兰的路上，老孙的车就出了问题：没有刹车。离开科加村后，在险峻山道上，当两次冲不上高坡，随之沿着坡道自行下滑停它不住，被迫将车屁股抵向峭壁以强制停车时，方才意识到潜在危险。为确保外宾安全，格勒当即决定陪同南希转移到杨成的车上，那车虽无加力挡，上山需步行还需推车，安全系数却大。同时换下韩兴刚和扎呷到我们车上。这二人身手麻利，一旦发现危险苗头，会立即跳车，拿石块垫车轱辘。甚至有几次，当还未确定能否冲得上去，韩就纵身跃出，一两秒钟之内已将石头塞进轮下，很英勇的样子。

从塔尔钦到狮泉河镇的路较为平坦，两台车一路无话。行至噶尔藏布江边，我们打算抄近道涉水而过。河边停放两台载有朝佛群众的东风车，这群人发表意见，有的说小车可过，有的说难。老孙决定冒点儿险，就加足马力横渡噶尔藏布。小"北京"犹如水陆两栖坦克，轰隆隆勇往直前。河水从脚下冒出来，行至河心差一点儿熄火。在车里的人、岸边的人高声胡乱呼喊声中，终于水淋淋爬将上岸。没有加力挡的杨成自知无此能耐，掉转车头沿着比我们绕远 40 公里的旧道前行。我们两车的对讲机一直好用，关键时刻却不响了，自此两车失去联络。

鉴于离开普兰并转完神山即算完成了阿里的主要任务，又鉴于韩、孙诸位提供的具有决定意义的帮助——对于我来说，格勒他们也是帮忙者；重返狮镇第二天恰好是我 8 岁儿子的生日，我便趁机公布了将于此日在狮泉河镇请大家的客，享用一餐新疆风味的饭菜以示答谢。现时就盼着早到狮镇，整理内务，准备生日宴会。

涉过噶尔藏布时天已黄昏，前程是荒野沙原，道路难辨。曾有几回车陷沙窝中，只得以手刨沙，合力推车。四周无水可汲用，水箱不时沸腾，又要调头迎风降温。就这样走走停停，到清晨 5 点钟，彻底休息：瓦缸烧掉了。据判断，此山头距离狮泉河约有 10 公里之遥。习惯了挫折的人们任谁也没多说一句话，一张张听天由命的面孔。耿师傅和扎呷两人步行前往狮镇求援。小韩从后座起身去驾驶座，我也毫无谦让之意，打开鸭绒被，占据了长长的后座。这一切都在沉默中进行，我们三个：韩、孙和我，就在荒无人迹的荒原入睡，车身在山风中微微摆动。

上午 10 点钟，杨成的车，马师傅的车，两台车风风火火赶了来，人们大叫大嚷地说一些废话。他们留下修车，我们三个则乘坐"杨成丰田"回家——喜笑颜开、充满朝气的杨成说，昨晚他们有一番得意经历，在一个区公所负责人的家里，用了丰盛的夜餐并看了电视，一个外国故事片。在平坦大道上车开得又快又稳，格勒他们极为满意地称这辆破"北京"赛过丰田——嘿，"杨成丰田"！

杨成车技娴熟，并一副老练驾驶员架势，坦然自信地边开边唱歌，真是又快又稳，一溜烟儿开进了他们的地区群艺馆。此时，格勒在杨成的房间里已酣睡过一大觉。

地区群艺馆正热闹非凡。西藏电视台从拉萨开来一辆大轿车、两辆丰田车。车内坐满了人足有三几十个，他们来拍名为《历史的丰碑》电视片中的某些片段，顺便携来大批与此片有关和没多少关系的人。其中包括著名作家扎西达娃，还有《人民日报》记者刘伟，拉萨文化人小翟、老杨等等。这群人的到来及其后分别所写文章，把“阿里热”推向了一个小高潮。

堂而皇之存在已久的阿里，为什么忽然间被西藏人“发现”了呢？看来荒诞，其实事出有因。除去历史和地理等时空方面的原因外，切近的客观原因在于结束了由新疆代管的时期而复归西藏自治区管辖，其文化背景则在于西藏内外的藏学界对于阿里的新认识和新观点，这一切鼓励西藏人重新审视阿里已将近十年。按照正统史学观，西藏正史源于吐蕃前身的山南地区，藏学的深入将视线引向上部阿里，西藏文化人不由得想到那儿是否藏文化的脐与根？

在拉萨的藏汉族作家、记者、教师、画家、搞摄影的、拍电视的，近年间热热闹闹掀起了“西藏文化热”。原《西藏群众文艺》不仅改头换面，简直脱胎换骨地推出了《雪域文化》，提供了高谈阔论的园地；推波助澜者更有格勒和他的学生们，他们以中国藏学研究中心所设的拉萨工作站为据点，吸引文化青年，为人类学讲经说法，传播国内外相关学术动向和信息。一时间，小沙龙内言必称文化，素与散文无涉的人也大写起有关文化习俗种种的文章来，以至于有人在拉萨某报纸撰文：《莫拿文化来吓人》。

多年来大家在其他地区走来走去，唯独没来过阿里。上述拉萨文化人包括我都是第一次涌向阿里，三几十人挤在群艺馆大厅里安营扎寨，又一群吉卜赛。都是熟朋友，在远离拉萨的地方重逢自然亲热得要命。而一见面不待嘘寒问暖，急切交流的尽是去过哪里，看见了什么，有哪些想法等等地“文化”起来，兴奋极了。不久我便取笑他们的孤陋寡闻：他们才去过日土，居然没有一个人得知日土尚存几处岩画的情况，并且其中一处就在公路旁边啊，停车就是。这帮自作聪明的家伙不由得顿足，毫不掩饰满脸的憾意，后悔不迭的语气。

这一群拉萨文艺、电视、新闻界知名人士居然不知日土有岩画，可见阿里一般情况之少为人知。

相反地，大家对于西藏西南边缘的阿里周边国家和地区的历史文化，反倒更了解。你看这群客串的文化准学者，此刻齐刷刷站在堆放着杂物的大厅内空地上，热烈讨论的议题是：根据阿里所据古代地理位置，如何不可能成为中南部亚洲的文化中心，但它是向四周呈辐射状呢，抑或是它在接纳，成为四周的印度、尼泊尔及其克什米尔、新疆、内地、卫藏……文化影响的汇聚地呢？他们初到阿里，见闻陡长，灵感频至，急切盼望更多发现，某些感觉尽快成熟，脱颖而出，以便成为文化新大陆的发现者。

我则以新近从正宗学者那里学来的审慎态度，回避议论，只作听众，至少表面上稳重深刻许多，有些装模作样。

扎西达娃和刘伟两个，结伴出游狮镇，把这片不大的市场走个遍，了解个透彻。因为其他人忙于拍片，闲来无事，或者也算是踩点吧，就去品尝新疆人的羊肉串，抓饭。简陋的店铺街巷间，躺卧着一个蓬头垢面的精神病患者，扎、刘二位打听这人的身世来历，居然已听到好几个版本了。

1990 年 8 月末这一天，清晨还困在荒山野岭当“团长”呢，下午可就在狮泉河镇的小餐馆里为儿子做生日了。儿子远在黄海之滨，妈妈在西极高原，相距万里之遥！亲子之情是我心中最坚实的堡垒，拥有着最肯定、最稳固的情感内容。由于它的牢不可破，使我具有了安全感：友爱情爱变化无常，唯有母爱永不褪色。从前也为儿子写过几篇诗文，能有多少动人之处，除去那些描述母子分离的成分，儿子以童稚的语言表达的无家感——其实我的家在哪里呢？在儿子的哭声中我曾万念俱灰，英雄气短。

在这个以儿子的名义举行的聚会上，我举杯感谢大家给予我的多方帮助，并且由衷地说，为了迄今我所获得的，事业，友情，生活，一切代价都是值得的。

次丹多吉以儿子“舅舅”的身份，代我向各位祝酒，为每一人各唱一首歌。其中一首祝酒歌这样唱道——

这杯甜蜜的青稞酒，
上域神仙未曾尝过；
请喝下这一杯酒吧，
以实现我的心愿。

这杯银碗里的美酒，
我已经祝祷过三遍；
请喝下这一杯酒吧，
以实现我的心愿。

痛痛快快地畅饮，
播下幸福的种子。

大家的情绪极好，阿里之行无论走过多少曲折险峻的路，出现过多少小插曲，这个由各行各业的人组成的群体，最终和美，互致谢意，且平安无事，功德圆满！南希教授说，美国人有句俗话：朋友是一辈子的朋友。说这话的时候充满了真诚，我们朝夕相处，极少谈工作之外的事情，但这或许由于她个人风格所致。就凭她与我们的同甘共苦，为我们读书，一同赶路，甚至为我倒过的一杯茶，就凭她能从地球另一面的优越的国度来到荒凉的阿里，这缘分已经足够。

我说了许多表示感谢的话，真心的废话。西藏人、阿里人是不必以言语致谢的，同样感谢孙振华并且永远记得他，虽然后来没能再合作，他另外邀请的撰稿者恰于当天到达狮泉河镇。

一切都仿佛安排好了的——皆大欢喜，各得其所！

阿里之行至此尚未结束，但在前一晚我却经历了在阿里的最末一次心灵的撼动。黄昏时分我们沿噶尔藏布行驶，河岸右侧是棕褐色山脉，并不高峻，但看来坚硬如铁。岩石硕大，无土壤，无草木，一切可能附着其上的赘物尽皆被剥离和省略，留下一个赤裸裸。我久久眺望着它，直到它隐入暮色；久久体会着灵魂深处的倒海翻江。我酷爱这种寸草不生的棕色山梁，它使我想起诸如本色、本质、本性、本体、本原、本源、本真、本义、本来面目等等一连串带有根本性质的词汇，感到悠远苍茫、博大精深。有过那样的霎时间，我感到自己似乎在某一源头徘徊，似乎将要触及需要以毕生来寻找来捕捉的东西，虽然尚不知其形状色彩，甚至有形无形。那东西若即若离，仿佛触手可及。

就为了半生所见闻、所感想、所经历的，就为了这一次次的感动和震撼，就为了这突发感觉的瞬间刹那，一切是不是都很值得。

第六章　日土——湖泊环绕的地方

走马观花去日土

回到本书开篇来自藏文史料的记叙，当年吉德尼玛衮在后藏切玛雍仲地方与二老臣挥泪作别后，向西昼夜兼程，沿途遭逢蟥、蛙、蚊等人与非人之多种侵害，苦不堪言。每每向本尊及护法神祭起或显或密诸等仪式，方始驱灾避祸。迨至扎帐于玛旁雍错以北，便指派三位有才智的大臣前往三围地方视察。前去普兰的使者归来，向王顶礼道：该地如宰杀的马肚由大雪包围一般，看上去好似一妖魔。从古格返回的大臣禀告道：此地有如鱼肚一般白净，看上去如岩石包围之中一人席地而坐。前往北方玛隅的大臣道：盔甲内积满了水，该地如同水中一人。

吉德尼玛衮听罢，忽觉心动，三围瞬间如在握中。心下窃喜，便道：我等君臣向三宝（佛、法、僧）供奉祈祷吧！

随后便是在阿里站稳脚跟、相继征服三围、成为上部君王的历史进程。其中吉德尼玛衮分封三子的故事在史书和口碑中说法不一，但是三家王者同出一脉、臣民同宗同源却是基本事实。说来分封之举本为避免诸子争权的弊端，然而在这位王祖看不到的未来，曾经同根共脐的王室之间，依然发生了战乱，1635 年拉达克灭了古格，之后又向东进犯后藏一带，据说曾迫使藏巴汗政权交纳过金、银和茶叶。直到半个世纪后，由甘丹才旺率领的三千官兵，一举击溃拉达克军队，追杀到首府列城。自此以后好长一个时期，拉达克向拉萨达赖喇嘛进贡，史称“拉达克贡”。直到 19 世纪中叶，拉达克被印度锡克王国控制下的道格拉人占领，就此与西藏分离；“湖泊环绕的”一围（环），就只剩下日土一带的半壁河山，狭长的班公湖被两下里分而据之。

所以日土值得一去，意义在于完善阿里三围之行。格勒博士不悦，他本指望利用在狮镇的最后两天，我们能够全力以赴去地区档案馆查抄有用资料。我坚持要去，哪怕只是做个浮光掠影、道听途说的旅游者。拉萨—狮泉河路途之遥往返需八天，而狮泉河—日土则近在百余公里，岂能功亏一篑——只去看看日土宗遗址、班公湖和日木栋岩画，只看一眼就成。

格勒博士就只好带着他的两位学生留守抄档案。次丹多吉还好，前年去过日土，可怜的康巴小子扎呷就只有羡慕我们的份儿了。出乎意料的是，一向嗜工作如命、极力反对“游山逛水”的南希教授，不仅自从转神山之前就改变了初衷，且又心怀了一个秘而不宣的计划：把该走的地方差不多走遍，她的装有正片、负片、黑白片的三部相机都尽可能利用——数月后，当格勒到达洛杉矶南希家中，被招待的一个项目便是邀集众亲朋，观看她的阿里风光幻灯片。这是一个举座哗然的场面：亲朋们惊诧于这位与幽默浪漫几乎绝缘的学者，居然拍出这等绝佳的一流作品！南希教授甚至透露说，她打算出一本阿里的画册——这也许是她踊跃前往日土的动机之一吧！

这一次重组了队伍，“杨成丰田”单车出行，韩兴刚陪同，顺便完成一项公务：接请日土县政协主席平措旺堆，住在地区群艺馆，从容采集日土民歌。

筹划去日土的过程中，有些急不可耐。直觉告诉我，日土不寻常。究竟怎样的不寻常，正是此行所要了解的。当我登上日土宗遗址所在的小山，朝向西南方向遥望，但见重峰叠嶂之间，一径谷壑迤向烟云弥漫不可见处，听陪同的日土人多吉先生说，沿这条山谷西行65公里，只需骑马一天半即可抵达拉达克边境小镇曲曲……的时候，心底不禁一动。

真就打算去浮光掠影，去道听途说了，不免一身轻松——这意味着无须准备采访提纲，无须做记录——让我们自在地走进日土，赏心悦目于无须考证的自然与传说，信马由缰，捎带了解一番日土名胜吧！

首先要拜访的是班公湖。

进藏十几年，多少回听说过它的名字，存了心要看它，还有湖中鸟岛。

从地图上看，没有比班公湖更为狭长的湖泊了。那一线蓝色自日土延伸到（印占）克什米尔境内，它全长150多公里，面积却不过346平方公里。平均宽度2～5公里，最宽处8公里，窄处呢，50米；最窄口，5米。该湖东段全部和西段的一部分在国境内，长百余公里。从卫星照片上观察，班公湖深嵌在高山之间的槽谷内，湖体狭长平直，按槽谷伸展方向，向东延伸直达色林错湖盆——这一槽谷湖盆带东西长达千余公里，差不多横贯了藏北高原。色林错面积最大时曾达上万平方公里，现今仅有1865平方公里。气候变迁使得泱泱大湖干涸，亦使河道壅塞成湖：玛旁雍错和拉昂错曾是流入象泉河的外流湖泊，而后由于洪积或冰水堆积堵塞成内陆湖泊；班公湖原先应是一条外流河，有可能始于色林错，西流千余公里或与印度河上源相接，最终南下入海。不知何时起，因地壳运动和气候变迁，才使河谷堵塞而成一座座湖泊。①

玛旁雍错和班公湖，前身俱为流向象泉河、狮泉河的外流湖泊外流河，这些属

① 《西藏地貌》还提到对于班公湖成因的研究。以斯文·赫定为代表，早期认为是冰川作用形成，然而在1907年经实地考察，并未发现古冰川作用的遗迹，因而否定了自己以前主张，认为班公湖原是一条河流，始于色林错，流经班公湖，进入克什米尔后即与印度河上源相接，最后注入海洋；由于地壳运动使河谷堵塞而成湖泊，是堰塞湖。但在20世纪70年代青藏科考中，最终确认班公湖成因属构造断陷湖无疑，且属构成青藏地区数条地质断裂带、缝合带之一的“班公湖－怒江缝合带”。

后来的湖泊研究中，也基本确认了藏北高原经历过高水位的“泛河湖时期”，远隔上千公里的色林错与班公湖一体相连也是可能的。色林错面积1648平方公里，是1976年的数据；此处提到的1865平方公里，应是1990年左右的数据。然而数据还在动态变化中，到2010年超过2330平方公里，色林错已成西藏第一大湖。

于沧桑巨变的史前故事，是从大书《西藏地貌》里面查到的。

见闻日土名胜

“班公”已是名扬四方的该湖正式名称了。地图和报刊书籍一概沿用此名，殊不知日土人不高兴听到这名字，知情的日土人不厌其烦地向外来人提醒纠正：“班公”是印度语（大约是一方小草甸的意思），藏语称它为“措木昂拉仁波”，意思是“长长的仙鸭湖”。这大约由于湖中鸟岛多有斑头雁栖居，而当地人习称斑头雁为“灰鸭”。

日土人接着说，不是简单称谓，而是政治问题。因为印度竟然声称对于该湖拥有领土权，中国人沿用印度湖名，岂非一种默认？现如今虽是和平时期，但20世纪60年代初期中印边境自卫反击战期间，日土也是战场：本县西侧就有双方所布雷区；眼下，中印双方沿班公湖各自设有对峙的哨卡，因值非战时，都还相安无事罢了。正面的例子是，上一年我方的船翻了，有两个人漂流到印占区的湖面，被对方边民发现，救过来又送回来。1962年开战期间，印军就曾趁着夜色，潜入我方防线内偷水——班公湖一个特别蹊跷处，就是同属一湖，水质不同，我们这边的湖水是淡水，到他们那儿不仅变咸，而且发臭；不仅人畜不能饮用，连鱼儿也不见生长。

中国境内湖段的鱼真是太多啦！也算是自然资源之

一种，于是有人打算开发。1988年经过县上同意，某单位和外地单位签订了捕捞合同，打了一阵子鱼，5天时间就可以装满一台东风大卡车，运出去用于售卖。后来由于藏族群众提了意见，阿里行署得知此事，下达禁渔令，1990年开始，不准在班公湖中打鱼了。

在日土仅住两天，有关情况大都是县办公室多吉主任和县法院嘎院长随意介绍的。其实县里干部是吃鱼的，但他们说，不让打鱼也是对的，不然可能遭报应。例如上一年，两条船在湖中打鱼，网住了一条遍体通红的鱼，疑是神鱼，讨论许久，决定放生。但还是没来得及，突然一阵旋风凭空而来，两船失控相撞，其中一只翻沉。

从藏北开始，我就习惯了逢湖便打听有关“湖怪”传说，而且时常能碰上目击者。在日土人看来，班公湖里当然有神马、神牛、神羊，要说没有那才令人不解。1969年，曾有三人同时看到乌江河入湖处一条巨石般的大鱼堵在湖口，河水一度断流呢！另外，我们的水上中队时常驱船在湖面巡视，但有一处地方硬是不能靠近：本来天气晴好，一旦靠近立时狂风大作。

嘎院长谈起一桩有关湖怪的往事：1971年夏天，我和扎西伦布等人开车去湖边，当时天气晴朗，稍有微风，湖面比较平静。我们忽然远远看见湖水下有一紫红色足有几十米长的家伙，正顺风快速迎向我们。由于缺乏思想准备，我们都有些紧张，扎西伦布慌忙拔出枪，朝那家伙开了一枪，那家伙突然耸出水面比人还高，随即潜入水中不见了。驾驶员格桑欧珠说他当时看见那家伙中弹冒烟了，但我俩都没看见冒烟。说起那家伙，我们匆忙中就只看见是紫红色、很长，它的样子可就说不清啦！嗨，当时要是有相机拍下来就好啦！

就这样，走遍了西藏，记下了许多有关湖怪的传说以及目击者描述，由于未见实物或照片，传说始终传说。其实说句心里话，本来是不怎么相信湖牛湖羊之类说法的，但同时又认为湖底水族自成世界，自打封闭起不知经历几多万年，难说有什么奇怪物种存在。

弃车沿湖走出好远，由于夕阳曝晒，蚊虫又多，加之上一年此处住过打鱼人，丢弃的鱼内脏散发出不良气味经久不息，便不想久待。欲往湖中鸟岛探查一番，显然没可能了：湖畔停靠一只木船，但船桨不知所踪，多吉主任和杨成两个人，满山遍野也没能寻见，最终只得放弃。

老孙在普兰就曾向我详述班公湖鸟岛的拍摄情况：自备橡皮艇，登临班公湖中 3 个鸟岛，是在 6 月孵化季节赶去的。最大的鸟岛主要是棕头鸥的领地。成年的棕头鸥率领小雏们游泳嬉戏，看见瞄准它们的摄像机，则成群地发动攻势，袭击。目测该岛棕头鸥怎么也有上万只。

班公湖鸟岛是升平世界，似未发现天敌猛禽存在。岛上有鼠辈，只窃鸟卵。恐怕唯有人类才可能去打扰它们。

班公湖畔这片辽阔的还算丰美的草场，当年被格萨尔命名为“玛嘎”。至于“玛嘎”的意思，多吉说是“像酥油一样”，极言水草丰茂；县政协主席平措旺堆则说是“爱妈妈”：当格萨尔行至这片草滩，坐骑走不动了。格萨尔对马儿说“玛嘎！”是说草滩是马儿的母亲。

与阿里南部农区不同，日土又出现了格萨尔的传说。可见唯有牧区格外迷恋并乐于传扬格萨尔的英雄业绩。

日土宗遗址也是一著名旅游点。本为一处庞大的县衙建筑群，依山而建的形制，颇似拉萨的布达拉宫。此为西藏古建筑特色之一，凡政府机构和寺庙皆高高在上，主要为了象征权威，“不壮不丽无以显王威”的意思，同时也易于防守，大概还寓有古老信仰中的接近上天之意。但如今这一建筑群断壁残垣，只修复了山顶寺庙的经堂部分。其下山坡是密集的民居，山周遭则是名为“雅”的大平坝子，其实“雅”本就是大平坝之意。站在山顶尽可以极目远眺。由于远处岩石山的环绕，大平坝形成有利于农田牧场的小气候，农田间多有小水泊，历来为旧时日土小王国的粮仓。这个宗遗址的前身，或许当年吉德尼玛衮后裔的王庭行宫也未可知吧！

登山的路我们走了很久，因为多吉主任需要随时停下脚步指点讲说。由于时间紧迫，我这个来访者不可能系统全面地询问，只顾着打听日土有哪些独特之处。对此，作为家乡即是日土的多吉自然十分乐意解答。正像札达的扎西主任那样，这位“日土通”也属于额际发光的那类智者。

日土，就是“牛角上的房子”。阿里的好地方，除去札达、普兰，就数日土啦！你们看，这叫“六棱青稞”——

就在路边的青稞田里站下，端详起青稞穗，唔，真的是六行纵向排列，此前我们从未注意过，所以都很惊喜。多吉主任很自豪地说，这六棱青稞啊，是古老的丰收品种，最早是在托林寺发现一小袋种子，是从天而降的，只有日土种这种青稞，现在已引入札达。

（回拉萨后专门请教过农科所的种质资源专家，方知六棱青稞与二棱、四棱等青稞一样，是遍及全藏的传统作物品种。）

多吉主任继续说，全世界只有日土才有金丝野牦牛。顾名思义，这种牦牛应是遍披金色毛发，遍体金光灿灿。由于稀少，一般难以凑成群，最多时不会超过十头。通常三几头混在野牦牛群中，只有一头混入丁则乡家牦牛群，只要见人便快速逃逸。金丝野牦牛的存在近年间才被有关部门得知，并已拟就在该地成立自然保护区的动议。那儿地处藏北高原深处无人区，一大片荒漠草甸地带，那里还有一座冰山。

（后来又咨询过动物学家，得知金丝野牦牛并非独特品种，只是一种变异，毛色棕黄，并非金光闪烁。）

日土的名优特产首推山羊绒，年产大约 10 万斤。日土山羊的特点是个头大，羊绒长，质量高。每只山羊可抓绒 0.4 斤。以前出口到克什米尔，加工成羊绒产品“开司米”（实为克什米尔异音）世界驰名。了解情况的多吉主任说，上一年日本点名就要日土的山羊绒，当年所产 8 万多斤只抽查了 7 包，就放心地全给拿走啦！

从前给藏政府支差淘金，热邦区一带沙金最多，现在那儿坑坑洼洼像“地道战”一样。去年县上和青海订了合同，青海来人淘金了。加冈一带有当年英国人发现的房子大的水晶石，带也带不走，后来不知藏到哪里去了……

气喘吁吁登上山顶，迈进日土寺大门，忽见一面牛毛幕帐后面跳下一人，用汉语大喝一声：“你好！”

此人瘦小，面黑如漆，只有眼睛格外的亮，穿一件不见本色生铁一样的长袍。

“洛桑三杰！”韩兴刚反应热烈，迎向前去，他们早就相熟。

洛桑三杰盛邀我们一群到他的僧舍喝茶。小个子僧人 28 岁，1988 年 10 月来寺之前是个牧羊人，读过书，会说些汉语。我们就问他，放羊和念经，哪个职业好呢？他回答：没本事的话，放羊和当僧人都一样；有本事的话，这地方可以永远住下去。

洛桑三杰很乐意与我们攀谈。他说前几天（西藏电视台）那群拍电视的来了，问寺里供的什么佛，他面对镜头，用汉语胡乱回答：外面红彤彤，里面红彤彤，一切全都红彤彤。他忽然又说，母亲想让他还俗回家，他也想回了。

多吉主任在县上分管宗教方面的事务，对日土寺情况了如指掌。本寺新修的玛尼拉康是他亲自筹办的，去年 9 月 21 日动工，当月 29 日就竣工了。室内大经筒直径一米有余，经筒的铜皮从拉萨运来，铸满经文，号称“十万经书”。多吉说，日土寺原先比较大，有僧人 115 人，现在只有洛桑丹巴、洛桑群增、洛桑三杰三个人，忙得顾不过来，因为这一带百姓的婚丧活动都要请他们去念经。说到这里，多吉主任很不满意地盯住小个子僧人说，洛桑三杰啊非常聪明，是我把他招收来的。但他现在不安心念经，爱喝酒，白酒、红酒、青稞酒，在百姓们那里影响不好。我准备跟他谈谈话，他要是能转变的话就继续发工资，不然就让他回家，反正他的地和牲畜都没收回。

洛桑三杰听懂了，仍是无所谓的样子。

我们就去玛尼拉康，转了大经筒。这个神殿里摆放着很多石板佛像，韩兴刚得意地说，这些石板雕是他在满山丢弃的石堆里精选出来，摆放在此供人瞻仰朝拜的。果然有几幅可拍，但韩示意须经多吉主任许可。请示过，多吉沉吟片刻，指令我只能拍一幅。

刚要尾随人们跨进密宗室，多吉主任又及时地制止了南希和我：此处女人免进。

只好在院中等候。男士们从另一门鱼贯而出，安慰我们说：其实里面也没什么。

犹如光谱过渡的日土风情

各地特色，实际上是相比较而言，卓尔殊异或同中有异。去一陌生地方，总会有意无意去寻求特色，总是有意无意带了比较的眼光。请日土人讲日土特色，他可以如数家珍。但讲来讲去，往往对主要之点浑然不觉：他缺乏比较。

依我这外来人的眼光，虽然仅只两天，已经强烈感觉到了日土作为边缘结合部的显著特色。日土正好处在地理环境和精神世界的边缘结合部，地处地域、民族、宗教、国界等各种意义上的边缘，日土其实是多样文化的交汇之地。

各文化板块之间并非泾渭分明，而是你中有我，我中有你，犹如光谱过渡。地处西藏西极的阿里已具有了这类特点，日土的过渡色尤其典型。日土人讲起本县的神山故事，显得漫不经心，全不似那曲地区各县对于神山的谦恭与热忱。日土一般人甚至说不分明，只依稀知道县城东南的雪山是蒙古人的神山，山神朗堆嘎布，也是蒙古人的神。当年蒙古兵进军日土时，有蒙古屠夫的营堡，就把这座山当作了神山。

新疆人沿新藏公路长驱直入，日土成为必经之路。新疆的“吃”文化打头阵首先渗入这一地区。县招待所近旁，就是一家新疆人开设的饭馆。我们最喜吃的美食是羊肉抓饭，黄灿灿的，油汪汪的，香气喷鼻，回到拉萨以后还时常念叨起。日土县藏汉各民族干部欣然接受了它并率先在阿里实践，做得一样的黄灿灿、油汪汪，香气喷鼻。正当季节，新疆来的大西瓜、白兰瓜、哈密瓜，紫红碧绿的葡萄成筐论堆。短音节、硬邦邦的新疆话充耳可闻。他们的汉语普通话不及藏族人说得标准，而他们与当地人交往唯一可用的只有汉语。当然，日土人谁都会说一些简单的新疆话，这也是其他藏族地区所没有的。

康巴人的经商势力也伸进日土，性格使然，在日土也是经常惹麻烦。就在前不久，又和当地百姓发生了冲突以至于惊官动府。起因是一群康巴人去一百姓家偷柴烧，被主人发现，康巴人居然拔出刀来吓唬人，岂料对方不怕，反被人多势众的当地人捅伤了两人。是夜，为了报复，康巴人烧了这户人家的帐篷。这件事是法院嘎院长讲的，当时他正在处理此事。明知是康巴人纵的火，由于没拿到真凭实据，很难定罪。

数十年间来日土工作的汉族干部不在少数，直接间接带来内地生活方式的影响。而日土人则格外开通洒脱，为我所用，来者不拒，汉式饭菜都很拿手，这一点又与别处有所不同。

另一方面的例子也很有趣，那是汉族参与当地化的例证。

如前所述，西藏有一种很古老的土著神灵曰“赞”，属于乡间基层的地方保护神，与佛教诸神和其他土著神灵素无瓜葛，由当地王侯、英雄，或具大悲愤之人死后变化而来。由于夙愿未偿，它的灵魂既不升天也不入地，而是滞留原处，经高僧加持后护佑该部落村社的生灵，被专设一处祭坛，村民供奉。因该保护神既可致福，亦可为祸，而且它只对人生前有意义，不管灵魂超度之事，所以敬它是为保平安。以前听说阿里有个张师傅死于新藏公路，他的灵魂在翻车处徘徊不肯投生，就成为该地的“赞”。凡有车路过，同行们总要高呼“张师傅——”方才安心通过。这次来阿里，存了心打听此事，难得的是，居然有传闻被证实的事情。韩兴刚和杨戎两个连连点头称是，确实有个著名的张师傅，确实翻车死了，但却发生在新藏公路新疆段某个著名大坂而非西藏境内。他们说，类似张师傅的事迹，狮泉河镇至日土之间的新藏公路一段，真真正正有一位汉族驾驶员做了保护神，去日土会经过那里。

——听说了，也见到了，且是实地现场的亲历。那路段紧挨一座怪石嶙峋的小山，另一侧是小块平地，平地正中是嘛呢堆，干树杈上挂满哈达和经幡，过往车辆皆按顺时针方向转一圈祈祷朝拜。我们到达时，正巧一台敞篷大车满载一车少男少女也在此绕行，他们是结束暑假返内地上学的中学生。杨成说，此处可能是全西藏唯一的拿汽车转经的地方。某一年，一位汉族驾驶员在这儿翻车死去，后来就发现这座山上出现了两只罕见的黑色狼。人们纷纷传说是那位驾驶员的灵魂所变，于是每每经过这里的人们总要停下来，念念有词地向路旁投块石头或献条哈达。日久天长，就起了一座嘛呢堆，转经道的两行辙印也清晰可见。

我们的“杨成丰田”往返路经此处，都会依例绕行一周，旨在向“赞”神致意，以提醒、祈求神灵护佑。杨成严肃认真，一丝不苟，没有一点儿游戏的意思。往常就是这样子，现在越发虔诚，因为我们的改装车存在隐患。这一次从日土赶往狮镇，走的是夜路。这辆改装过的北京吉普层出不穷的毛病：每走几公里，水箱便沸腾，便要把车头迎风摆放直至水温下降；之后电瓶又坏掉，车灯无法照明。好在正值农历的月中望日，月光朗照，道路可辨。但当越过一个大的缓坡，狮泉河镇遥遥在望时，没了照明的座驾还是冲上路边一沙包，当车身倾斜成 45 度角时戛然停止。

阿里一路饱经惊乍的我们无动于衷，听天由命地从仰面向天的右侧门鱼贯爬出，轮流拿双手刨开轮前的沙丘，推车——在旅途上处理这类事儿大伙儿总是全神贯注、众志成城、毫无怨尤并胜任愉快——就这样折腾到半夜。我们虔诚礼拜过专佑车辆行人的地方保护神了，何以又遇险？它保护了我们没有？也许不然会出更大的危险？

——总而言之，我看狮泉河镇对于我的态度就是有点儿怪：从拉萨、普兰、日土三次来狮泉河镇，三次都在距它不远处出事儿。第一次是丢了左后轮，第二次是烧了瓦缸，第三次是险些在沙包上倾覆。三次出事儿均非同一车、同一司机和同一批乘客，独有我悉数经历。另加去往札达夜途中的险情，于是格勒博士总结说，问题的症结在于马丽华，她坐哪台车，哪台车总要出事儿。我也很疑惑，这些迹象说明本人不是沾点儿晦气就是别有深意，归根到底，狮泉河镇之于我，是太难忘怀的了。

新藏公路上的汉族所做保护神的事例含有两层意思：外民族也可作西藏土著神灵；汉族也随本土乡俗信

仰着保护神。

日土的这一淡化藏地特色，融合内蒙古、新疆、内地诸民族文化的总体风格并非由我发现。韩兴刚怕我希望过高，事先就提醒说，日土的观念可够现代的哟！回拉萨后，画家韩书力等人也谈到类似印象，在阿里工作的汉族干部也有同感。我想，这不足为奇。这同时也是阿里地区的总体风格：这是一种过渡色。阿里地处西藏西部边缘，它的南部、西部、北部连接着不同的国度和地区，不同的种族和民族，不同的宗教和观念。犹如光谱过渡一般，阿里是西藏与外部世界的过渡地段。文化是一种生活方式，宗教也是。在西藏，宗教、文化密不可分，形成了西藏宗教文化这一传统生活方式。之所以千余年来此地未被异教、异民族所同化，正说明了生存于高原的藏文化根深蒂固的坚实性。而善于吸收外来文化，则说明了藏文化同时具有的灵活性与强韧性；传统的生活方式不断发生着改变，则又说明了阿里文化通过不断的尝试和调适，正在适应变化了的时代，使得生活和心态平衡，更趋合理。解剖阿里这一地区，对于深层接触、理解藏民族心理素质、研究藏文化的丰厚内涵是有启示意义的。

直觉没有欺骗我，日土的确内涵丰富，即便离开日土、告别阿里，即便后来在拉萨，还在持续着对于日土和阿里的发现和认识。

格勒博士来信说，他虽然回到了北京，但阿里却萦系于怀。他说对于曾凝神注目过的札达、普兰间的众多山洞、岩画，对于在那里发现的旧石器和细石器，对于这些旧时遗存的深入含义苦思冥索，辗转反侧：文明在阿里出现的上限在何时，以何为标志？从那些无名山洞群到古格遗址再到狮泉河镇，一个文明的进化脉络如何确定？他说他最感兴趣的是阿里文明的形成、价值和功能，为此他寄望于考古发掘及田野考察，在传说和典籍的迷茫中探索一条接近史实之路。

日土的丁穹拉康及其壁画风格

阿里归来的我，起初并未打算写书，而是从容读书。其中一本《麝香之路上的西藏宗教文化》是前几年出版的，从前翻阅的时候有些漫不经心，然而经历过阿里再读时，意义顿显不同：作者常霞青在以往已成定论的三条东西方文化商贸交流的“丝绸之路”（即南路绿洲道、北路草原道、海上丝路）以外，又提出了经由格尔木—那曲—拉萨—日喀则—日土，（以北衔接叶城，与第一条丝绸之路会合）向西经中亚、西亚及地中海沿岸诸国的第四条东西文化交流的“麝香—丝绸之路”，这是学者依据西藏古代交通、地理、文化诸因素推导而出的。

问题的关键在于，边多先生向我畅谈过阿里观感，顺便谈到了前年他在日土乌江地区的两处发现：名为“丁穹拉康”的壁画洞窟和名为“齐吾普”的岩画群。

于是，格勒的冥想，常霞青的推论，边多的目击和我的阿里见闻便就猝然相遇，迸溅成一束灵感之光，一些什么被瞬间照亮，日土就此泄露出它不寻常的一面。

“踏破铁鞋无觅处，得来全不费功夫”。边多和张鹰在乌江的两处发现，可谓“顺手牵羊”的“外快”。他们来日土采风的对象，正是与我们同行狮泉河镇的县政协主席平措旺堆老先生。老先生在完整地向边多他们吟唱了冗长的日土婚礼歌之后，有一天犹犹豫豫试探说：早年他招赘之地乌江乡，有一个“齐吾普”——小人山谷，石壁上刻有上百个“一条腿的人”，你们是否有兴趣看看？另外，那一带还有一个“丁穹拉康”——从天而降的神殿——有一些古代壁画也可顺道看看。平措旺堆补充说，这两处古迹我可是第一次告知来人。

胖胖的边多笑逐颜开：当然当然，求之不得。带上一应照相机、录像机、发电机，请上平措旺堆当向导，动身探秘寻宝去了。

乌江在日土县城以北，距班公湖不太远。从地图上看，此乡滨湖而居。沿湖向西行至湖半腰，即是印占区的克什米尔；若是沿荒漠北行不久，可就是新疆地盘了：乌江就是这么一个边缘结合部的位置。这两处古迹既不在乡驻地，也不在新藏公路近旁，而是须离开公路，在没有道路但尚平阔的峡谷河滩行驶数十公里，“丁穹拉康”所在的山谷里有乌江河流过。从所拍地貌照片看，整条山谷稀疏散布着几簇耐旱的小灌丛，只在远处沿河一带有少许绿意。作为神殿的洞窟孤零零地守望着这片荒僻山谷。

“丁穹拉康”高、宽、进深各为三米半左右。洞内壁画布局依其洞形为一立体曼荼罗形制，而洞顶绘有平面的曼荼罗。听说仅仅数十年前，洞窟壁画保存尚好，常有四方百姓专程前来膜拜；直到20世纪60年代，有一群农场工人来这条山沟打柴（大约是挖掘红柳根），这山洞就充当了天然的食宿站。不仅洞壁尤其洞顶经烟熏火燎而面目全非，就连壁画人物的眼、鼻等部位也尽被恶作剧挖了去；壁画上方本来均匀镶嵌摆列的几排高浮雕泥佛，也全给抠走，只剩下一个个圆圆窝痕。

在拉萨，邀上画家韩书力一道观看了边多他们所拍录像。韩先生当年在中央美术学院读研期间，就曾西出阳关，在敦煌莫高窟临摹了一段时间的壁画，魏晋经盛唐至宋元的洞窟艺术之风格流派，无不有着理性加感性的认识。西藏工作将近20年，差不多走遍了西藏境内所有的寺庙；近年来在巴黎等地，又有机会欣赏到西藏及其近邻印度、尼泊尔以及克什米尔等地的早期佛教艺术。请他来判断丁穹拉康壁画的年代并鉴定其艺术价值，是合适的。

那些烟火痕迹是拂之不去的了。格外勉力地盯住画面——还好，有些局部依稀可辨，某些细节还挺清晰。作为西藏歌舞权威的边多现场解说壁画上的一幅舞蹈图，说这正是日土当地的古典歌舞“协巴协玛”，意思就是“男女舞者”。神态安详的舞蹈者一臂扬起，一臂下垂，皆宽袍散发，长袖及地。另有一幅地狱图，有罪孽的灵魂各依其生前之罪承受应得的报应：躺在刀丛上的，煮在油锅里的，腹大如鼓的，腰细如蜂的，等等，皆作生动的苦难恐怖状。还有一些人物身份不明，有的束高发髻，有的戴阔边毡帽和一种前舌较长的帽子——这种长舌帽既像藏式金花帽，又像现代太阳帽。壁画中能看清的建筑物是一座三层碉楼，楼壁上开有多个三角形窗，居中方形窗内有一雍容妇人正在凭窗眺望，一眼千年。

边多一再感叹说，他生长在西藏，走遍了西藏各地，见过多少寺院壁画，独见丁穹拉康与众不同：简直就是两码事，更加自由洒脱，大方气派。

一向矜持的韩书力也不禁激动起来，一迭连声太好啦，太棒啦，真不可思议，反正我被“打倒”啦！……

“你们看，这些人物的造型多么概括生动，用线多么富有力度和弹性，设色多么简约而鲜明，尤其矿物色，在一片幽暗、斑驳的氛围中显得多么辉煌夺目；面对它们，我们如何体会不到西藏古格文化高古弥珍的意境，这种以浓墨厚彩烘染出来的悲悯世界，正是西藏其他地方的宗教艺术所匮乏的……

“你们再看再细看，这些绘画颜料，就是采自当地的矿物颜料及土质颜料，很单纯，就只赭红、粉白、石青和石绿。面部肤色自然变黑处，是因为白粉中含铅，日久氧化的缘故……至于绘画风格……估计绘制年代似应早于古格王宫壁画，依据画风判断也许在南北朝时期。看这儿，飞天裙裾处理、曼荼罗图案以莲瓣相托，以及造型、设色、手法等等酷似敦煌北魏壁画……当然，它的确切年代，与它有关的一系列情况，还需专家们深入踏勘并研究。”

至于丁穹拉康的背景材料目前则无从稽考。平措旺堆提供了一个仅存的传说——

山洞神殿自天而降，仙女三姐妹看到这山洞未免低了些，一仙女以头相顶；不料想洞顶又被拱得过高，另一仙女只好从上面又往下压了压，才算满意了，就形成了我们今天看到的样子。当年仙女们修整山洞的圣迹还能看到。平措旺堆听老辈人说，从前此地很繁华，何时衰落了，荒凉了，没人说得清楚。

在中亚、在中国，曾经有过一个并非短暂的洞窟艺术时代。今日之西藏、新疆、甘肃、山西、内蒙古、四川……所存艺术石窟之成就，迄今难于复制。那一黄金时代的高光，以敦煌艺术为标志。把日土丁穹拉康壁画与东向跨度数千公里外的敦煌壁画作一比较和联想，是一件格外有意味的事情。

提出第四条麝香—丝绸之路的常霞青肯定把中亚一带的地图琢磨了又琢磨，并对日土注视良久，目光穿过历史烟云，遥望到古商道通达四方：西去有克什米尔—拉达克，南下札达、普兰，穿越喜马拉雅山口可径至尼泊尔、印度；北上 50 公里即善和，再上，大红柳滩，叶城，与第一条丝绸之路会合。

何以名之曰“麝香—丝绸之路”，盖因早在公元 1 世纪时，罗马城内已经有来自西藏的麝香。而追寻其通往罗马的路径，既可认为是南下经印度，亦可认为是北

上经日土……[1]

日土既是推论中的古商道的枢纽，那么，丁穹拉康的壁画就不应是孤立的现象。这一论点成立，则丁穹拉康的背景明晰：丁穹拉康与丝绸之路上的洞窟艺术的渊源清楚了，则对这条文化古商道提供了明证。

——“乌江”以其藏文本义，大约是“(某)中心以北”之意。

人们看待历史总难不偏不倚，不是高看了便是低估了。古人的生活日常也经常被我们视为奇迹。例如短命的隋王朝曾致力于经营丝路，竟能在张掖举办27国交易会；敦煌学家黄文焕先生当年任职于西藏社科院，他查询到吐蕃时代，有使者自拉萨以南（今山南地区）骑马出发，抵达敦煌仅用去42天——怎样一条捷径，何其之迅，令人困惑。由此可见，令今人视为畏途绝径的山原、戈壁与荒滩，古人出于经商的欲望，传教的动机，军事的目的，是能够创造奇迹的。

日土的“小人山谷”及其岩画现象

不光是丁穹拉康的古代壁画我们无缘一见，日土岩画的经典之作“小人山谷”

① 当我于2010年到访巴基斯坦，了解到沿喀喇昆仑多个山口通道的古今故事，方才意识到古丝路沿途支线巨多，从喀喇昆仑到喜马拉雅，每一山口古商道都可以称其为丝绸之路南下支线。联系到常霞青先生设想的这条麝香丝路，更可能的是无须绕行拉萨，而是经由丝路的绿洲道南下而来。近年间在阿里地区出土的1800年前的丝绸和茶叶就很说明问题。

在我们也只能是道听途说。还好看到了边多和张鹰拍摄的照片及录像——探访丁穹拉康壁画之后同一天，边多一行又在平措旺堆指点下，沿着山沟蜿蜒曲折大致向北前进。大约 70 公里开外，就是岩画所在的“齐吾普”——小人山谷。这是一条曾经有流水而今完全干涸了的河谷山沟，只留下河滩曾经流水打磨过的砾石，不见茎草。乌江河的源头则在其下的一条沟内。岩画所在的垂直的页岩峭壁，因风蚀而斑驳。其上大面积敲、凿、铭刻着野牦牛、羚羊、山羊、鹿、马许多种动物形象。人物则有持盾者、格斗者、骑马者和舞蹈者。其中尤其引人注目的是，那些无名作者沿石壁凿下曲折一线，顿成抽象山道；其上均匀排列着数以百计的人物，每个十几厘米高，各负行囊，向着同一方向行进；在某些地段，上下排列三四行之多。由于是侧面行走，难怪有“一条腿”之说。揣度“齐吾普”名称由来，大约因为画中的小人吧！①

绘制手法以阴刻线刻为主，由于岩画形成并非同一时代和同一人手，所以风格迥异。其中野牦牛的驼峰画得有滋有味，鹿的线条装饰性很强。有人被装饰得像是南太平洋群岛上的土著，有人又像是中原汉画像中的“羽人”。如果有人从画中看到了类似飞船、外星人的形

① 这处“齐吾普”小人山谷的岩画，后被专家命名为塔康巴岩画点。

象，也不算牵强。大多人物画面以抽象而鲜明的简单符号表示男女之别。由于此处岩画画面可观，形象众多，总体看来大气磅礴。韩书力评论说，齐吾普岩画虽然艺术方面谈不上成熟，但其价值显然在艺术之外，作为古代游牧部落遗存仍具有相当的研究价值。

齐吾普一带已接近无人区，偶有牧人赶着羊群路过此地。如果“乌江”含有“某中心以北”之意，那么平措旺堆所说此地曾经人丁兴旺、繁荣昌盛过则是可信的。但当时这一地区的自然生态及社会生活是怎样的，岩画中诸多形象尤其负重的小人是何含义，至少现在无人解答。

我们的日土之行只看到了最容易看到的日木栋岩画，它就在县城附近的公路边山壁上，面积及数量不及齐吾普，刻画的多为牛、羊、鹿之类动物和穿三角形裙袍的人物。令人生疑的是有几组鹿、狗图线条格外流畅圆熟，极富装饰色彩，不似古人所为。其实对于各地岩画的真伪的确存在问题，韩兴刚吞吞吐吐至少证实了一点：日木栋岩画由于所在地交通便利，已非全部原创，来自拉萨等地的画家游客们有意无意留下了痕迹——并非全都出于恶作剧，有人只是尝试一下制作工具以观察效果，但同时不排除蓄意以假乱真戏弄别人的。韩兴刚心怀叵测，在我倚着绝壁，冒险拍完差不多全部画面后，才幸灾乐祸地予以告知。南希教授当然也难免上当。格勒博士虽未同行，却把相机交给小韩代拍，估计比较可靠。

离开这处岩画前，韩兴刚又叮叮当当敲凿了一批动物纹样，说下次再来，准备拿汽油喷灯烧灼画面，进行仿旧处理。

我曾两次去过藏北腹地的荣玛乡加林山，那里远在日土以东千里之外，那儿的岩画并非刻于崖壁上，而是敲制在色呈青褐的某种硅质岩面的大小石头上，多为动物而少见人物。双湖以南尼玛县扎仓一带也有这类石头画。也许画家们心意相通，韩书力就曾提醒说，加林山石画已有不纯因素啦，跟他一道去过的画家在那里留下了手迹，而且大都刻在容易搬动的较小石块上。

岂止画家！和我一路前往的与美术无缘的人也曾在加林山的石面上凿来敲去，待我下回路过再看，还在，而且经风吹日晒皆如史前的古旧了。

原始岩画现象如同叶脉一样延伸展布于亚洲大陆。沿着叶脉主干——从南亚次大陆到中亚北部阿尔泰山——我浏览过许多地方的岩画点，是通过实地踏勘和图片、画册和录像获知的。南北万余里的石头画面，自成世界，仿佛石质档案，纵贯中央亚细亚。花环绕着乘骑，以舞姿行进的人们（印度）；狩猎者、舞者、杂技者的群体（拉达克）；背负行囊沿山道侧身行走的小人队列（日土）；形单影只的牦牛野羊（双湖）；猎获（和田）；站卧、衣裸的男女们（呼图壁）；步猎骑猎、繁殖格斗（阿勒泰）……

据我所见，这一万里主脉上的岩画除呼图壁之外，一应内容、风格、手法大同小异，具有朴实稚拙、简约粗放的总体风格。呼图壁岩画与它们有三点不同，一是主题为较单一的生殖祈望，二是人物竟大到真人大小，三是画技圆熟，颇具几何式的古埃及之风。而呼图壁岩画与齐吾普岩画中皆有小人群。

原始岩画分布地域散漫而广大，时间跨度想必漫长。一般认为，世界范围内的山地岩画出现的上限在旧石器时代晚期，上万年之久；至于下限，联系西藏岩画内容，考虑到延续至佛教时代的摩崖石刻，界限就不那么明确了。然而无论如何，岩画现象至少说明了两点，一是此为生栖于斯的古人类群体共同的爱好，二是贯穿青藏高原南北、广布亚洲大陆次大陆的岩画从点到线到构成一个岩画圈，至少在这一范围内，不同群体之间的交流是存在的，之间的道路是通达的。

接下来的问题是，面对这一万里岩画长廊，按照以往思维定式，不免想要探究何为源，何为流，何为中心与边缘。但这类问题却不是单凭道听途说和灵感萌发就能得知答案的。尽管想象一般都比事实本身更具魅力，而寻求过程的意义一点儿也不亚于到达目的地，尽管如此，我在试图驰骋想象力之时，不免畏惧于学者专家们严谨目光的注视而有所收敛。既然走马观花中不具备进一步考察取证的条件，还是就此打住为好。

附录

西藏的两处旧石器时代旷野遗址

之一：专访夏达错

夏达错位于日土县城以西50公里处，班公湖（措木昂拉仁波湖）以南，曼冬错（斯潘古尔湖）以东，呈东西长、南北短的湖面大约8平方公里，海拔4368米。1992年西藏自治区文物普查队在夏达错东北岸发现旧石器，计有刮削器、切割器、尖状器、砍斫器等等多种类。就当时西藏自治区域内发现旧石器地点而言，该处石器数量及品种之多，堪称“之最”。而且县城至夏达错沿途，从几千年前的岩画到上万年前的石器，可以奢侈地一路看过。

如果说1990年来日土只待了两天算是走马观花的话，时隔23年的再访时间更短，当天打来回——从狮泉河镇到日土县夏达错，本次出行体现一个“专”字：行署专车接送，县上专车接力，尽享专家待遇，尤具专题特点：特请长期在西藏尤其阿里地区从事田野考古的李永宪教授陪同，主宾是中科院地质所的古环境专家吕厚远研究员，以及我这个“资深的西藏考古发烧友”，专程前往夏达错，现场体验“捡石器”。特别值得一提的是吕厚远先生这位孢粉学家，借助显微镜下的新介质新手段，多年前初涉青藏高原考古，就曾一举确认了4000年前的面条成分（小米+黄米），创下一个最古老面条的世界纪录；近年初涉阿里考古，同样出手不凡，在刚刚闭幕的阿里“2013象雄文化论坛”上，他发布了对噶尔县出土的1800年前的茶叶的确认过程，给出了茶叶进藏的最早时间点。来日土之前，我们一行已经到访过茶叶出土之地故如甲木寺，观摩了正在进行中的考古发掘，现在北上日土，目的差不多，那就是让从事环境考古的专业人士直观面向史前人群活动场地，由此触发一些什么样的灵感也说不定。

日土县专车由县文化局的“本地通”加曲先生亲驾并兼导游——留着两撇蒙古式胡须的加曲熟知全县每一岩画点、石器点和文物古迹，沿途生怕漏看了少看了，因而不时驶离公路，随机停车，方便我们就近观察拍照。就这样顺访了一般游人少见的鲁日朗卡岩画和阿垄沟大石墓岩画，中途他还把车开抵一处岩丘介绍说，此地正是古人制作石器取用石料的地方。

所以此行直奔主题，主题也不止一个，而是包含了岩画和石器两大内容——从县城西去百余里，一路有岩画可以领略，终点有石器等待我们。

加曲先生相当自豪，声称全西藏唯有我们日土县发现的岩画点数量最多啊，画面图像也是相当丰富。李永宪教授肯定了这个说法的同时，提供了自己多年考察所得：粗略统计，青藏高原仅青海、西藏两省区现已发现岩画遗存200处之多，北部大致集中在青海湖周围，南部则散布于雅鲁藏布江中游地带，但这两大区域40余处岩画都还不算最主要的，尚有150余处集中分布在高原西部的班公湖一带到藏东昌都的澜沧江、青海玉树的通天河（长江河源段）、四川甘孜的雅砻江与鲜水河流域，其中日土县的岩画的确最多，超过50处！

听讲至此，不禁请教岩画的计量依据。李教授说，所谓的“一处岩画”，是指不论此处画面多寡，与其他岩画群的距离若超过数百米至千米以上呢，就应算作两处。当然某一处岩画可以包括多个相距数米乃至一两百米的岩石面。说得专业一些，“一处岩画”应该在古代牧人观念中有着特定的“地点”意义，因而会出现多人、多次在同一地点刻制图像行为，成为有着特定文化意义的“制画行为发生地”。总而言之，岩画图像的多少、岩面岩块的多少，并非划分“一处岩画”的主要依据。

李永宪教授是较早关注并研究西藏岩画的学者之一，他还是中国岩画学会的现任副会长。岩画研究在国内原本比较冷门，随着20世纪80年代之后西藏岩画的相继发现，吸引来更多关注目光。在我写下这篇小文的2021一年中，青藏高原上考察岩画的专业团队就有好几个，新发现岩画点时见报道，各家团队统计方法也不尽一致，若有人精确到按个体图像统计数量，差别更大。

就这样沿着县乡道路走走停停，像极了当年文物普查队员的行迹——李教授话说当年，正是这一路的岩画和时隐时现的石器，指引着他们一步步接近夏达错，终于在东北岸完成了这个激动人心的“一眼万年”！时在1992年，是为期9年的西藏全区最大规模文物普查的最后一年，也是四川大学青年教师李永宪和霍巍赴藏参加文物普查的第三年。春末夏初之际，西行阿里的小分队除了他俩，另外两位是早年毕业于川大考古系的西藏自治区文管会学者更堆先生和极其热爱考古的司机旺堆次仁。这四人在午后明晃晃的大太阳底下，面向白茫茫的湖滨荒滩，第一眼望见的是一枚黑色的“手斧”，再一眼就见各式各样的石片、石核、刮削器简直就像是摆放在面前。大家跳起来叫起来，然后在几千平方米的范围内，仅仅半个下午的工夫，就拣选出各类打制石器近百件！

现在轮到我们这群人欢呼雀跃了。相对于不可移动的遗存、仅限于“壁上观”的岩画，夏达错湖畔之格外生动，就体现在石器遍地，随处可以亲见、亲捡、眼到手到的同时附加一声欢呼——就是这样一个可以让你轻易斩获田野考古成就感之完美体验的地方，且是一再重复感受。这不，很快我就捡到一片殷红色细石叶，纤薄而温润，难以想象蛮荒时代也不缺乏精致的心情和手艺啊！连忙请教李教授，是否够格到博物馆展示级别？他端详一番后予以肯定和鼓励，同时没忘提醒一句，地面采集的石器仍属于国家的文物哦！于是乎当场上交。跟着专家涨知识，这样的受教过程简直不要太欢乐。不过话又说回来，虽说这些加工过的石头属于文物也姓“公”，但相比其他文物的管理却不太严格，也不用担心流失，因为它们在西藏“珍而不稀”，论经济价值没市场，论审美价值又不足以被收藏——只有从事史前考古的人拿它们当宝贝。

所以游客朋友们前往夏达错或者类似的石器点，看见了，捡起来，体察一番古之幽情，再摆放原处就是了。

夏达错偏南，班公湖靠北，两湖之间仅隔了一道不太高峻的山梁，加上夏达错西侧的曼冬错（斯潘古尔湖）的存在，令人不由得联想到数万年前暖而湿的气候环境，当整个高原处于“大湖期”（亦称高湖面期、泛湖河期），这三湖当为同一水体，而这道山梁么，或许就不时隐现于巨大湖泊的水中央。从夏达错到班公湖，湖滨多有石器发现，说明在气候适宜的间冰期，湖畔湿地定然生机盎然，全不似如今的不毛之地，否则史前人群凭什么留居下来，渔猎采集，以至于将生存必需的各类石器悉数遗落于此。特别令人称奇的是，自此处石器地点被发现之后，考古团队纷至沓来，无不满载而归，竟仿佛聚宝盆一般。其中川大年轻一代考古学教授吕红亮所率团队一直工作在夏达错，2011 年他在《考古》发表论文《西藏旧石器时代的再认识——以阿里日土县夏达错东北岸地点为中心》，还在围绕手斧的器型探讨使用者来路，近年又发掘出距今 8000 年的文化堆积层，从中居然发现了一枚磨制石针！只是多年考察下来，心存一大缺憾：可能埋藏有更早期生活痕迹、又能提供测年的原生地层为何至今不见呢？而万年以来正值全新世温暖期，旧石器翻篇，石针的主人与手斧的主人已然分属两大时代。

之二：遥观尼阿底

尼阿底遗址位于西藏自治区申扎县，海拔4600米，是一处规模宏大、石制品分布密集、地层堆积连续的旧石器时代旷野代遗址。尼阿底遗址科考纳入正在进行中的中科院第二次青藏科考研究项目，并经国家文物局批准，由中科院古脊椎动物与古人类研究所高星课题组和西藏自治区文物保护研究所合作，历经数年发掘和研究的这项重大成果，改写了夏达错旧石器点专享20余年的“之最”，深达1.7米的地层所揭示的，不限于石器的数量和石器技术类型的特别，更在于它提供了令人信服的若干“之最”：“最早年代”，距今4～3万年前西藏地区人类史纪录；“最高居留地”，海拔4600米的全球史前人类生存地纪录；然后由中国最权威的“国家队”发布于最权威学术期刊《科学》，一举刷新人类挑战高海拔极端环境的既往认知。尼阿底遗址入选“2018年度中国古生物学十大进展”，2019年荣列第八批全国重点文物保护单位名单……

就在我们一行来日土的前一年，2012年，夏达错还曾迎来中国科学院古脊椎动物与古人类研究所的专家。这个由年轻女将张晓凌所率专业团队奔着寻求地层年代而来，尝试探方发掘，可惜未能如愿。后来听随行者陕西省考古研究院张建林教授解释原因：地表之下尽皆流沙，只得放弃；然而正是接下来的继续东行，才在藏北高原申扎县境内的色林错南岸发现了尼阿底遗址——在名为“尼阿底”的小山附近，大片开阔之地，大大小小的石器散落地表，数量之多远超预期！不仅如此，地面以下还难得地保存着专家们所期待的——掩埋石器的原生地层深达1.7米，就仿佛被埋藏之物也想要重见天日，所以才这样善解人意配合默契吧！美中不足也是有的：深部探察过程未见烟火痕迹的炭屑之类，甚至未见可供碳14检测的一应生物有机物材料，所以唯有借助同时出土的石英石颗粒，用光释光测年新手段得出距今4～3万年的埋藏时间，合并考虑该遗址石器毛坯多、成品少的情况，专家们确认尼阿底遗址其实并非当时的生活基地，其实它只是一处大型的石器加工场地！

即便如此，这处古老遗址的面世也为扩张迅速、刚刚晋升为西藏第一大湖的色林错加分不少，古人类活动的印迹也为正在论证阶段的色林错国家公园平添一抹人文色彩。追溯起来，色林错湖畔多石器也为“业内”所周知，早年沿湖畔捡石器的，也包括尼阿底遗址发现者的前辈们。1975年古脊椎动物专家首次参加青藏科考，就顺带了捡石器任务。由于矿物和化石可入药的缘故，所以他们照例直奔申扎县藏医院，从矿物标本堆里一眼认出了打制石器——这种燧石材质的石核从前常被当地人捡来当打火石使用。按照藏医指点，专家们来到色林错流域珠洛勒等谷地，果然丰收。其后从色林错到藏北高原，不时听说这儿那儿有石器发现，只是像尼阿底这种规模的还是罕见，尤其能够确定年代的，更是唯一。

当我面对一幅比例尺为1∶200万的青藏高原冰川湖泊大地图，以尼阿底所在的色林错为坐标，向左看直线上千公里，是班公湖和夏达错；右边呢，不远处接续怒江源头并沿江流方向看去，拐弯横断山区又是一个千里一线。就在这一打眼的工夫不由心动，有一些什么好像被触发了激活了，知识碎片如同粼粼波光浮现脑海，渐渐定格为一系列画面——先说结论吧，就在这一瞬间我好像忽然弄明白了某些因果关系：你看西藏地区陆续出土的新石器时代定居点，几乎全部集中在南部低地河谷地带，那更早期的人群却凭什么能够活跃在更高海拔的阿里—藏北高原？

为此我兴冲冲做了功课，尝试解答。包括整理出与班公湖—色林错相关联的背景资料、与古人类主要是尼阿底人相关联的环境信息，其中地质地理和古环境资料来自20世纪70年代开始的第一次青藏科考成果，古气候信息来自后续至今的研究所得。

地质方面：从班公湖到色林错，恰好处于“班公湖－怒江缝合带”，此带为连接多地块同构青藏地区的五条缝合带之一；它与以南的雅鲁藏布江缝合带同属最后一期古大洋消亡后的产物。大地构造学家说，因为本期大洋间隔拉萨地块分为南北两支，故而遗留两条缝合线。“班公湖－怒江缝合带”是新特提斯大洋“次”一级的、且表现为多岛洋盆格局的北支海洋，待大洋关闭促成拉萨地块与羌塘地块相接，之间这一断裂带—缝合线从阿里高原穿越藏北高原和横断山区，在中国境内全长2500多公里。

地理地貌方面，为“班公湖－色林错槽地”。其下是深大断裂带，地面表现为低洼槽地；断裂带上地壳发育相对薄弱，易聚水成湖成河，所以大地图上可见“上千公里一串湖泊”景象，正如《西藏地貌》所描述：班公湖－色林错深断裂槽带“是藏北海拔最低、形态最清晰、延伸最长的一条巨型低洼地带，它们自班公湖、扎仓茶卡、洞错、达则错，至色林错，然后转向北东东，向东经过兹格塘错、错那，而达下秋卡，由此转向南东，与怒江深断裂谷地相接续。全长超过2000公里。带内的湖泊长轴方向和槽地方向完全一致。如果把这串珠状湖盆连接起来（事实上湖泊发育的全盛时期，许多湖泊是相互贯通成为延展很长的条形湖泊的），那么，它们的线性特征将表现得特别明显”。

古气候：距今4万年前后的尼阿底人存续期间对标的古气候曲线，是从事青藏科考的冰川学家经由西昆仑古里雅冰帽的冰芯记录重建的——第四纪冰期的末次冰期划分为距今7.5万～5.8万年早冰阶，距今3.3万～1万年前的晚冰阶。两冰阶之间即5.8万年之后、3.3万年之前，存在过长达2.5万年的间冰阶温暖期。从中判读出异常高温时段，甚至高于现代平均温度5℃之多！而同期全球升温值较今不超过3℃，体现了极高海拔地区对于气候变化的放大效应。不要小看了这3℃和5℃，最近几十年来全球变暖还不到1℃，便足以引发世界范围的危机感，担忧现有生态系统的可能崩溃。由此可以肯定的是，尼阿底人是在格外暖和的天气里踏上高原的，他们眼中的藏北景象，肯定跟今天全然不同。

所以古环境常与古气候相提并论，虽然自然演化史上不乏暖干、冷湿的组合，但是尼阿底人生活年代对应的定是暖湿无疑。研究古湖泊的专家告诉我们，距今5万多年前开始的间冰期暖时段，整个藏北高原湖泊数量很少，只不过每每动辄数万平方公里而已，就连如今名列前二的色林错和纳木错都曾通连而为同一座超级大湖，被追认为“东羌塘古湖”；后来统一大湖解体，色林错古湖盆日渐显露，其上湖泊星散，面积10平方公里以下的小型湖泊至今仍达500多个（《青藏高原地图集》20世纪80年代数据）。而今肉眼可见色林错古湖岸线13级，最高一级海拔4600米。有意思的是，尼阿底遗址就出现在湖南岸海拔4600米的地方，这是否可说明这群无意中开创了“最早”“最高”纪录的先民生活于此的年代，暖湿的气候环境峰值已过，古湖泊有所退缩而进入“次高”湖面时期；但古湖依旧辽阔如海，或有潮汐现象；且是淡水的海，因为当今仅凭二三十年扩张，被归类为“咸水湖”的色林错湖水已可饮用。

代表着天时和地利的条件具备，那么人群从何而来？换言之，从夏达错到色林错，在这条巨长槽地——古人类迁徙通道上，行走其间的旧石器时代人群是何模样？

由于同时期生物检材的缺乏，暂时无法确知答案。但是专家们根据先民所处地理环境和石器的技术系统初步研判，夏达错讲述的可能是“西南边”的故事，而色林错尼阿底人，从人群到器物，也许来自“北方”。

年轻时游历藏北，多番路过色林错——仅仅路过而已，有所涉笔，也不过转述了当地盛传的颇多微词，因为从前它作为纳木错神湖的对立面，顶着“魔鬼湖”名号，长期被打入另册。现在好了，伴随着以保护珍稀物种黑颈鹤为主旨的国家级自然保护区荣耀和“第一大湖”的地位提升，以及将要进行的西藏第一座国家公园的建设，色林错早已被“正名”，被重新审视，并且由于尼阿底遗址的重现特别增补了亲和力。这种亲切感足以促使我坐下来，将相关的资料信息整理出来，一来可视为对自己多年所学自然科学新知的一次检阅，二来比这重要的还在于，文章写给别人看，希望为未来前往藏北和阿里一游的人们展开另一时空，给喜欢怀古并感叹沧桑的同好们提供“脑补”画面的线索和素材。说起时空，不免想到自己的几番阿里之行，以日土为例，1990 初识，2013 再访，待 2021 写下本篇夏达错追记，外延及于尼阿底，算来竟是历时 30 年之久，这节奏也是没谁了。

2021 年 7 月初稿，2022 年 7 月定稿

第七章 阿里还在持续的发现中[①]

探访四条跨境河流正源

与藏北高原日渐暖湿的境遇不同，西部阿里持续暖干，旱象毕露。开春以来直到最暖月的 7 月，没下过一场像样的雨。当地人发愁说，确曾盼来过雨云，但飘然而过，地皮尚未湿透呢，随即蒸发殆尽。所以，草场迄未返青，生机仅见于沿河湿地一线。从拉萨飞往阿里的航线末端，置身狮泉河源区噶尔藏布江上方，但见多汊的河道弯来绕去，任意随形，如多条旋舞的绿绸，装饰在荒原高地，即使“傻瓜”相机业余水平，也可以俯拍出惊艳效果。

时在 2012 年夏季，追访青藏科考十数年的我，终于跟着出了一趟野外。此行

① 修订版几乎全新面貌的这一章，体现了 1990 年阿里之行以来 30 多年间，作者对于该地区的持续关注，不时听闻从自然科学到人文历史多学科新发现的消息，陆续写下多篇纪实文字。现借本书新版机会汇总而来，虽然展示的仅为局部片段，好在均为作者亲访亲历，加之跨了领域和时空，按照发生发展的顺序排列下来，看上去还算可观。本章原文仅将“旷远之地，白马黑狗”一节保留，因为那一幕里面饱含的情义令人难忘。

由姚檀栋院士亲自带队，出动的专家阵容好生壮观：冰川学家田立德、杨威、才东，植物学家杨永平，张寅生和苏凤阁同为水文学家，具体研究方向一在寒区地表水文过程，一在大江大河径流领域，此刻都带了各自的在读博士生，多学科团队总计 17 人。野外作业项目说来单纯：在阿里地区各大江河源头布设自动气象站、河流水文和冰川径流的观测设备——这正是由姚院士倡导、中国科学家主导、联合高原周边 10 国参与、西方科学家加盟的“第三极环境”（TPE）国际计划基础工作之一。作为“看客”的我，此行算是见证了这一宏伟计划的实施片段，同时见证的还有，对发源于中国西藏阿里地区 4 条跨境河流正源的追寻和确认，可以算得上始料未及的惊喜。

按说确认江河源并不在此行计划任务中，何以临时起意？来自阿里人请托。出于对本地区摸清“家底”和自我宣传的需要，当地区领导得知姚院士带队来阿里，安排了座谈，提出了请求，话里话外还有一层意思：希望能在阿里境内找到雅鲁藏布江源——公认的正源在日喀则地区。因为藏文古籍和民间口碑皆有云：冈仁波齐神山和玛旁雍错圣湖周边发源了以吉祥动物命名的 4 条大河——从马嘴里流出的是马泉河（当却藏布—雅鲁藏布江），从大象口中流出象泉河（朗钦藏布），从狮子口中流出狮泉河（森格藏布），从孔雀口中流出孔雀河（马甲藏布），这 4 条大河的确是环绕了神山圣湖，在直线距离不过百公里处出发，各奔前程，从喜马拉雅的这里那里出境，流经孟加拉国、印度、尼泊尔、巴基斯坦诸国，分别进入孟加拉湾，进入阿拉伯海——在同一大洋中再聚首时，已然各自完成了数千公里长途奔波。

受托一方之所以欣然受命，另有一层考量：几十年间的青藏科考，确认多条河流正源一事从未被正式列入议题，实为缺憾，何不结合此次出行，“顺便”定位这四大国际河流正源的经纬度和海拔高度，同时“顺访”源区及沿途冰川积雪水文现状。何况行前为自动气象站寻找最佳位置，张寅生研究员已经花费一个月时间做案头，对照卫星图、航测图，已大致标示出各源头位置，只差实地踏勘，“按图索骥”。

孔雀河源　孔雀河，藏语“马甲藏布”，出喜马拉雅，在尼泊尔称格尔纳利河，汇入恒河主要支流卡克拉河。

孔雀河流程短、流域面积小，从发源地到汇流出境，仅限于普兰一县之地。尽管如此，仍是多源——我们曾在两天时间里查看过 3 处源头。那是在到达阿里第一天，从昆莎机场换乘越野车，直奔普兰县最南端的中印边境雪山——航测图明示，此处好大一片冰川，被预定为架设观测器械的首选地；加之这片冰川区从未被冰川学家实地考察过，首次涉足，令人期待。山丛中的土路直上海拔 5000 多米，沿途可见溪水潺潺，但拟想中的冰川流却始终未见，直到流出“第一滴水”的地方，别提有多失望：山野虽有雪冰斑驳，全都是死冰与残雪，纸面上标示的冰川呢？全都没了。

与之形成反衬的是，远眺境外，山丛环护的默尔穆冰川安在，巍峨依然。只是站在边境线这边，可望而不可及。

众专家徒然兴叹一番，遂决定改道前往中尼边境冰川区——普兰县距离印度和尼泊尔可真近啊，就在这同一个下午，左盘右旋又抵达了同样海拔5000多米的中尼边境。然而当冰川在望，道路已是尽头，再度无功而返。

第二天从普兰出发，这一次很顺利，在纳木那尼峰下的冰川融水中安放了仪器。隔着碧波荡漾的玛旁雍错，纳木那尼的连绵雪山与冈仁波齐雪峰真正相望于江湖，让它们所在的喜马拉雅和冈底斯两大山脉以不可思议的近距离，同构了两山一湖经典美景的极致。我们的冰川学家熟悉这座高峻美丽的雪山，多年来多番往返考察采样。2006年与美国专家合作，在纳木那尼峰6100米处钻取了3支总长度为400多米的冰芯。那两个月里，为雇牦牛，跑遍了周边村庄。

相距纳木那尼峰约20公里远的多玛村，也是支援过牦牛的地方。有村民热心引导，专家们在村旁湿地安装了自动气象站。孔雀河一条支流穿行村中，是开春后流来的冰川水，可提供农田灌溉，冬季则有泉水代为保障生活所需。这一次跟着冰川学家，方知随处可见的皆为冰川遗迹，以往千篇一律的山野忽然生动起来。这座名副其实的“红石村”，背倚暖色调的缤纷群山，山坡卵石遍布，是冰川漂砾吗？

姚院士现场讲解：这叫冰水砾石，初步判断为数十万年前的冰期遗物——想当年，纳木那尼的冰川流一直漫延到数十公里开外呢！再往前，又见断崖裸露出地层纹理，姚院士说，这是湖泊沉积，想来若干万年前此地尚在玛旁雍错湖底吧！

还不止于此，往下走，冰川的遗物越发古老，初步判断可能有上百万年，已黏结呈现铁锈色，由此解释了普兰、札达两县何以留下如此众多的洞窟土窑，可供古人居住，尤其作为众多佛教洞窟艺术的载体——对于这类景观我们已经熟悉，但知其然不知其所以然，从科学家那里得到解释，可算是头一遭。姚院士说，土林中的疏松土层可供挖掘，而洞窟依然牢固，就因冰川作用形成的固结层形成了天然顶盖。直面那些早已弃用的窑洞群，联想到几千年来相继存亡过的象雄文明、古格文明，联想到现今仅存区区数千人的象泉河谷，鼎盛时居然养育过“十万之众”（藏文古籍语），姚院士感慨说，冰川融水是这一带的生命源，难以想象当冰川全部消融，自然界生栖于此的各物种包括人群何以为继。

两天里所见三源，皆非孔雀河正源，就连传说中的源头“孔雀口”，后来也只见到了图片。是在我们离开阿里后，由田立德研究员率队重返普兰，从县城西北的仁贡村骑马上山。海拔 4312 米高处的孔雀泉，以巨型嘛呢堆为圣地标志，经幡哈达招展在红柳丛中；泉口出水量又大又清澈，流过青苔覆盖的泉华石丘，造就一个花红柳绿的小生境，与荒山野岭大背景形成大反差。但是显然的，孔雀泉也非源点，向导说，溯源而上还需马程三天，就没再深入了。借助遥感图像，田立德测得正源距仁贡村尚有56公里，那儿是一座无名分水岭，有降水融雪形成的小湖泊。

象泉河源 象泉河，藏语“朗钦藏布”，出喜马拉雅，称萨特累季河，流经印度，在巴基斯坦境内汇入印度河。

当地口碑中的象泉河源，位于噶尔县门士乡顿久寺近旁。离开219国道，就告别了农作区，源头总在上方。顿久寺坐落在大草原深处，素享河源圣地美誉。寺僧说，山形如吉祥动物大象，遂名为“朗钦”大象山，象泉河由此得名。相传河源曾有108个泉眼，现在大部分干涸，只剩下不多的几处出水口和一汪汪水泊了。

这片源区湿地依然保留着曾为冰谷又曾为湖泊的痕迹：卵石的冰水阶地形成天然堤坝，环绕着下方清浅水面和青葱草甸。草甸丰饶，有紫色的太阳花成片开放，娇小的黄色花名叫水生毛茛，星星点点从湿地蔓延至水面。水面上有禽类旺族的黄鸭、灰鸭，更有珍稀的黑颈鹤，遵循了时令飞临，群居在这个美好的栖息地，叽叽咕咕，此呼彼应，让这个大荒原上的小生境充满光影声色。

当然这里并非源点，尚有一条绿色轨迹自神山冈仁波齐方向延伸而来。循迹而行，但见宽谷草原上的水流，时而浮现时而潜没，一路引领我们驶向宽谷尽头，拐进一条窄谷河床，却陡见流向改变——本来是溯源而上，现在则是顺流而下，不经意间已从象泉河流域踅进玛旁雍错流域；行政地理方面，也从噶尔县越界到普兰县境了。从游牧人那儿打听到，此地山名为“穹芗”——大鹏鸟巢，游牧点地名为“直热”——牦牛圈，隶属普兰县巴嘎乡，距冈仁波齐不足20公里。于是，我们这群人就在百米范围内低头细察，终于在一小片止水中发现了两大水系分水点——如此的不起眼啊！干涸的、近乎平坦的河床上，分明是从同一泉眼涌出，仿佛犹豫片刻，向左呢还是向右？方才缓缓地背向而去——所谓“分水岭”，竟在咫尺方寸间！

按照河源认定三准则：河源唯远、水量唯大、历史习惯，大象山河源符合第三条；若论河长及水量，待我们走出鹏巢山、牦牛圈，上了219国道，只见西南向流淌的另一象泉河上源，河道深切，水势汹涌，遂追踪而去，直到被河流阻断了道路，眼见它隐身于冈仁波齐雪峰背后。当地人说，这条河来自神山以北地名为“杜钦”的地方，流程更远。据此姚院士认为，象泉河可确定为双源，一为大象山地下水，一为冈仁波齐冰川水。

狮泉河源 狮泉河，藏语“森格藏布”，沿喜马拉雅—冈底斯之间西北行，出境后直到进入巴基斯坦北部地区的巴尔蒂斯坦，仍沿用森格藏布之名；至吉尔吉特南下，始称印度河。

颠覆了分水“岭”概念的，集中在狮泉河源区探访中。同属冈底斯山脉，由于山势地貌有别，人为造就了或圣或凡之躯：你看冈仁波齐多么神奇，水平砾岩层叠而上，俨如金字塔造型，其上肩冰被雪，在周遭样貌平庸、多为乱石的群山簇拥下，彰显了与众大不同，连同玛旁雍错，自古便被西藏和南亚四大古老宗教苯教、佛教、耆那教、印度教尊奉为神山圣湖，且是神圣中的最神圣。不过，神山以北那片貌似凡俗的山群，却以一处处冰斗冰川和地下高水位，一举孕育了狮泉河—印度河的同时，还补充着玛旁雍错和昂拉仁错两大流域水系。同源而分流，归宿大不同，我们仅见其中一处分流。

那一天清晨，专家们完成了在玛旁雍错湖中设置水文仪的工作，径直从巴嘎乡驶向冈仁波齐峰东侧的县乡公路，一路向北，与岗龙河相向而行。岗龙河源于神山，南流入圣湖，所以沿途50公里都算是玛旁雍错流域。但当又一座湖泊在望，忽见河水已改流向，进入久玛错。是从哪里分野的呢？于是停车察看，姚院士带了助手登山而去。这位助手不是别人，正是藏族第一位冰川学家才东，从挪威留学归来，任教于西藏大学，此时正在中科院青藏所做博士后。湖面海拔5368米的久玛错位于冈仁波齐东北，与神山之间隔了好几个山头。此地已在阿里地区革吉县亚热乡，纯牧业区，山坡湖畔有牛羊，一群牦牛涉足湖中，在齐腹处嬉水；湖水外流成河，供鱼类孵育后代，迁徙往返；河水流向昂拉仁错，那是最终归宿——与狮泉河同源而伫留本土，归属于高原闭合流域。

才东返回报信：找到了，分水点找到了！

我们在卵石阵中快步上行，围观5418米山腰处，出露地表的一泓清泉，如何在短短距离中南北分流。想来在上方源区，叶脉状的清泉溪流纵横，时而交集时而分离，是外流入海还是固守家园，一切悉遵缘分。

此行只是接近了源区。对于狮泉河源头的踏勘，是在后来，在重新做过案头，由张寅生研究员绘制图示，将经纬度精准到“秒”的小数点后面两位数。田立德研究员率队于次年8月沿狮泉河上行考察，到达源点并作了初步描述：狮泉河发源于冈底斯山北部山地，海拔5400～5500米的冰川槽谷地带，以冰川融水、冰斗湖和降水、地下水补给，两个小流域出山汇合，形成源头。时值盛夏时节，即使在源区，河水依然生猛，清浅溪流不久便浊浪滔滔了。大功告成的同时，听田老师讲过程，此行还遇有两桩趣事，一是在源头附近的荒凉地带，居然邂逅一群足足5只狼！二是在源头山壁上，居然发现了自然天成之像，其貌若狮面，大家称奇，未知狮泉河大名是否由此而来。

雅鲁藏布江源　雅鲁藏布江，其上源称“当却藏布”，即马泉河。与喜马拉雅平行，东部环绕南迦巴瓦峰急转直下，出境后称布拉马普特拉河。

由于交通的便捷，藏于深山的河源如今可以轻易抵达了。即使雅鲁藏布江源杰马央宗冰川，从前给人的感觉是比实际距离更遥远，现在也将开辟为旅游景点，公路边赫然竖起路标，指示前往江源从此处分道。这儿已在日喀则地区仲巴县境，雅江上游河段名为“当却藏布”——马泉河。说是河谷，宽敞如同大草原，大约气候变暖的缘故，杰拉乡的游牧点几乎扩展到杰马央宗冰川下。我们的车队驶向草原纵深，不时可见游牧点上三几户帐篷人家，各家坐拥辽阔牧场。外人看来大草原颠连一片，其实各有分属，沿途地名叫果松，叫古各，叫措扎，只有当地人明白分界线在哪里。翻过最后一道山梁，杰马央宗冰川犹如横空出世，清冽河水在宽谷中流淌，虽然未见牛羊，却见沼泽草甸中倒卧一辆游牧人的摩托车。

杰马央宗，意为沙子堆成的“卍”图案，“卍”字汉语读音为“万”，藏语为“雍仲”，均为永恒轮转之意，它还是藏地古老苯教的徽记。“杰马”意为沙子。的确，目之所及，整个源区宽谷尽为白色细沙覆盖，乍看如积雪，蓬蓬簇簇的旱生苔草针叶，像极了从雪被下钻将出来。细沙的科学名词为冰川粉沙，由冰川裹挟来的漂砾与冰床基岩摩擦形成，其间所经历的岁月，用铁杵磨针、水滴石穿之类工夫，全都不足以喻其漫长。至于如何形容眼前这座著名的巨型冰川，考虑过恢宏、壮美、圣洁之类字眼，也全都不足以喻其伟岸，倒是“富态”一词更妥帖——没错，杰马央宗体量丰盈，仪态端方，气度雍容，富丽堂皇，正面冰山之巅半隐于云雾中，两厢敞开等高的岩山，冰川流在三山环护中保持了静态的汹涌之姿，属经典的山谷冰川样貌。

姚院士率领七勇士攀上冰墙，为安放仪器选址，往返一趟花费了五六个小时，真正辛苦。这一晚，我们扎营在终碛垄前海拔 5000 米处，在溪流与溪流之间的草地上，度过了一个雨夜。

关于雅鲁藏布江源的争论百年不休，最早的探源者是百多年前的斯文·赫定，他以库比藏布为源；其后由印度学者修正为杰马央宗，这一观点在 1976 年的西藏科考中得以确认。杰马央宗冰川符合河源认定三原则中的水量唯大和历史习惯，似已实至名归，但若论“唯远”，则另有其地。在阿里人的请求并引导下，由冰川学家田立德带队的探源小组，从玛旁雍错以东、杰马央宗以西的公珠错湖畔，直插昂色洞冬冰川。以冰川为源的河流长度，从冰川末端的终碛垄起算，野外踏勘与地图测算的结果，昂色洞冬、杰马央宗两大冰川之融水，各自流向同一座冰湖日杰错，但是，昂色洞冬冰川水源流程，较之杰马央宗冰川，整整远出 10 公里。

据此，姚院士认为雅鲁藏布江亦可取双源说，杰马央宗和昂色洞冬，双源皆冰川。这一方面反映了事实，另一方面，也呼应了四条国际河流皆从阿里、从神山冈仁波齐周边发源的传统心理。而在所有河流中，雅鲁藏布在西藏境内流程最长，流域最广，上游宜牧，中游宜农，下游则为林区，横贯西藏南部，浩荡东向两千余公里。不曾听说它被纳入神圣河流之列，从苯教到藏传佛教，似乎不曾有过像印度教的恒河那样的圣河崇拜，但雅鲁藏布惠及两岸稼禾生灵，催生了历史人文，可谓功德无量，不言神圣，是不是更亲近，亲近如母亲。

冰期动物从这里起源[①]

札达盆地最显著的景观是土林。土林景观在青藏高原个别地区或有存在，但体量小，堪称微地貌。只有在这里，在西部西藏，阿里地区札达县境，集中而壮观：东西长约 140 公里，南北最大宽度足有 50 公里，呈向西敞开的喇叭形。阿里人不失时机地将这一别处罕见的风水宝地，开发成旅游景区，高等级的黑色路面贯通其间，沿途拣选视野开阔处筑建观景台，供游客全景式拍摄；当然也可以随意停车，把局部经典收纳于取景框。还记得 1990 年这条景观大道尚未修起，我随一群人类学家初来乍到，两台车从札达县城返回狮泉河镇，竟至于在这片土质林莽中昏了头，迷了路，转悠大半天方才走出来，恰好在高处俯瞰到夕照土林的金黄瑰丽，那观感无以言表：说它浩浩然巍巍然，本该激动人心，可是就其整体的端庄兼从容，又足以令人宁静致远。正是在那一刻，脑海中自然生成一词——“审美眩晕”，从此后每见不可言说之美，总要想到这词儿，同时感觉瞬间的恍惚。

土质的林莽层叠壁立，水平如摞，纵

① 本节选自《青藏光芒》（北京十月文艺出版社、西藏人民出版社，2018 年）第 11 章“新大陆的美好时代”。

向如刻，厚度亦即高度整整 800 米，沉积年代距今 610 万～40 万年。想来该湖盆曾经颠连一体，水竭而现，随之抬升，任凭风、水、阳光的长久洗礼，被时间再造，切割成任意随形的千沟万壑。从形态到肌理，从质感到色调，令初见者、再见者叹为观止。不过仅此而已，壮美而贫瘠，少见植物生长，外来人不免像我早先那样，认为此地唯具审美价值。古动物学家邓涛为札达土林写照，赋诗一首："湖退积泥沙，纹横灿若霞。断层刀刃斫，流水笔锋斜。起伏如城堡，参差似爪牙。天然图画险，深谷接高崖。"

但是邓涛却并非只看风景的人，在他眼中，这盆地好一似聚宝盆，每回前往总有惊喜在等待，值得一来再来。

札达盆地的沉积物形成年代比较"晚近"，中新世末期 600 多万年以来；大化石的发现则晚到最近几十年：1976 年青藏科考队阿里分队在此发掘出长颈鹿的下颌骨牙齿，数年后由中国地质大学发掘出三趾马头骨；另有化石碎片时见报道。2006 年，中国科学院古脊椎与古动物研究所邓涛研究员率领专业团队初入土林，短短几年时间，新发现的哺乳动物化石已达 20 余种：貉、狐、雪豹、獾、鼬、豹、鬣狗、札达三趾马、西藏披毛犀、祖鹿、岩羊、旋角羚、库羊、嵌齿象、高冠松鼠、微仓鼠、原鼢鼠、比例克模鼠、姬鼠、三裂齿兔和鼠兔，诸如此类，洋洋大观。上新世动物群面貌大致清晰，其中某些如三趾马、披毛犀已然集群灭绝，另有雪豹、岩羊等，则是现生动物的直接祖先。本来库羊同在祖先之列，后在柴达木盆地发现了更早的先祖，札达库羊只是藏羚羊演化之链较早期一环。

重要成果之一，是得出了以披毛犀为代表的冰期动物群起源于高海拔的青藏高原的结论，从而纠正了“北极起源”假说。

冰期动物特指 260 万年前地质第四纪开端，延至更新世末大冰期时代的动物群，以身被密而长的毛发为特征，猛犸象和披毛犀是其代表。鉴于在此之前，猛犸象化石最南在波兰的沥青湖中以木乃伊形象再现，披毛犀化石分布的最南端亦仅止于华北，最早发现的牦牛化石在贝加尔湖，藏野驴化石在阿拉斯加……由此国际学界有理由认为冰期动物起源于北极，大家并无异议，冰期动物“北极起源说”就此长期流行，及至札达盆地 370 万年前最原始披毛犀化石和某些现生耐寒动物的祖先化石出土，此说方休。

多么幸运！ 2007 年第二次开赴土林，就见披毛犀化石——就在距县城最近的观景台下方，它先是将两枚牙齿暴露在外，再让专家把头骨、下颌和颈椎等等好大一堆剔出来，然后在北京的实验室里显示身家：活在 370 万年前，成年个体，前所未知的新种，其系统发育处于这一谱系的最基干即最原始位置，命名为“西藏披毛犀”。最后，让专家们得出这样的结论：在札达披毛犀生活的年代，青藏高原由于高耸的地势，先于北半球进入冰雪时代，犀类这一脉初步完成了适应演化；待 280

万年前冰期乍现，高原周边渐成宜居环境，遂举步“下山”，在边缘低地驻足生息，至少在甘肃临夏盆地、在河北泥河湾留下痕迹；继续北上者，一举扩散到欧亚大陆北部高纬度低海拔地区，与牦牛、盘羊和岩羊一起，成为中、晚更新世代表，称作猛犸象－披毛犀动物群。

披毛犀这种“最成功的冰期动物”实至名归，的确像是为适应严寒而设计：长长毛发为保温，应对寒冷苔原干草原，就无须多言啦！以宽阔鼻骨和骨化的鼻中隔支撑硕大鼻腔，有利于寒冷空气中热量交换，也属常识，严寒地带的人群通常也是高鼻梁大鼻孔形象；关键在于长而侧扁的角前倾，有如特制，专用于刮开冰雪取食干草，不是独角犀是双角犀，双角不是并立是纵向排列：大而长的鼻角之后有一小巧额角。西藏披毛犀如此这般的全副武装，有效地帮助这一种群抵御了两百多万年里周而复始的冰期来袭，只是可惜了，却在不久的万年前全军覆没——1 万年前发生了什么？想必是祸不单行：温暖的间冰期到来，快速改变的生态环境已使它们感到威胁，致命一击则由刚刚进入新石器时期的狩猎人群完成——人类先民好生厉害，仅仅以手持的木石类冷兵器，就足以成为庞然大物披毛犀的终结者，包括当时生活在北方高纬度地区的野牦牛，一同被赶尽杀绝。

札达盆地可称为冰期动物的摇篮了。不仅披毛犀，还有许多我们熟悉的动物，都可以来此“祭祖”。邓涛等专家在论文《西藏札达盆地发现的最原始披毛犀揭示冰期动物群的高原起源》中指出，许多青藏高原特有种的原籍就在高原，家园即故土：

“我们的研究认为，披毛犀并非唯一起源于青藏高原的冰期动物。札达动物群的其他成员以及在青藏高原其他地点发现的哺乳动物化石已经显示，独特的青藏动物群可以追溯到晚中新世时期。岩羊的祖先也出现在札达盆地，在随后的冰期里扩散到亚洲北部，与披毛犀的演化历史非常相似。此外，分子生物学家已经建立起牦牛和盘羊在青藏高原或周边山地的祖先类型与其北美的冰期动物亲戚，如美洲野牛和加拿大盘羊之间在系统发育上的联系。与披毛犀一样具有巨大体形和厚重长毛的牦牛也被发现在更新世时期向北分布，远至西伯利亚的贝加尔湖地区。在青藏高原现生动物群的典型种类中，藏野驴在北美阿拉斯加的更新世沉积物中也有发现，藏羚羊的起源可以追溯到青藏高原北部柴达木盆地晚中新世时期的库羊、雪豹的原始类型发现于札达盆地的上新世并在更新世扩散到周边地区。

“适应寒冷气候的第四纪冰期动物群的起源，原来一直在上新世和早更新世的极地苔原和干冷草原上寻找。现在我们的研究发现，实际上高高隆升的青藏高原上的严酷冬季已经为全北界，即欧亚大陆和北美晚更新世猛犸象动物群的一些成功种类提供了寒冷适应进化的最初阶段。”

这篇论文发表在美国《科学》杂志 2011 年第 333 卷第 6047 期。从中可以概括，高原起源的大型动物除披毛犀外，已找到祖先化石的有藏羚羊、岩羊和雪豹；

尚未找到、但有分子生物学证据推断其起源于青藏高原的，有牦牛、盘羊和藏野驴。

距此 3 年后，冰期动物高原起源、“走出西藏”假说又添新证：2014 年 6 月 11 日，英国《皇家学会报 B：生物科学》在线刊发了王晓鸣等人研究论文《从第三极迁向北极：现生北极狐的喜马拉雅起源》。这个以古脊椎所新近纪小哺乳动物化石专家邱铸鼎命名的犬科新种邱氏狐，正是北极圈动物代表北极狐的早期类型！发掘地点，仍在札达盆地土林，上新世距今 500 万 ~ 300 万年沉积中。

青藏高原一向被称为“生物避难所”，“难民”包括冰期中的许多植物和动物。起源于此并坚守于此的动物们，耐受住地质第四纪大冰期考验，终在距今数十万年前完成了特化过程，成为高原特有种，所以又称“冰期动物的摇篮”。

漫长的演化之路上，绝大多数物种没能走到今天。纵观古今，凡犀类无不喜暖湿，青藏地区生活过的犀类尽皆森林草原动物：早至 1000 万年前，现今的藏北高原的布隆盆地有大唇犀；比布隆再早几百万年的，是藏北高原中南部的伦坡拉盆地有近无角犀；3000 万 ~ 2500 万年前，现今甘肃临夏盆地有巨犀。同科不同属种，都是披毛犀远亲，披毛犀实属犀类大家族中的异数和另类，适应冰期严寒的成功物种，试想当初若非集体追随着冰期的脚步下了“山”，或许幸存至今也未可知呢！看看它的迁徙路线图：370 万年前札达盆地—200

多万年前临夏盆地—100 多万年前华北泥河湾—几十万年前北半球高纬地区，再也没回来，终于随着冰期结束而灭绝。相比较而言，岩羊酷爱陡峭的石山裸岩，舍此无处可去；包括岩羊在内的食草动物是雪豹的主食，所以双双留守故乡。

那么牦牛呢？邓涛也给出解释：很可能一度离开过，显然没走出太远，严寒一过又回来了。野牦牛的驯化大约完成在距今 1 万年前后，家牦牛从此成为高原先民游牧和农耕的好帮手，以及食物来源之一。驯化时间亦是分子生物学提供的。同是冰期动物，去留之间，没想到竟有关乎整个种群的生死存亡之别——披毛犀和牦牛，命运就此分野。

且听本土发声[①]

迄今为止，当代人写阿里的图书，我所见者不下一二十本，从旁涉猎的更多，体裁也不限于文字，画册和纪录片都有，尤其摄影作品每见发表，从山水的奇异美到服饰的古典美，无不耀眼且养眼。须知这都是 20 世纪 80 年代结束了新疆代管时期，这一地区被重新“发现”以及“阿里

① 此节原是为古格·次仁加布著《传奇阿里》（中国藏学出版社 2014 年 12 月版）所写序言。这本书出版后不久，写书的人却不幸病逝，令所有朋友痛惜之至。回想自己与次仁加布先生相识多年，但每一次交谈居然都是带了问题请教，不乏“功利”目的，而每一次都不由得生发“胜读十年书”之慨。其中有两次受益最丰，一为 2010 年，即将踏上印度河之旅，由于访问巴尔蒂斯坦“小西藏”也在行程安排内，特意向这位来自阿里的专家专题求教。能够想到的是可以从他那里得知此地历史的框架脉络，没想到的是居然描述得如此具细，阿里—拉达克—巴尔蒂斯坦的古往今来，尤其古代交通，牦牛（驮羊绒）的路，绵羊（驮盐）的路，过往行人的路……那么多书本上查不到的知识啊！另一次在 2013 年夏季，我们同去阿里狮泉河镇参加“象雄文化论坛”，会议期间交流之外，返程航班上又恰巧邻座，一路上就听他讲阿里古史民风，对于个人认知有充实有颠覆，何其丰富的内容！最终结果是，飞机落地前达成一协议：次仁加布同意书写这本有关阿里的大众读物，让更多人分享。

于是就有了这本《传奇阿里》，他生前出版的最后一本书。现在想来唯一感到欣慰的是，他看到了新书，听说很满意。那一刻我不在现场，只记得出书前不久的另一场合，在拉萨，当我将特意带来的封面小样打开征求意见时，见他目光中流露出欣喜。

热”延续二三十年的部分成果，之密集推出，甚至可用“爆发式”来形容了。至于作者，来自不同行业领域，考古学家、藏学家有之，记者、援藏干部等公职人员有之，职业写手反倒不太多，共同特点是对阿里一见倾心并满怀惊奇的外来人。

介绍这一背景，就为接下来强调《传奇阿里》何以与众不同。不同处首先体现在作者身份——古格·次仁加布，从名字看得出古格故地出身，意味着代表本土参与发言；显然又不属于民间“草根”一派，是走出家乡后的再回首，目光有遥视，有俯瞰，有仰望，理性与情感尽在其中。不同处之二，体现在身为精通藏文的史学研究者，其独具的优势无人可比，在遍阅相关阿里地区古书、潜入历史长河钩沉索隐之后的发言，权威性自不待言。所以说，是文本典籍 + 人生经验，在很大程度上成就了这本书。

所以当书稿提交中国藏学出版社的时候，我的心情和表现用“迫不及待”形容没错：迫不及待作为第一读者看稿，迫不及待写下一篇小文忝为代序，意在检示自己也知会朋友，从前在哪些方面有过误读误解，本书作者怎样为之匡正纠偏，从而使我们对于阿里的认知深入一些，或者进一步接近真实。

这就说到初识阿里时，随陌生而来的诸多之“谜”，其中首推延续了六七百年的古格王国何以突然消亡。于是种种猜测纷起，不过很快得知这一疑问实属孤陋寡闻——先是格勒博士提醒说，“古格灭国”在西方藏学界并非神秘事件，来龙去脉都在17世纪二三十年代传教士信件里写着哪！继之中译本《魂牵雪域》（伍昆明译，中国藏学出版社，1998年）问世，一众关注阿里的人通过此书得出印象：由于葡萄牙传教士的到来，末代古格王意欲改宗信仰，内部矛盾激化，终致灭亡。一时间，“导火索”论占了上风。

次仁加布先生不认同此说，是有依据的。他曾遍查典籍文档，未见该时期传教士活动记载，认为这首先说明其影响甚微，不足以掀起改变历史进程的巨浪。那么古格何以终结，藏史或早有定论，是“狮虎结合导致了古格的灭亡”。这其中的前因后果说来话长，简言之大致这样子：藏传佛教后弘期几百年间，噶举派率先开辟了神山冈仁波齐作为修行圣地，在古格和拉达克等西部西藏长期保持了一派独大局面。然而情况有了变化，在古格王室支持下，以托林寺为首的多座寺庙由噶举派转向格鲁派，及至百余年后的1618年，即传教士到来的前几年，末代古格王扎巴扎西德盛情邀来后藏扎什伦布寺四世班禅大师，弘法授徒，一住三年，所到之处，莫不顶礼。由于新兴格鲁派的传播意味着前后藏政教势力的渗透，拉达克王森格朗杰深感威胁——这期间拉达克地区仍为竹巴噶举传统领地，该派大师达仓不仅贵为国王上师，同时身兼辅政之责。“森格”是“狮子”，“达”是“虎”，被时人视之为一对不可战胜的“狮、虎”组合。当这二人与古格内部反叛势力联起手来，正如历史的完成时：古格在劫难逃。

当然，一个政权的垮台往往是多种因素共同作用的结果，如果说导致古格覆灭之因尚可继续讨论的话，那么，对另一段历史人事的考证，似可一锤定音了。

古格立国早期的拉喇嘛益西沃（或作益西维、意希沃，947—1019）是藏传佛教“上路弘法”的一面旗帜，经由后世多部藏文史书传扬，其舍身护法的故事深入人心：古格王益西沃不仅自己舍弃王位出了家，还影响到两个儿子、一个女儿做了僧尼。当他与“黑衣大食”作战被俘后，面临或改宗信仰或以等身黄金赎身的选择，尽皆坚拒，他还嘱托家人用赎金作聘金，前往印度超岩寺迎请佛教大师阿底峡，自己则从容赴义。

这个故事于后世被写进史书，不是一两本，是两位数的多种版本，以至于借助口碑，在西藏几乎尽人皆知。可是次仁加布注意到阿里人撰写的、成书年代更早的事主生平中，拉喇嘛益西沃既从未参战，何来被俘？而是终其一生虔心事佛，寿终正寝于托林寺。于是以学者的严谨予以深究，查阅史籍不下二十部，厘清了故事原委，最终还原的史实是：主人公实为益西沃侄孙维德，在与“竹夏”人作战时被俘，其弟江久维施救，等身赎金已筹集大部、仅差头部时，可惜功亏一篑，维德客死异乡。之后，阿底峡大师确由江久维迎请而来。

继续追问后世史家移花接木的动机，结论是，由于新兴格鲁派完成了政教一统，已将阿底峡尊为先哲祖师，借由拉喇嘛益西沃名人效应，安排了大师轰轰烈烈的出场——一个壮烈，一个辉煌，相得益彰。翔实考证似抽丝剥茧，把几百年里如何添枝加叶的“重构”演绎过程逐层揭示，看故事怎样渐渐丰满完整，终成传奇。

通过这一事件，还让我们得知所谓“黑衣大食”原是“竹夏”，藏语习称的“竹夏”实为巴尔蒂斯坦，巴尔蒂斯坦古今别号“小西藏”，曾经归于吐蕃又游离开去，现属巴基斯坦北部地区。竹夏人本与西藏人同文同种同信仰，16 世纪时全面伊斯兰化。

对于古格之后两场战事的记述很有必要，也很到位，缘起，过程，结局，前因后果。至少在我，原先只知其大概，现在得以明晰，并且加深了对其意义的认识和对阿里人的感佩之情。一次在 17 世纪 80 年代，从拉达克治下收复阿里；一次在 1841 年，系抗击外敌入侵。皆属保家卫国性质，全都取得了胜利。不同处在于，前者以拉达克为敌，后者与拉达克结盟；前者是在古格灭亡半个世纪后，拉达克联合不丹等地的竹巴噶举派，欲以阿里为跳板，向西藏腹地的格鲁派发难。貌似宗派之争，然则争夺属地属民，实与领土和世俗利益交关。以现代眼光看取，17 世纪的这场收复之战还算是内战，可是联系到诸地后来的命运，意义就非同一般了。

由此我们还“顺便”得知为时三百余年的阿里“噶尔本”机构，因何得到“帐篷政府”雅号，何以各有冬、夏驻地的噶尔亚沙和噶尔昆沙，实为个人风格所致——收复阿里的将军并做了阿里第一任行政长官的甘丹才旺本是蒙古族，他把游牧人生活方式引进了官府。与此相关，据说遍布阿里的千年城堡就是在甘丹才旺当政时被弃用的，从此荒芜。对于这一点，作者次仁加布难免遗憾惋惜。

待阿里收复，历经康乾盛世，拉达克作为大清藩属之地，与近邻阿里相安无事。却不料鸦片战争前后，共同经历了一场生死存亡考验：印度境内具有帝国主义背景的查谟地区信奉锡克教的道格拉人——藏语称其为“森巴人”，先是攻占了拉达克和巴尔蒂斯坦，继而入侵阿里。三地揭竿而起，不分佛教伊斯兰教、噶举派还是格鲁派，救亡时刻结成统一战线，历经浴血奋战，结局却是大不同：阿里保住了，拉达克和巴尔蒂斯坦沦陷了。保住阿里的不光是英勇的阿里人，更是动员了整个西藏的力量，来自驻藏大臣、噶厦的意志和全体军民万众一心的信念。这在当时清政府抵御列强连遭败绩、无暇西顾之际，为维护国家统一，确保西南边陲无虞，得建如此奇功，实在了不起。西藏人民由此作出的历史贡献，值得全中国铭记。

次仁加布先生复述了“森巴战争”始末，将这一史迹彪炳史册，告知今人，同样成就了大功一件。这得益于他对所存档案原件不辞辛劳的查阅整理。关于同一场战争在拉达克和巴尔蒂斯坦两个战场上的表现，近年间中国藏学出版社接连推出译著《巴尔蒂斯坦（小西藏）的历史和文化》《巴基斯坦北部地区史》，均有涉及，可以参看比较。总之，当我从中了解到这段历史，后怕之余是庆幸，尤其感念：我们之所以能够在此欣赏阿里，畅言阿里，凭什么？若无当年的流血牺牲，恐怕不排除某种可能：阿里一如拉达克，迄今仍深陷克什米尔争端中——在国力衰弱的百多年前，类似的失地并非一例两例。

被历史选中，为阿里代言。这位出生于阿里的学者在《传奇阿里》中再现了一部古格兴衰梗概，包括介绍名人名刹及王统的篇什，同时也记述有民间生活。在此我想特别提到必读的两篇，一为对狩猎文化那一逝去风景的追记，二为源远流长的乡土神崇拜。二文忠实记录并本质反映了与高原人类生活史同样绵长、以山水崇拜为表征的自然观——永远守望于此的山川大地、自然万象，才是人类家园的真正主人。人生在世，无非过客，“借宿”期间，难免多有打扰，必得心存敬畏歉意；对天赐之物若有取用之需，必得经过准许，以感恩之心分享，而无权糟践，遑论占有。

感动之余，不禁想道，没错，我们都是“借宿者”。在发展进步已成主题的今天，现代文明的种种好处伴随着问题和危机纷至沓来，不由人不左顾右盼。在这种时候，重温古训，学会谦卑，从古已有之的思想资源里汲取，是否可以增益现代人的观念体系，在更高层面上，实现人与自然的和谐相处？

我们为什么欣赏阿里

之一

20 世纪二三十年代，藏学大家、意大利学者图齐教授到访阿里，面向古格的废墟群，留下这样一段文字：

“今天，人们似乎看到荒原正从山谷以缓慢的速度坚定地攀缘而上，但又想在它光秃秃的黄色山峡上留下伟大过去的痕迹。”

许多年过去，历经阳光风雨剥蚀，虽然荒原有所扩展，但这片土地上“伟大过去的痕迹”依旧，并且已经和正在抖落尘埃；曾经的存在被发现和重新发现，被认识和重新认识；不因其神秘面纱的逐层揭开而魅力稍逊，我们对这一地区的兴趣和向往不减反增。

以往对于阿里的隔膜感，来自相距遥远——它位于中国边境西南极，想要涉足谈何容易；来自历史的陌生——汉藏文史料古籍涉笔不多，以至于某一年，当我在西藏档案馆亲见一幅明朝洪武皇帝册封搠思公失监为阿里军民元帅府首脑的圣旨，询问其人其事，连最博古的“老档案”也觉茫然。

所以长久以来，说到阿里，几同“化外之地”，几与遥不可及同义。

与西藏或者其他地方不同的是，对于当代国人来说，它像是被“忽然”发现的。何以至此？除去时空的遥远，切近的原因在于行政地理，20 世纪整个 70 年代，阿里地区由新疆代管，直到 1980 年重归西藏自治区。西藏建筑勘测设计院专家可能是当年最早赶赴阿里的一群，因为正是从他们带回的彩色图片中，我第一次得知古格及其王城遗址的存在，还曾仔细分辨哪些是自然的土林地貌，哪些是人工的古堡城垣。

自此开启阿里的发现时代，贯穿整个改革开放 40

载，这片一向寂寞的西极高地迎来一拨拨访客，有画家、摄影家，有记者、作家、考古学家，有民俗学家人类学家，包括民间音乐歌舞采风者，更多慕名而来的各路游客。由于交通等各方面条件的改善，国内外多个宗教的朝圣者纷至沓来。与此同时，一篇篇报道、一本本图书（包括译自多文种的旧作新版），尤其是考古成果相继问世，阿里的古往今来经由文字和摄影作品，盛况空前地展现在世人眼前：从古建筑遗存到洞窟里、崖壁上的画作，从名扬中外的神山圣湖到土林景观，以及当代阿里人从物质到精神的生存风貌，无不让人眼睛一亮心一动。就连女子的传统服饰，也成为图书画刊美极了的装帧，成为藏族服饰展演中最耀眼的风景。

持续了数十年的“阿里热”中，特别值得称道的是作为推波助澜的考古业绩。本地力量之外，至少有陕西省考古研究院和四川大学历史系，长时期与西藏和阿里的文物部门合作，与藏族考古工作者一起，发掘古格，发掘象雄，发掘几千上万年前的新、旧石器时代，不时从阿里的这里那里，发现了这个，发现了那个，古代阿里的文史空白被一点一点充填——你想啊，地处古代南亚、中亚和中原的环围之中，多种文明交汇之地，它的历史地理必定不同寻常，不同寻常的历史地理之发现必定会令人惊喜惊异惊诧，而事实果真如此：何曾“化外”过，简直不要太“文化”。直到最近这些年，听说偶然发现了久远年代的丝绸，听说又有金面具重见天日，就连象雄都城穹窿银城也传说成真，不是一处是两处，为此引发了业界争议，甚至吸引了非专业人士参与讨论，可见热度不减，愈发为其添加神秘光环。有时不免就想，考古工作者充当了“阿里热”先导角色，其实挺低调的，反倒是我们这些尾随其后的人，记者、作家、艺术家和旅游者，积极跟进，激赏着，喧哗着——或说“起哄”着，我自己就是。

从稍嫌功利的旅游眼光看来，阿里拥有多项极品级旅游资源，是上佳旅游目的地。其极品特质不只体现在哪一条山脉哪一座湖泊，哪一处遗址哪几样民俗风情，它其实是整体的全方位的，包括自然地理、人文地理和历史地理，甚至超越了可见的存在，直达属于想象力所能及达的边际，或说是漫无边际。

之二

举凡以上种种，还只属于历史人文范畴，已是众所周知了。在这里，我很乐意传递来自另一领域的信息，理科的，更长时间尺度上有关阿里的自然科学发现。对于此地较大规模的考察始自1976年，中国科学院青藏高原综合科学考察队阿里分队来过，从此多学科研究不曾间断。经由他们，我们得知了这一地区波澜壮阔的自然史，怎样由海洋而陆地而“世界屋脊”之“脊”；相关地质地层地理地貌的科学描述，从此与神话传说、与历史考古揭示的文化堆积相映生辉。

随着2003年中科院青藏高原研究所在拉萨挂牌、2007年该所在日土建立“阿里荒漠环境综合观测研究站”，标志着阿里地区环境科学研究从此常态化、正规化。很荣幸，就在2012年夏季，我跟随青藏所的专家们出野外，亲见他们在纳木那尼、玛旁雍错和四条跨境流向南亚的河流的源头，分别布设了自动气象站。这是一项国际计划的部分内容，监测环境变化现代过程，也是为了重建过往，预测未来。

在这里尤其要提到札达土林。作为稀缺景观给予的视觉冲击力，让我们充分认识到它独具的审美和旅游价值，但在我们的想象力之外，它还是自然科学的天赐宝地，别具知性魅力。札达盆地沉积物——土林，厚达800米，曾在广袤湖水覆盖之下，沉积年代距今610万～40万年。鉴于札达盆地在青藏高原隆升研究中的重要意义，渐成科研竞技场，目前国内多个科研团队在此开展工作，听说至少有4个课题组对它进行了古地磁年龄测定，各自从沉积层中辨读信息，借以恢复本地区千百万年以来的气候环境变化，重建高原隆升过程各时段。其中有丰富的古动物化石出土，让我们大开眼界：当年青藏队率先在土林中发掘到长颈鹿化石，后由中国地质大学发掘了三趾马化石，2006年，中国科学院古脊椎动物研究的专业团队来了，与美国同行一起，多地点、多层位、多批量，主要集中于札达土林观景台下方一带，短短两年里就出土了20多种动物化石，包括460万年前的三趾马、370万年前的披毛犀等等。重要成果之一，是确认我们的札达盆地为北半球冰期动物的“摇篮”，故乡——现生动物雪豹和岩羊、绝灭动物披毛犀最原始的祖先类型化石，就是在这里找到的。本来藏羚羊的祖先，名叫“库羊”的，也一同出现在札达动物群中，只不过在柴达木盆地发现了更原始的化石，札达库羊于是成为藏羚羊早期演化史上的一环；本来分子生物学即 DNA 证实了牦牛、盘羊、藏野驴同样起源于高原，目前只差化石证据。为此，地层古生物学家邓涛等专家 2011 年发表在国际科学界顶级刊物美国《科学》杂志的论文《西藏札达盆地发现的最原始披毛犀揭示冰期动物群的高原起源》，以来自札达盆地的证据，一举修正了国际上流行很久的冰期动物“北极起源”假说，并使札达名满国际地学界。而阿里旅游资源中，又多出一张“冰期动物起源地”名片。

——说到为什么欣赏阿里，也许每一过客会有不同答案，在我看来，就因未知太多，这一地区内涵的丰度广度和厚度深度，又通常在经验之外，从而能够持续地提供惊奇。我们有理由相信，在文理科研究者的前方，还会有许许多多的惊奇在等待。

当年那位在阿里从事历史和艺术考古的先驱者，面向古格遗址赞叹了“伟大的过去”之后，又朝向未来望了一眼，这样写道：

“虽然他们要经受艰难困苦，但古格会成为世界上最漂亮和最健康的地方之一。”

最初读到这里还有些困惑，不知道他为何要这样说，现在似乎有些明白了。进而联想到，通过图齐教授的愿景，显见前辈对于阿里再度复兴颇具先见之明，不过即使在漫无边际的想象力尽头，也未必预见得到今日盛世、盛事之盛，包括象雄文化节，包括各方学者齐集一堂，谈象雄，论古格，讲图齐，还有三趾马和披毛犀。

之三

一篇小文，两度续写，如今在《西藏文学》约请下，总算是三段式成稿。正好比随着这一地区自然史和人文史的沉积物被逐层揭示，对于阿里的认知也一点一点堆砌起来那样，不意间，让“为什么欣赏阿里”标题下的文字历经扩展，居然在一定程度上忝为发现历程的旁证脚注。

“之一”部分写于2005年，是在中国藏学研究中心历史所召集的一次小型国际会议上的发言稿。无关学术宏旨，更多文学抒情，令在场外国学者感兴趣的或许仅有一句，“不久后阿里就将通航”，于是纷纷发问，何时开通以及航线情况。在场来宾均为长期从事西部西藏包括紧邻的尼泊尔、拉达克等地同属一个文史体系的考古学家，印象中的阿里何其偏远，惊奇于何以能够突然起飞。

然而曾几何时，作者我已在这条航路上两番往返。不消说，作为美誉度极高的旅游目的地，阿里自此又“凭空”多了一个观赏角度，其中最引人入胜的，首推无际荒原上生动美丽的装饰物——或大或小、或蓝或绿，并且形态奇异的湖泊；其次才是雪峰，远有喜马拉雅，近有冈底斯；将要抵达航线终点，则有印度河上游狮泉河的支脉噶尔藏布蜿蜒而现……从舷窗到镜头，每一帧画面皆为天成佳作；从眼睛到心情，怎么说呢？经反复斟酌也没能找到合适词汇表述，最终止于“何其有幸”。

“之二”部分增补于2013年，特为当年阿里地区“象雄文化节”期间举办的“象雄文化研讨会”准备的发言稿，侧重于自然科学界古生物新发现的信息传递。时值该地考古掀起新一轮热潮，至少有三支队伍活跃于此，除前述四川大学和陕西省考古研究院两路人马一南一北分别进行的象雄都城遗址、吐蕃墓葬考察以外，近年介入的“国家队”，是中国社会科学院考古研究所出动，联合西藏文物部门，先后进行了噶尔县故如甲木寺与札达县曲踏古墓地的发掘。随着一大批殉葬陪葬物品出土，迷雾中的象雄王国生活面貌和物质文化初现端倪，而收获颇丰也使得这两处墓葬群名列2014年度“中国十大考古新发现”。

正当其时，自然科学家参与进来，共襄阿里考古盛举。其中出自古墓的疑似茶叶之物，就是由中国科学院地质所的吕厚远研究员鉴定确认的。他在本次研讨会上演示了如何利用微化石植钙体为茶叶“验明正身”，让与会者见识了科技考古新手段。茶叶的发现意义重大，与同时出土的中原丝织品一道，说明起码在1800年前，丝绸之路南下支线已然存在。继续往前追溯，古代交通的开辟或许更早，早在西部高原自有人类活动以来，越过喜马拉雅天然屏障，两侧的人群就有了交往。证据也有。待会议结束，我们跟随川大李永宪教授前往日土县夏达错，湖畔沙滩散落的细石器可谓俯拾即是。按说这处旧石器遗址是在某次西藏文物普查中被发现，二十多年里不知被多少拨专家捡拾过，却仿佛随着湖水每一番涨落，总会有一批石器重见天光。曾在湖畔生活过的人，制作和使用石器的人虽然面目不清，然而专家根据器型工艺判断，不乏南亚风格。显见早在旧石器先民时代，史前文化交流业已展开。

此次学术研讨会的亮点之一，当属本地文化学者的踊跃参与。在传说中发掘，传说通常是变了形的记忆；从藏文古文献里钩沉，自有其便利和优势。就连当地百姓也动员起来，以象雄—古格文史之地后来人特有的自豪感，以格外珍爱珍重之情，在文化节期间的展演中，争相展示古老的服饰、古老的歌舞，并为谁的家乡才是真正的象雄王城争论不休。这或许就是常说的文化自觉吧！毕竟他们世世代代就在那里。以此说来，在我们对于阿里的聆听中，又多出了发自本土的声音。而在此之前，这一地区更像是提供给外部世界审视研究的客观对象。

自 30 年前初识亲历，写下一本《西行阿里》，之后每有相关文字，皆可视为续篇——写过一批与阿里结缘的文化旅人，画家，摄影家，考古学家，现将历时十几年间三段式写作整合为一，各各保留了届时背景痕迹，有可能的话，未来也许还将“之四”“之五”地写下去也未可知。一念及此，“何其有幸”的感觉再度来袭。

21 世纪初期在札达土林观景台下出土了古动物化石群，其溯源研究又有新进展。继雪豹、岩羊、披毛犀之后，又相继确认了北极狐、鬣狗、盘羊的祖先种。每有新成果发表，札达盆地总被重复提起，各路媒体纷纷冠之以冰期动物“摇篮”，称史前动物“走出西藏”说又添新证云云。除个别已灭绝物种外，它们的后裔如今广布于亚欧大陆、北美洲和北极圈，迁徙路线可真长，走得足够远。盘羊俗称“大头羊”，刚刚发现的祖先种命名为“喜马拉雅原羊”。

旷远之地，白马黑狗

时间，是在 1984 年 8 月的一天。

地点，是在神山冈仁波齐和神湖玛旁雍错之间的大草坝上。

故事的讲述者是车刚。没错，就是那个以拍摄西藏风物人情而著名的摄影师车刚。在遇见这个故事的时候，他还是个年轻人，进藏工作不久的《西藏日报》小记者，且是首次出差阿里。适逢“八一”建军节期间，拉萨来的歌舞团完成了拥军演出任务之后，又应地方盛情邀约，返回途中一路巡演。车刚跟随这个团队，拟作图片报道，这一天来到故事发生地。

从狮泉河镇跟来的，还有三位特别观众，改革开放后第一批来阿里经商的尼泊尔边民。有备而来，他们携带了当年的时尚设备，可用干电池的录放机，以便录下歌舞之音带回家欣赏。据此可知，应是喜马拉雅山那边懂藏语的人。本来这几位看客的围观无足轻重，但由于他们是告知故事结局的人，在此略提一笔。

目标观众则是这片大草坝上的几家牧户，能够前来观摩演出的总共不过十数人，正从不同方向策马赶来。即便如此，以作为演出舞台的敞篷卡车为中心，欢声笑语还是在这亘古寂静之地荡漾开来。趁着观众聚集、演员化妆的空档，车刚信步走向旷野，看看有什么景色可以纳入取景框。此刻轻风拂面，阳光灼灼，让他不由得眯起眼睛，眼前一片白亮，而放眼处则一派苍茫，苍茫中遥见羊群蠕动，正是岁月静好的模样。

然后他就看见了不远处的异样，似有白色物体在摇曳的蜃气中隐现，起初他以为是一顶白布帐篷，走近了看，赫然一具白马遗体！

看起来新死不久，尸身尚完好，只因气体充盈，腹部最大限度鼓胀。同时映入眼帘的，还有一只狗，是那种西藏特有的名为“藏獒”的优良牧羊犬。这种狗体格硕大，性格凶猛，一向令狼群闻声丧胆，是牧人的好帮手。乍见之下车刚难免紧张，不过很快镇定下来，因为此刻正以蹲坐之姿守护在白马侧旁的这犬只，已是威严尽失，毛发蓬乱，身形枯槁，尤其眼睛，从中黯然闪动着的，分明是颓萎，迷蒙着泪光——从眼角沿鼻翼两侧而下，显见干涸泪槽，上覆新鲜泪痕！就这样仿佛石化一般，甚至有人近身都置若罔闻，直到——

一群足有上百只黑乌鸦，聒噪着俯冲而来。牧羊犬像是听闻战斗号令，陡然间振作，一跃而起冲向鸦群。乌鸦们不待落地，呼啦啦仓皇撤离。余怒未息的守护者追踪仰吠，直到鸦群远遁，狂吠渐成呜咽，方才蹒跚着踱回原处。

这一边的看客尚未平复惊异之心，少顷又见那群食腐鸟类卷土重来，这一轮改变了战术，是分散成大圈，从地面蹦跳着包抄过来。黑狗见状，当即抖擞精神，环绕着白马，四面出击，其状如离弦之箭，腾跳扑咬，嘎嘎惨叫声顿时此起彼伏。战役持续了一段时间，乌鸦们丢下一地羽毛再次溃退。

一匹马，一只狗，是如何结下了跨物种的生死情谊，值得拼死护卫在生命终点，想必不仅仅是共享过毕生的快乐时光吧，这其中的故事恐怕无从得知了。不过逝者已逝，活着的究竟想要守住什么……

随着一声凄厉长啸，一匹小小灰色马驹飞奔而来，径直扑向白马，拿脑袋急切地拱向马腹下想要找吃的，可是再也得不到回应。好一会儿终于抬起头，呜咽着在妈妈的身上蹭来蹭去。刚才小马驹被不远处的人声马嘶吸引，也许怀了一个懵懂希望跑去，当然失望而归。

二马一犬一群乌鸦，动态的，静止的，全景的，特写的，这样那样的角度，车刚拍了整整一个胶卷。

车刚找到最近的一顶游牧帐篷，正是白马黑狗的家。主人难过，告知客人，白马已经死了三天啦，黑狗已经守候三天啦，乌鸦已经进攻三天啦！千呼万唤不回来，大狗和小马三天来不吃不喝，没办法，由它们去吧！

车刚当天搭一便车回到狮泉河镇，三位尼商还将在那一带做畜产品生意。他们不负车刚行前所托，了解到最终结局：又过了三天，黑色牧羊犬和灰色小马驹双双倒毙在白马身边。

遗憾的是遗照没能保存下来。车刚说他用狮泉河镇上的井水冲印这批黑白胶卷，可能是水质原因，显影出了问题，全部报废。

车刚讲起这个故事，是在几年之后。1991 年《西行阿里》初稿完成，我只是拿一般语气，请车刚聊他几番阿里之行见闻中，有哪些深刻印象或感受，没想到他就只讲了这个，听得我惊心动魄，难过极了，然后听讲双方全都无意再讨论其他。把这段故事补充进书稿结尾，心里还在埋怨车刚好“自私”：他把由此事引发的意难平，转移了也许就解脱了，却让我这个听讲的人因此心情沉重。后来又觉得这样抱怨不对——你看我把它们写进了书里，广而告知给更多的人，却也并没有就此释怀，反而是重复着加深了印象，越发生动，就仿佛曾亲临现场，亲眼目击。不久前又见车刚，当年他初到阿里的时候刚刚进藏，现在呢已在西藏退休。这次见他又讲起这故事的每一细节，看来这辈子是难忘了。我也是，1990 年“西行阿里”之后，间隔了 20 多年故地重游，不是一次是两次，每一回重返都会在神山下、圣湖畔稍事停留，都会不期然联想到那感人一幕。你看这白马黑狗的野葬之地，草场颠连固然开阔，但若论土壤啊水草啊实在有欠丰美，说是贫瘠荒寒也不为过——有人夸张说，西藏东部的牧草茂密，牛羊是“卧”着吃草的，而从藏北到西部，却是“跑”着吃草，一天到晚奔走也未必能吃饱啊！然而即便如此，岁月更迭，草场荣枯，放眼阿里时空，即便贫瘠荒寒，依然撑得起煌煌历史文明史，养活了代复一代的人群和包括白马黑狗在内的一众有情生灵，何其壮哉！

于是，在回望历史的激越之后，在注目现实的感慨之后，就在本书结尾，让我们重归自然。相比世事沧桑，人生匆促，自然界自有某些恒定之物更叫人心安。你看那蓝天白云下面，风和日丽，远方有蠕动的群羊，虽然并非我早年看到的那一群——相比转山那年我感叹过的“神山下的羊子有福了”的那一群，定是更新换代好几茬了，唯其如此，那才叫生生不息。彼时彼刻，此情此景，是不是契合了期待，是不是你我心目中岁月静好的模样。

1991 年 1 ～ 4 月拉萨初稿

1991 年 6 ～ 7 月山东日照—拉萨定稿

2001、2006、2021 年历经三次修订于拉萨和北京

附录

《西行阿里》台北版序言两篇[①]

序一

隐地

读过很多旅行书，自己也写过不少游记，但能像马丽华一样，在西藏长住二十多年，把西藏挖进去翻过来地写，写到获得西藏人的肯定和鼓励，甚至获得“西藏的马丽华”的殊荣，可见马丽华的“走过西藏”系列——从《藏北游历》到《西行阿里》《灵魂像风》《藏东红山脉》，除了拥有一支旅行文学行云流水的文笔，让读者享受纸上卧游的乐趣，更是进一层地进行藏族文化探讨研究的精华结晶。马丽华自己从未摆出学者专家的高姿态，她说，她只是做一个西藏的歌者，把西藏土地的好，西藏人民的好写出来。马丽华最初和一般人一样，想到西藏无非是天有多蓝，云有多白；天有多低，云有多近……当初基于对游牧生活的

① 本文为台北“西游记文化”2003年版“走过西藏”系列之《西行阿里》序言。序一作者隐地为台湾知名作家、资深出版人。序二作者张骏逸为台湾政治大学民族学系教授，美国印第安纳大学藏学博士。

向往，一步步往北走，往牧区走，想不到一走很多年，走过了西藏上百万平方公里土地上的大部分地区……

《西行阿里》是马丽华走过西藏系列的第二部，等待十年之久的阿里之行，终于梦想成真。托天之福，马丽华跟随中国藏学研究中心的一个考察团队，走向那片未知之地。这个团队起初只有格勒博士和美国洛杉矶加州大学人类学副教授南希女士，还有格勒的两位学生助手，后来队伍扩大，滚雪球似的加入了作家、画家、记者和电视导演，以至于这部游记以小说情节推进，一路上冒险、风趣兼而有之，读来令人印象深刻，每个人物都写得传神，读到后来，书中人物都成了读者的朋友，我们关心他们每一个人的安危。

这个十人小团队几乎经历了灭顶之灾，幸亏他们之中多的是乐观者，譬如格勒博士的拇指被锋利的罐头盒盖深切至骨，血流如注，但格勒笑说不要紧，说人生有些小灾难，可以避开危及生命的大灾祸。

马丽华轻松地为我们说着故事，也不忘把阿里的地理位置和历史文化阐述得清楚明白，使阅读此书的人，在得到旅游的感性快乐之外，也有知性的收获。

我乐意推荐此书，深信每位读者，都能透过此书获得宝藏。

序二

张骏逸

在台湾，一个藏学研究者经常被问到的问题是“西藏有多大”？

为了让人真正体会到西藏之大，我通常会先问“台湾有多大”？接着才会告诉他“西藏自治区大概是台湾的 34 倍”。

是的，西藏自治区面积是 120 万平方公里。

扳起指头算一下，能在这片广袤的土地上纵横来回几次的人已属凤毛麟角，要能为它留下纪录——理性的、感性的、学术的、稗官野史的纪录的，看来也只有马女士一人了。“阿里”，一个广达 30 万平方公里、空气含氧量只有台北 60% 的地方，而《西行阿里》就是马女士在这个离天空这么近的地方游历时，所制造出来的“燕窝”。用“燕窝”一词来比拟马女士的作品看似不敬，然而我所要表达的，是她的《西行阿里》就如燕窝一样，同是呕心沥血之作。

对于《西行阿里》的偏爱，我有爱屋及乌的个人理由：一来是多年前友人赠送我几个阿里古格王国时期所制造的“擦擦”——看完本书第一章，你就会知道什么是“擦擦”了——我疯狂地爱上这些个精美绝伦的小东西，也开始研究它们。二来是多年前在政大民族学研究所曾经开设过一门“传教士与西藏”的课程。早在 17 世纪初，耶稣会的传教士就到了阿里的古格王国传教。

这一段牵涉古格王国最终的历史，可以用壮烈、悲惨来形容；传教士牵涉其中，也眼睁睁地见证了这个古王朝走向死亡的每一步。基于这两个理由，我必须到阿里去实地考察，然而因为自己的身体无法适应当地的高海拔环境，所以虽然到过几次西藏，却都无缘前往阿里。马女士的《西行阿里》适时地出版，它的完整性不用说，更重要的是马女士对阿里因为用情之深而表现出来的笔触，融化了梗在我心中已久的这两坨遗憾。

书中几次提到游历途中的险状，与我心有戚戚焉的共振不断地由我记忆深处发出。大约十年前，我在云贵高原结束一次黑颈鹤的考察后下山，只见童山濯濯的红色山崖不知经过几年的侵蚀，早已形成无数巨大的沟槽，令原本先天不良、后天失调的土坯路面更显不堪。任谁也无法料到正值隆冬的云贵高原突然下起了豪大的雨雪。记得当夜我那辆英国制 Land Rover 吉普车的雨刷已经无法清除厚重的雨雪，这些刷之不去的雨雪也立刻像千层派般，毫不留情地一层层糊上了车窗。驾驶员小曹苦着脸说他像是戴着磨砂玻璃的眼镜在开车，寸步难移。我当时只有将上半身探出车外，忍着冰冻之苦，伴着直打哆嗦的声音来指挥小曹行车的方向。好些回几乎因为车胎打滑，险些在刹那间成了云贵高原上的冤魂。熬到清晨出了山，才发现自己早已发着高烧。躺在医院的床上，脑里眼前还不断上演着黑夜、雨雪、狂风、打滑的惊恐画面。这样的情况与马女士由札达到普兰的惊险之旅也有拼了。我早就体会到，在面对完全失控的自然环境下、不确定生命是否还能继续时，人类才会大彻大悟到什么人定胜天的谚语，只是没见过老天发威的一种浅见。

马女士写的是与阿里相关的纪实散文，她充满着文学家才有的浪漫情怀，我想这是老天给她的一份厚礼，然而她的写作态度是严谨的。在政大民族学研究所我教的课程还有“英印政府与西藏”“民族艺术概论”。令我惊讶的是这位文学家对于帝国时期英印政府对西藏的图谋居然有如此深刻的了解，她并且能以文学的手法将无聊的历史娓娓道来，也就是说这位文学家有赋予历史事件生命的本领。对于日土岩画的描述与分析、对于古格考古工作的文献整理与深刻认识……行笔至此，我不由得停下来思考：她是一个文学家，为什么能够将西藏研究这一门博大精深的复杂学问，化为人人都懂、任谁都想向他人推荐的文学作品？不由得想起了历史给白居易在文学上的崇高评价，他的诗，意境高，但却是老妪都朗朗上口。她的魅力在哪里？停下来困惑了、又思考了几天，得到了一个不算解答的解答，那就是“马丽华是老天赐给藏族和汉文阅读者的恩宠”！

走过　看过　写过

——“走过西藏”系列 2024 修订版代后记

收入“走过西藏”系列的这四本书，按照写作时序，是从 1987 年到 2001 年陆续完成；涉及空间范围，大致涵括了西藏自治区东西南北中；内中所呈现的，固然集中于作者在场的二十几年见闻亲历，然于“立此存照”之外，但凡涉及一地文史，追溯起来往往千几百年上不封顶，迨至截止时间，当为“时至今日”——直到 2023 年春末，还在忙于进藏采访并补写相关人群的后续故事。所谓修订即修改订正，本系列纪实作品的修订原则首先是纠错，字面的打磨润色还在其次，有删减是正常的，跟访性质的续写尤其必要。终将这几点突出体现的，主要在各书最后篇章，有重组，有新写，删除了肤浅议论，充实了后话新奇。而正文部分基本做到“修旧如旧”，保留了 20 世纪八九十年代现场既视感，增补内容则以注释类“旁白”及附录形式以示后续。

历次修订整理还体现在技术层面的改善。例如，早期版本无图，2002 年以后各版配发图片并时有调整更换，算是与时俱进的表现。早期版本有章无节，自 2003 年台版开始划分小节，是因为听从了编辑建议：方便阅读，是对读者友善的表现。由此留下各节或长或短、畸轻畸重痕迹，加之不时出现各种样式的添加痕迹，导致最终文本所呈现的与最初版本相比较，像不像跟着岁月增厚的沉积岩层，有些地方或成变质岩，个别地方更像火山碎屑岩。

类似较大幅度修订不下三次：每再版必改之[①]，而历次修订中唯本版修改程度最大。原因来自距 2007 版间隔 16 年之久，这期间西藏面貌变化之巨，令人叹为观止。从事纪实文学创作的作者起初以为可以长长久久跟踪观察某些地方和人群，结果却是看着看着不见了，跟着跟着走丢了。极端例子至少三个：其一《藏北游历》所写双湖嘎措乡，从 20 世纪 70 年代开始“开发”“无人区”，寻找新牧场，到近年集体搬迁至山南农区雅鲁藏布江畔，完成了一个大跨度转折。其二是《灵魂像风》开篇

① “走过西藏”系列四部出版经历如下：《藏北游历》（解放军文艺出版社，1990 年）、《西行阿里》（作家出版社，1992 年）、《灵魂像风》（作家出版社，1994 年）、《藏东红山脉》（中国社会科学出版社，2002 年）。前三部曾合集为《走过西藏》（作家出版社，1994 年）。全四部“走过西藏”系列于 2002 年和 2007 年分别由中国社会科学出版社和中国藏学出版社出版。繁体版出版情况为：前三部港版单行本（香港天地图书公司，1994 年）；全四部台版“走过西藏系列”（台北，西游记文化，2003 年）。外文版出版情况为：《藏北游历》1991 年由中国文学出版社出版英、法文版，《灵魂像风》2017 年由德国东亚书局出版英文版。

第一章拉萨近郊查古村，已然不复存在，而是建成拉萨火车站，2015年夏季我还跟当年的村民、现在的市民在其新家园“柳梧新区”欢度了没有田野可转的望果节。其三是《藏东红山脉》里一个特别群体，穷乡僻壤三岩人，几乎搬空了，从金沙江畔搬迁至雅鲁藏布江流域的这个县那个县……从前的牧民、农民和农牧兼作的山民，从此有了新的家园，正在适应新的生业和生活。衷心祝福的同时，心想那些“老家藏北”“老家三岩”的后辈们，也许会从字里行间查看故乡旧闻吧！不限于此，书中所反映的20世纪八九十年代西藏农牧区基层面貌，也聊供有心人从中一览，由此是否构成纪实文学价值的一部分。

很高兴能够着手旧作修改，并非经常会与此等幸运相遇，所以非常感谢中国藏学出版社提供的这次纠错机会。这四本书的多个版本多年来历经多家出版社，最后落叶归根于作者退休前十年供职其间的藏学社，可谓得其所哉。一般说来本版也该是最后修订的版本了，寄望于未来年轻一辈与我同样情怀，跟进续写全新篇章。

很高兴借修订之机重读旧作，等于是将当年走过的地方再走上一遭，好一似情景再现当年的风光路过的人。庆幸自己趁着精力充沛的时候，去走，去看，去写，当然前提是有那么多可走、可看、可写的。回想《藏北游历》之前，写下的诗句何其单纯，“羌塘又大又松软，羌塘白茫茫”，另一首诗还写过“听说这儿曾是汪洋，她要寻一枚夜光螺，又明亮又嘹亮”。几十年过后，发生沧桑之变的不仅是身处的环境，“走过西藏”的作者其人之改变何尝不如此。这四本书的采写伴随着个人学习和成长的历程，之后追随青藏高原科考团队，描述过亿万年自然演化史的《青藏光芒》；借助藏学研究成果，写下了藏地人文历史的《风化成典》——回首过往，西藏教给我的可真多。

2023 年 5 月定稿于北京

西藏阿里古格故城遗址，沧桑门前一过客。
左为《西行阿里》时期的作者（1990），右为二十多年后正在采写《青藏光芒》时期的作者（2013）。

且让我们列举阿里地区一系列极品旅游资源和文化遗产资源：驰名中外的神山圣湖——冈底斯山脉西部高峰冈仁波齐和玛旁雍错；自然遗存札达土林；历史遗存古格故城遗址及托林寺，以东嘎-皮央遗址为代表的众多石窟群，等等。排名稍靠后但可视可感性强的还有班公湖及其鸟岛，日土岩画，传统服饰，数条跨境河流的上源狮泉河、象泉河、孔雀河及其河谷景观，等等。另有美好之物尚待旅人亲自发现，其中有些只是随机而现，例如雨后土林上方呈现的双道彩虹，墨色天幕上的闪电如同金蛇狂舞，日落时分西天迸射的巨大光带（云隙光），等等。当然以上罗列的皆为直观大气象，阿里故事有纵深，知性的阿里也很诱人。所以说，阿里的魅力意味深长，且是一个共同组成，阿里不愧为阿里。

由此本书新版配图强调了背景的完整性，特请曾常住阿里地区多年的十一郎提供环境美图，然后才是我们 1990 年阿里之行的行迹留痕；第三部分主要体现社科界数十年来对于阿里地区的考古新发现，也仅限于能够提供惊艳美感的小部分内容吧！十一郎年纪轻轻就在登山攀岩之类的户外运动圈和民间公益圈享有名气，他在阿里地区从事公益活动的同时，也在进行边疆史地调研和岩画等古迹考察，至于摄影水平，请看是不是相当专业了。

浩瀚的札达土林（十一郎 / 摄影）

自然科学界称其为“札达盆地”，札达盆地最耀眼的存在是土林。作者曾在《青藏光芒》中援引某个团队研究数据，称札达县境内这土质的林莽东西长约140公里，南北最大宽度50公里，厚度即高度约800米，沉积年代为距今610万年至约40万年前。

阿里地标神山冈仁波齐标准照（十一郎/摄影）

冈仁波齐与玛旁雍错，神山圣湖同框。（十一郎/摄影）

浩瀚的札达土林（十一郎/摄影）

古格故城遗址
（十一郎/摄影）

象泉河谷。藏文史书上说，札达的象泉河谷曾养育了古格十万人众。
（十一郎/摄影）

凭高俯瞰普兰的农田
（十一郎/摄影）

阿里云

（本组图片由十一郎摄影）

神山在彩云之下

阿里的天空任凭云卷云舒

土林上空别有洞天

阿里的天际明暗有致

隐约可见云隙光

话说1990，一到阿里，直奔札达的古格故城。古格亡国已有三四百年，时序轮转，这座依山而筑的王宫，任凭以风雨阳光形式呈现的岁月剥蚀，依旧巍峨；满壁丹青即便残破，依旧缤纷。我们穿行于殿堂与洞窟间，兴奋不已乱拍一气。登上山顶红宫，俯瞰土林颠连远方，任由历史的风扑面，掀动当代人的小小豪情。

小团队同游古格。从左而右为扎呷（左前）、次丹多吉（左后）、格勒、作者、南希。

1990年的古格故城遗址比较荒凉，更显沧桑。那时对于古格和象雄的了解才刚开始。

相传古格王宫背面的山谷有“国王米田”，曾种过稻谷，供王室享用。2013年阿里地区“象雄文化论坛”期间，特请中国科学院孢粉专家吕厚远先生前来考察，可惜土壤采样中并未发现稻谷迹象。传说终归传说。

吕厚远教授在传说中的“国王米田”进行土壤采样。此前他在故如甲木墓葬出土物品中确认了茶叶成分。

托林寺壁画
（张鹰/摄影）

阿里妇女传统服饰经典样式，一度作为阿里名片，是张鹰先生 20 世纪 80 年代拍摄的。

即使日常装束大披风，阿里女装也是别具一格。
（张鹰 / 摄影）

从札达去普兰，区区几百公里，我们驱车竟然走了四天。先是在土林里面迷了路，好不容易脱了困，又走上一条废弃经年的土路，一路险情迭现。天灾人祸使我们一群非伤即病。在门士煤矿略作休整，此后渐入佳境。

象征性地沐浴过玛旁雍错圣水

普兰的桥头市场，商贩来自四川、甘肃、新疆等地，以及尼泊尔。

著名的普兰国际市场1990年形象。立此存照。

我们住村期间，见科迦寺迎来一批印度香客。

科加村婚礼。1992 年，我们的摄制组专程前往，科加村人十分乐意配合，属于表演性质。（嘉措 / 摄影）

科加村对面的康次仁——“长寿女神山”。不过由于无人前往朝拜，实际上神山身份已废。从而说明一个定理：偶像需要粉丝。

科加村毗邻尼泊尔，国境线以孔雀河中间为界。我们徒步前往六号界桩处，那边就是尼泊尔的田野村庄啦。

从拉萨开始，一路“滚雪球”，到后来保持了两车十人的规模。背景雪峰正是冈仁波齐。

作者把转神山称作一次精神之旅。两天一圈转下来，尚有余勇可沽：多亏了神山加持。

转神山要早起上路，那些磕头转神山的人们则在后半夜就动身了。

神山冈仁波齐。作者从最近的距离拍到它的雪之阶。

第二天清晨登上转山途中最高处，那里经幡密布。

即将完成神山之旅，我们很开心。

神山脚下的羊们有福了

找到狮泉河镇20世纪70、80、90年代旧照各1幅：一为1975年阿里地区庆祝西藏自治区成立五十周年，据说地直各单位全员出动，加上各县代表，全部集中在大礼堂前的广场上。而当年全镇最大建筑的这座礼堂，也仅仅容纳650个座位。二为1988年阿里行署专员洛桑朗杰调任昌都行署专员，他工作过的地区计委为之举办欢送宴会，是以“老西藏”的方式：在狮泉河畔搭起帐篷，各人自带美食酒水，那场面既热闹又温馨。三为一份狮泉河镇菜市场限价表，上写“单位市斤，近期蔬菜最高限价〈下幅（向下浮动）不限〉”。据此特地了解一番：80年代之前的蔬菜供应全部来自新疆，1997年狮泉河镇已推广温室大棚种菜，但许多品种蔬菜还是要从新疆叶城等地运来，所以价格较高。请教一位长期在阿里工作的山东籍干部，1990年他副科级月薪300多元，1997年副处级，接近千元。

1998年行署专员的送别宴

1997年阿里行署驻地狮泉河镇菜市场的蔬菜价格表（车刚/摄影）

1975 年阿里地区庆典会场。这座礼堂在狮泉河镇一片干打垒平房中可谓鹤立鸡群。(引自《阿里地区志》)

2021 年的狮泉河镇全景——可真壮观啊!(普索朗 / 摄影)

“象雄文化”是阿里地区主打的一张名片，为旅游也为学术。2013 年来阿里，正是应邀出席“象雄文化旅游节”及相关研讨会。地区举办了隆重开幕式，就连“阿里象雄文化研讨会”也安排了演出节目：札达县曲龙乡村民上台表演，意在宣传本乡所在正是象雄故都穹窿银城。

2012 年再访阿里，是跟随中国科学院科考队飞来的，在昆莎机场留个影。

2013 年三访阿里，是为参加“象雄文化研讨会”而来。第五届象雄文化旅游节隆重开幕，研讨会即是节日活动内容之一。

苯教史书记载，穹窿银城乃古象雄都城。“穹”为大鹏鸟，“窿”为栖居之地。在阿里当地人的口碑传说中，认为札达县曲龙村所在地为穹窿银城，视其为神圣之地。除地名曲龙与穹窿同音、所在山势形同大鹏之外，尚有石刻文字及遗址实物为证。

曲龙村周边地貌形同大鹏展翅。摄影者是金书波，他也赞同象雄故都在曲龙一带的观点，并曾上山考察遗迹，著有《从象雄走来》一书。（金书波／摄影）

曲龙村民表演节目，并在现场摆放象雄故都石刻证据。

四川大学考古学家则认为穹窿银城位于噶尔县门士乡的卡尔东及其附近泽蚌一带，经测量及初步发掘，其大型聚落遗址面积数万平方米，计有居住区、墓葬区、宗教祭祀区和防卫设施区等，时代跨度为距今3000—1500年。基于其规模宏大、功能完备，尤其是象征神权和王权的陵墓祭坛及黄金面具出土，专家认为此地应为藏文典籍《象雄年续》所载“象雄五大城堡”中的穹窿银城故地。

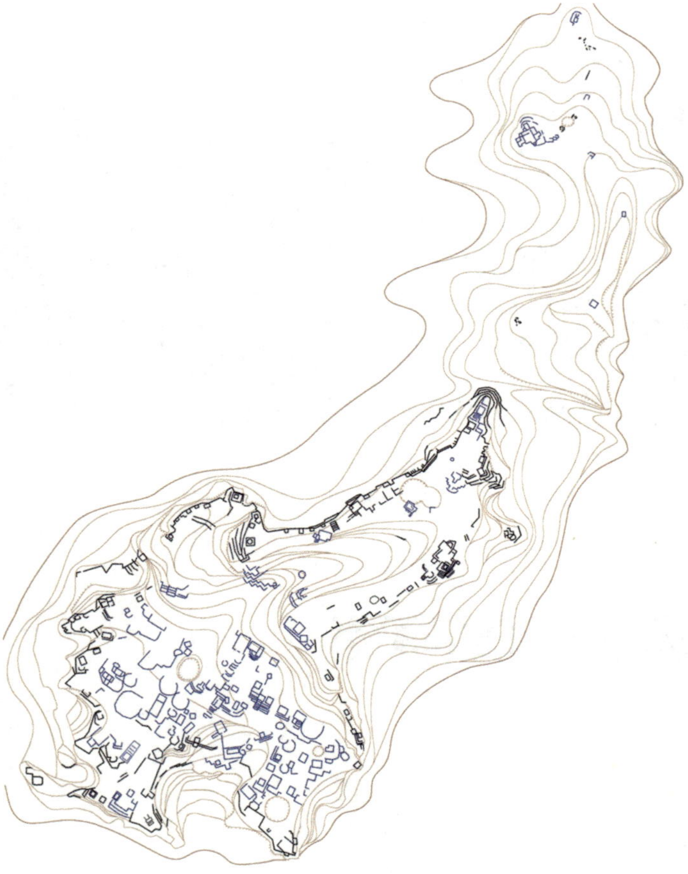

四川大学考古队勘测绘制的卡尔东遗址平面图

卡尔东遗址位于苯教寺院故如甲木寺以东仅有1公里远。故如甲木墓葬发掘和卡尔东遗址测量分别由中国社会科学院和四川大学两家机构同时进行，寺院住持崔村平措耳濡目染，与学院派观点一致，认为卡尔东即古象雄中心，并凭借考古遗迹复原了想象中的卡尔东城堡。

故如甲木寺住持崔村平措绘制的布面重彩画作：古象雄中心穹窿银城－卡尔东城堡

日土县乌江乡的塔康巴岩画群（李亚忠 / 摄影）

塔康巴岩画近观。因岩画人物为列队而行的负重“小人”，当地人称其为“一条腿小人”，称其地为“小人山谷”。（张鹰 / 摄影）

三支考古队

从1985年的古格故城考古和日土岩画调查，到西藏自治区文物局组织第三次全国文物普查（阿里片区），托林寺旧址、皮央－东嘎遗址群、卡尔东－曲龙等诸多遗址的考古，再到21世纪以来象泉河两岸一系列古代墓地的调查发掘，象征着多种文化因素的黄金覆面、短柄铜镜、立人木俑等珍贵文物的出土，西部阿里早于吐蕃时期的古文化面貌正在揭开她神秘的面纱，一批年轻的由藏汉各民族成员投身其中的考古团队（如西藏文研所"女子考古队"）也已名声大振，阿里仍将是国内外考古学界持续关注的热点。温故而知新，本书新版特别选用了三个考古团队早些年的考古成果——考虑到大众审美，特意挑来好看的图片。

继1985年古格故城遗址调研之后，1997年陕西省考古研究院专家张建林再返阿里，进行托林寺局部发掘工作，在坍塌已久的边角塔殿中出土了古格早期的精美壁画和雕塑。（本组图片由张建林摄影、提供）

托林寺出土文物，被称为"全世界最美佛头"。

托林寺佛像重见天日

托林寺迦萨殿中原有高达 6 米的未来佛倚坐像已毁，仅存背光。

2016 年夏季，前往阿里考古途经革吉县，张建林（左二）与西藏考古专家夏格旺堆（右一）在车前合影。

2016 年调查札达县白东波石窟，张建林和夏格旺堆正在拍摄石窟顶部。

阿里地区唯一的苯教寺庙故如甲木寺坐落在噶尔县境内，古老苯教原本源于阿里象雄时期，恰巧就在寺庙旁边发现了前吐蕃时期墓葬群。从2012年到2015年，中国社科院考古所仝涛研究员主持了故如甲木和曲踏两处墓地的发掘，出土了一大批距今2000年左右的丝绸、茶叶、陶器、铁器、漆木器、草编器等，为了解阿里古代社会面貌提供了依据，象雄文化从此不再仅限于文字与传说。凭借阿里地区多年积累的考古材料，仝涛遥望到丝绸之路由线而网地南向延伸，从而着手梳理高原西部早期文明在与中原和周边地区的交流互动中形成及演进的脉络。（本组图片由仝涛提供）

干燥封闭环境中保存的织锦，时逾千年而色泽几无变化，幸好是在刚出土时被拍摄下来。

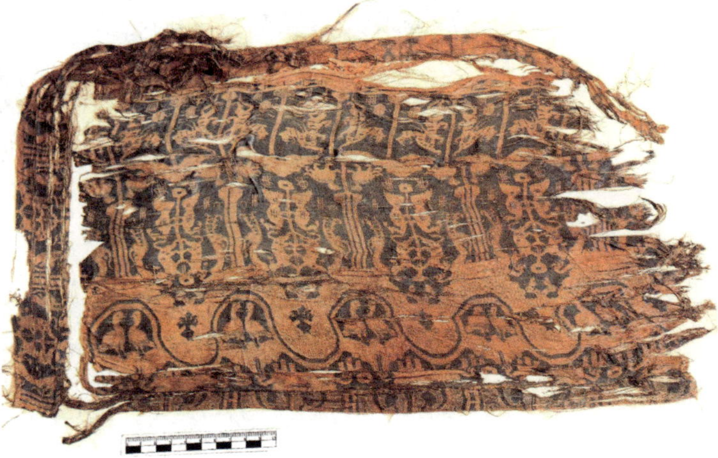

阿里地区噶尔县故如甲木墓葬中出土的“王侯”文禽兽纹锦。“王”“侯”字样和“对鸟”“对兽”图案清晰可见。

故如甲木墓地出土的黄金面具

故如甲木墓地发掘现场，左三为仝涛。

随葬品以生活用品为主

1990年，四川大学青年教师霍巍和李永宪应邀进藏参加文物普查工作，从此结缘西藏考古事业，与西藏文物管理机构长期合作，可谓西藏考古领域一支劲旅。其中如夏达错石器地点、札达县岩画、皮央－东嘎遗址群、卡尔东遗址等重要遗存，从发现到研究、保护，皆是亲力亲为，功莫大焉。(本组图片由李永宪拍摄、提供)

20世纪80年代末在考古工地的霍巍（右）和李永宪（左）

2018年霍巍（左二）、李永宪（左三）再次主持皮央遗址发掘。难得的是，这一次张建林（左一）与他们同行。

皮央遗址与皮央村（摄于2015年）

东嘎石窟遗址

《中国国家地理》命名的“最美观景拍摄点”——皮央－东嘎石窟

东嘎 1 号窟窟顶

东嘎 2 号窟

东嘎石窟遗址 2 号窟窟顶

阿里旅游的另一张名片：冰期动物的摇篮

札达盆地的沉积层掩埋着自然演化史的诸多秘密，其中已解码的一谜为：此地正是地球上冰期动物的故土家园。以披毛犀为代表，科学家们已复原其演化序列，以及举步北上的路线图、时间表。这一冰期动物群的成员还包括在札达土林已找到其祖先化石的雪豹、岩羊、北极狐，和已找到分子生物学依据（尚未见到最原始阶段化石）的牦牛、盘羊、藏野驴，等等。详见本书第七章。（本组图片由邓涛提供）

中国科学院古脊椎动物与古人类研究所专家于2007年在札达土林中发掘出370万年前披毛犀祖先化石

西藏披毛犀复原图
（Julie Naylor 绘）

图书在版编目(CIP)数据

西行阿里 / 马丽华著 . -- 北京：中国藏学出版社，2024.4
（马丽华走过西藏系列）
ISBN 978-7-5211-0489-9

Ⅰ . ①西… Ⅱ . ①马… Ⅲ . ①游记 – 作品集 – 中国 – 当代 Ⅳ . ① I267.4

中国国家版本馆 CIP 数据核字（2023）第 256318 号

西行阿里
XIXING ALI
马丽华　著

责任编辑　杜冰梅　傅晓莉
装帧设计　翟跃飞
出版发行　中国藏学出版社
印　　刷　北京隆昌伟业印刷有限公司
版　　次　2024 年 4 月第 1 版
印　　次　2024 年 4 月第 1 次印刷
开　　本　787 毫米 ×1092 毫米　1/16
字　　数　227 千字　　图片　67 幅
印　　张　22.75
书　　号　ISBN 978-7-5211-0489-9
定　　价　85.00 元

图书如有印装质量问题　请与本社发行部联系
E-mail: dfhw64892902@126.com　电话: 010-64892902